ああうれしい

畠中恵

文藝春秋

目次

登場人物相関図

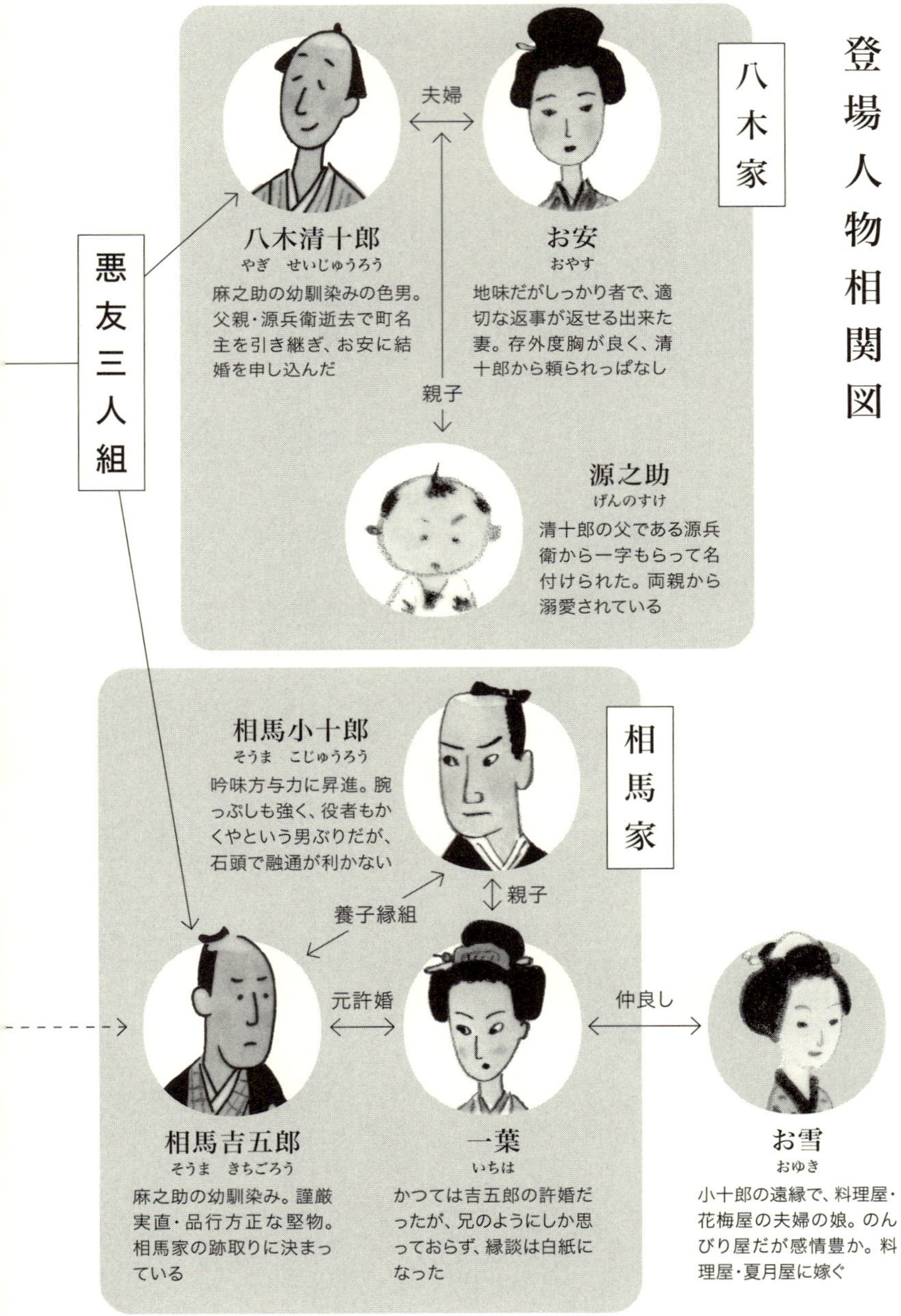
八木家
八木清十郎《やぎ せいじゅうろう》
麻之助の幼馴染みの色男。父親・源兵衛逝去で町名主を引き継ぎ、お安に結婚を申し込んだ
夫婦
お安《おやす》
地味だがしっかり者で、適切な返事が返せる出来た妻。存外度胸が良く、清十郎から頼られっぱなし
親子
源之助《げんのすけ》
清十郎の父である源兵衛から一字もらって名付けられた。両親から溺愛されている
悪友三人組
相馬家
相馬小十郎《そうま こじゅうろう》
吟味方与力に昇進。腕っぷしも強く、役者もかくやという男ぶりだが、石頭で融通が利かない
養子縁組
親子
相馬吉五郎《そうま きちごろう》
麻之助の幼馴染み。謹厳実直・品行方正な堅物。相馬家の跡取りに決まっている
元許婚
一葉《いちは》
かつては吉五郎の許婚だったが、兄のようにしか思っておらず、縁談は白紙になった
仲良し
お雪《おゆき》
小十郎の遠縁で、料理屋・花梅屋の夫婦の娘。のんびり屋だが感情豊か。料理屋・夏月屋に嫁ぐ

高橋家

高橋宗右衛門《たかはし　そうえもん》

神田の町名主。玄関先で町中のさまざまな揉め事を裁定する

親子

お寿ず《おすず》

琴は師範代、見目は紅朝顔のような女性だったが、お咲と名づけられた赤子に続いて自らも先立つ

夫婦（死別）

お和歌《おわか》

町名主・西森金吾の娘。麻之助と祝言をあげる。優しく気が利き、色々な考えを思いつく

夫婦

高橋麻之助《たかはし　あさのすけ》

神田町名主の跡取り息子。普段はお気楽者ながら、揉め事の解決には思いも寄らぬ閃きをみせる

親子

西森金吾《にしもり　きんご》

一際多い十五町を支配する名の知られた町名主。大男で、人々に頼りにされている。長男は金一

親子

宗吾《そうご》

両親と飼い猫からの愛情を一身に受けてすくすく育つ。大泣きもするが、よく寝る子で手が掛からない

お虎《おとら》

元人気芸者。長年、妻のいない丸三と連れ合ってきた。万吉という名の幼子を預り、世話をしている

丸三《まるさん》

金を借りると、借金がすぐ「丸っと三倍」に膨れると言われる高利貸し。麻之助らを親友と考えている

一目置いている

両国の貞《りょうごくのさだ》

両国界隈で若い衆を束ね、顔役のようないなせな男。吉五郎に男惚れし、勝手に義兄弟を名乗る

装丁・イラストレーション　南　伸坊
デザイン　城井文平

ああうれしい

ふじのはな

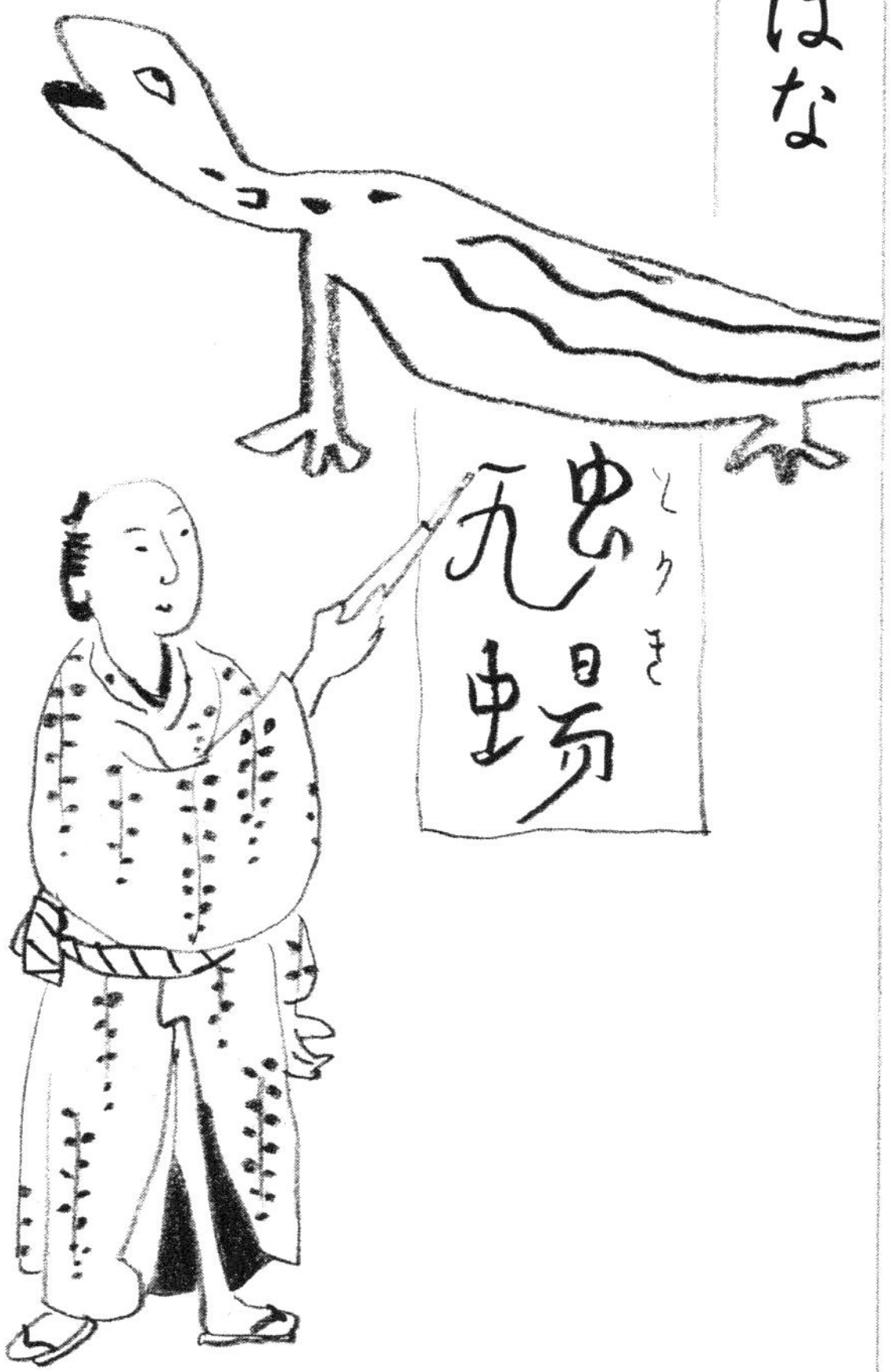

一

麻之助《あさのすけ》と清十郎《せいじゅうろう》は、ある日、丸三《まるさん》の家へ向かった。珍しい事に、困りごとが起きたので話を聞いてもらいたいと、高名な高利貸しの友から呼び出しを受けたのだ。

「こっちが困ってるんじゃなくて、丸三さんから相談を受けるなんてさ。うん、珍しいね」

金を借りれば借金が、丸っと三倍になるという高利貸しは、かなり年配だったから、友として頼る事の方が多い。

「丸三さんは、強烈な噂のある金貸しだよねえ。おかげで江戸でも高名だ。最近気がついたんだけど、その日暮らしで、金を借りられそうもない人だって、名を知ってたんだよ」

利息でどんどん借金を増やす、悪鬼《あっき》のように言われていたと麻之助が笑い、清十郎も苦笑している。丸三は金をため込み、用心棒達を傍《かたわ》らに置く恐い男なのだ。お大尽の大倉屋《おおくらや》や、吟味方与力《ぎんみかたよりき》の相馬《そうま》小十郎《こじゅうろう》とも、対等に話が出来る大物であった。

ただ顔を出すと、丸三ときたら珍しくもしおれた顔で、長火鉢脇に座り込んでいた。

「丸三さん、何だか元気がありませんね。どうしたんです？」

清十郎が問うと、丸三は急ぎ麻之助達を部屋へ招いた。そして長火鉢の向こうで大きく頷《うなず》いてから、二人に語りかける。

「困った時は、友に話を聞いて貰《もら》うのが、お定まりだって聞いてるよ。あたしにも友がいるんだから、悩みを聞いてもらわなくちゃと思って、来てもらったんだ」

麻之助は、これは本気で悩んでいそうだと、馴染《なじ》みの高利貸しを見つめた。

「丸三さん、何が起きたんですか？　ええ、話を聞かせて下さいな」

大事な友だからと言うと、丸三は手ずから茶を淹《い》れつつ、嬉しげな顔になった。時に人寂しい様子を見せる高利貸しは、友達づきあいを、いつも大事にしているのだ。

「うんうん、聞いておくれな。あのね……その、あたしはそろそろ、お虎《とら》をきちんと、嫁にしようと思ってるんだ」

「おや、おめでたい話ですね」

麻之助達が笑みを浮かべた。

お虎は丸三の、元妾だったおなごだ。しかし、幼い万吉《まんきち》を預った後、丸三は妾奉公を止めさせた。ただ暮らしは変えず、万吉の世話をする人という形にしたので、いずれ妻にする気だろうと、麻之助達は思っていたのだ。

「あたしはもう、年だしね。万吉が大人になる前に死ぬかも知れないが、あの子を一人にしたくないんだ。母親がいてくれれば、安心だから」

お虎にしても丸三の妻になれば、この先、暮らしに困る事はない。長年、妻のいない丸三の、連れ合いのような立場だったのだ。だからお虎はすんなり、妻に収まってくれるだろうと、丸三は思っていたという。

ところが。ここで丸三の顔が、畳の方を向いた。

「お虎から、妻にはなれないと言われちまったんだよ。何でだい？　今更、何が気に入らなかったんだろう」

いや丸三が年寄りで、高利貸しで、悪評を山と背負っている事は、己《おのれ》で承知している。清十郎のように、見目良くもない。だが。

「お虎は万吉を、それはかわいがってるんだ。あたしと夫婦《めおと》になった方が、万吉の先々の為にも、良いじゃないか」

一緒になれないと思うほど、実は丸三の事が嫌いだったのか。世に聞こえた高利貸しが、真剣にへこんでいるので、麻之助と清十郎は顔を見合わせ、僅かに微笑む事になった。

「お虎さんは丸三さんに、面と向かって言いにくい事が、あるんだと思いますよ」

町名主《まちなぬし》の家には、揉めごとと悩みごと、それに愚痴が集まる。麻之助には、何でお虎が縁組みを断ったか察しがつくと言うと、清十郎も頷いた。

「ただ、お虎さんから事情も聞かず、勝手な事を話しちゃいけない。後でそれとなくお虎さんに、確かめておきますよ」

麻之助は大人の対応を口にし、きちんと事を収めにかかる。ところが今日の丸三は、長火鉢の向こうから子供のように、聞き分けがない事を言ってきた。

「そいつは勘弁だよ。だって二人には、分かってるんだろ？　なら、直《す》ぐにお虎の事情とやらを、聞きたいじゃないか」

随分長く悩み、惨めな思いをしたのだ。自分の事なのに、友だけ話を見通しているのはいけないという。

「聞きたい、聞きたい、直ぐに聞きたい」

丸三は、一刻も早く事情を知りたいというより、麻之助達に、草臥《くたび》れている気持ちを分かって欲しいように思えた。二人は少し話し、自分達の考えだがと断った後、まずは清十郎が語り始めた。

「丸三さんは高利貸しだし、質屋も持ってる。添ったらお虎さんは、もう暮らしに困らないとも言ったんだ。お金持ちですよね」

「まあ、ね。今更そいつを隠しても、しようがないな」

金の事を話す時、丸三は落ち着いている。清十郎が、つまりと言った。

「お虎さんが丸三さんと、一緒になったとしますよ。するとさ、湧いて出てくるんですよ」

「何がだい？　ご祝儀でも集まるのかな？」

清十郎が口の端を引き上げた。

「突然現れるのは、お虎さんの親戚達です。自称恩師とか、仲が良かった人の子供、なんてので現れるかも知れない」

「あの、お虎は両親も養い親も、既に亡くしているよ。今更誰が、うちに顔を出すって言うんだい」

妾奉公をしていた頃、お虎が、昔の芸者仲間の話をする事はあった。しかし親戚が来た事は見事になかったと、丸三は戸惑っている。麻之助は眉尻を下げつつ、続きを語った。

「親戚づきあいのないお人でもね、富籤《とみくじ》が当たると、縁者は現れるんです。番頭さんが分家して、一軒店を持たせてもらうと、突然会った事のない、親の従兄弟《いとこ》の妻の兄が来たりするんですよ」

町名主達の所には、時々そういう話が舞い込んでくるのだ。すると丸三は、お虎が何を案じているのか、ようよう得心《とくしん》した。

「ああ、お虎は、自分の身内があたしに、借金や口利きの依頼をするんじゃないかって、怖がってるんだね」

確かに相手が親戚だと、簡単には縁が切れない分、大変だろうと丸三は言う。そして一回あぶく銭を得た者は、味を占め、何度も同じ事を繰り返そうとするのだ。

「うちに金を借りに来る輩《やから》の中にも、そういう困った御仁《ごじん》がいるんだ。縁もゆかりもないのに、こっちを金櫃《かねびつ》だと勘違いしてくるんだから」

　ここで清十郎が、一つ息を吐いた。

「お虎さん、確か以前は芸者で、結構人気があったんですよね。だとしたらその頃に一度、増えた身内や知り合いに悩まされた事が、あるのかも知れません」

　長く親しかった仲間が、当然のような顔をして、無心に訪れたのかも知れない。養い親が、お虎の稼ぎを使ったとしても驚かない。

　そして今回、お虎が丸三と添ったら、狙われるのは亭主の金だ。だから縁組みして、そんな話を引き寄せてはいけないと思っているのだろう。麻之助がそう話すと丸三が首を縦に振った。

「もっとお虎と、話す事が必要だね。うん、それが分かって助かった」

　やはり友に相談出来て良かったと、丸三は長火鉢の向こうから頭を下げてくる。だが親戚達の事は、お虎が案ずる程困った事ではないと、付け足しもした。

「あたしはただの金持ちじゃなくて、高利貸しなんだ。金が無くて、無茶を言ってくる困った奴らとは、日々向き合ってる。ま、脅《おど》しても情に訴えても、あたしから金を盗めやしないよ。お虎は案ずる事ないのさ」

　丸三は、己が年寄りなのを良く承知している。だから腕の立つ手下《てか》達を、多く揃えているのだ。

「そうですよね。私も丸三さんと一戦交えるのは、ご免だ」

　麻之助は笑って丸三を見ると、自分達が、お虎と話そうかと口にした。

「丸三さんの友としてではなく、町名主の家の者としてです。お虎さんは万吉坊と、自分の明日だけを考えればいい。それで十分なんです」

親戚達の迷惑は、頼りになる丸三に、丸投げしてしまえばいいのだ。

「亭主になるんだから」

丸三が笑った。

「あたしはようよう、妻子持ちになるんだ。ちゃんと身内を守る。余所《よそ》の誰かに、勝手はさせないよ」

丸三が、大丈夫だと口にした。お虎に嫌われているのではないと知り、ほっとした顔になったのが分かった。

二

お虎が、丸三の嫁御《よめご》になると決まった。

すると丸三はまた、麻之助達に相談を持ちかけてきた。もう若くない二人だが、祝宴を開きたいというのだ。

「お虎は、もう良い年だからと、派手な事は望んでなかったんだ。でもね」

丸三は、宴を開きたいという。

「この機会に万吉を、頼れる方々に引き合わせておきたいんだよ。婚礼の席にならば、来て頂ける方もいるかと思うし」

丸三はなるだけ多くの者に、万吉を気にかけて欲しいと願っていた。そしてお虎も万吉の為ならと、素直に頷いたという。

「ただ、どういう宴にしたらいいのか、とんと分からないんだよ。若い二人の門出じゃない。お客方も呼ばれて顔を出すはいいが、宴席で戸惑ってしまいそうだ」

麻之助と清十郎は、直ぐに案を出した。

「なら丸三一家のお披露目は、桜や躑躅《つつじ》、藤など、花が美しい時に開いてはどうでしょう。花見も出来る宴にすれば、お客も丸三さんたちも、花の話をして気楽に過ごせますよ」

江戸の花見は、桜だけではない。躑躅や藤、蓮など、季節の花を楽しむ者は多かった。

丸三が笑い、直ぐに頷く。

「花見を兼ねるのはいいね。そういう形なら多くの方達へ、声を掛けられそうだ」

食事も豪華にして、楽しい席にしたいと丸三は言う。金持ちは、金の掛けどころを心得ていた。ただ丸三は、そういう席の手配が得手《えて》ではないというので、麻之助が細かい事を引き受け、当座使う金が入った財布を預かった。町名主の跡取り息子は、祝儀は並にしか出せない。だから友として、裏方仕事をやる事にしたのだ。

「場所も料理屋も、招待客まで、私が決めていいんですか？　紙に決めた事を書き出すので、とにかく一回は目を通して下さいね」

丸三の希望をまず問うてから、麻之助は早速に、藤を見る事に決める。そして清十郎と共に案を出し、また丸三の家へ向かった。

一緒にきてくれた清十郎が、色々書き連ねた紙を丸三へ見せる。

「柳橋《やなぎばし》の川沿いにある料理屋、万八《まんぱち》で祝宴を開くのはどうかなと思いまして。庭の藤棚が綺麗です」

川沿いなら舟で行き来出来るので、飲んだ後、帰宅するのも楽だ。お虎と万吉がいるから、清十郎の妻お安《やす》や、麻之助の妻お和歌《わか》、それに相馬家の一葉《いちは》も顔を出す事になったと、清十郎が笑って言った。

「貞《さだ》さんや大貞《おおさだ》さんも、来てくれるって事で、嬉しいです。大人数招いても、金の心配をしないで良いんで、本当に助かりますよ」

「あの、札差《ふださし》の大倉屋さん達も、おいで下さるそうです。丸三さん、お会いした事ありますよね？」

「麻之助さん、それは嬉しいね。天下の札差が、高利貸しの婚礼に顔を出してくれるか」

札差の店へ出向き、祝言《しゅうげん》へ出ると返事を貰った後、麻之助は何と、いささかそりの合わない、大倉屋の跡取り息子、冬太郎《とうたろう》にも頭を下げた。花見も兼ねるので、丸三の婚礼においで頂けないかと請うたのだ。

冬太郎は一寸《ちょっと》、口元をひん曲げたので、これは無理かなと、麻之助は半ば覚悟する事になった。ただ……冬太郎は返答をする前に、一拍置いた。そして、さっと部屋にいた父親へ目を向けてから、婚礼の宴と、料理屋での遊びとの違いに、気がついた様子であった。

「麻之助さん、宴には、私が会っておいた方が良い方も来られるのかな？」

「実は相馬家から、吟味方与力の小十郎様も、来て頂ける事になりました。相馬家が与力となり、家移りをした時、丸三さんにもお世話になりましたので」

小十郎は今、吟味方与力として、何やら困った件を抱え、いつもより忙しいらしい。ただそれでも丸三に、あの時の礼を言いたいとの事であった。

実を言うと小十郎だけでなく、麻之助の仲人、樽屋《たるや》の手代《てだい》俊之助《しゅんのすけ》と、何と町年寄《まちどしより》、樽屋自身も来ると決まっていた。

「おや、樽屋さんがお見えになるのか」

これには大倉屋も驚いている。

「町年寄様は一度、小十郎様とゆっくり、話をしたいと言われまして。滅多にない機会ですので」

だからその三人に挨拶をし、話に加わりたければ、丸三の宴席を逃すべきではなかった。一瞬で事を飲み込んだ冬太郎は、直ぐに麻之助へ頭を下げてくる。

「今回は、お気《き》遣《づか》いありがとうございます。喜んで席に加わらせて頂きます」

大倉屋が、自分も楽しみだと言っていたから、冬太郎は諾《だく》と返事をするのが、正答だったに違いない。忙しい大倉屋が早々に店奥へ消えると、冬太郎が店表まで送ってくれた。そして小声で、父親への愚痴を口にした。

「祝宴に出た方が良いのなら、促してくれればいいのに。全く、一々息子を試してくるんだから」

麻之助はここで、大倉屋ほどの店を背負わねばならない冬太郎の事を、ちょいとだけ……ほんの少しばかり気の毒に思った。大倉屋の跡取りは、間抜けではいけないし、ぼんくらでも、気が弱くても駄目だ。勤勉で、押しが強く、人付き合いも上手くなくてはいけないと、日々言われているに違いない。

ご立派で居続けるのは、くたびれるに違いない。いくら大金持ちでも、麻之助は、そんな立場になるのはごめんであった。

「大物の親を持つと、跡取り息子は大変ですね」

本心そう思ったので、あっさり伝える。そして祝宴には、両国《りょうごく》を仕切る大貞の跡目、貞も来ると付け加えた。大貞や貞には身分はないが、力と金と、小十郎とは違う人脈があった。

「貞さんとは、家移りした相馬家のお屋敷で、会ってましたっけ？　貞さんは、吉五郎《きちごろう》を兄ぃと言って慕ってます。吉五郎は、小十郎様の義理の息子だ。ちゃんとした挨拶、お願いします」

直ぐに頷いた後、冬太郎は麻之助を、正面から見てきた。

「今日は随分、こっちを気遣ってくれるじゃないか。さて、どういうつもりなのかな？」

「丸三さんは、貞さんや俊之助さんなど、私が繋《つな》がっている方達とも、この先、縁を持ちたいと考えているようです。だからかな、私は冬太郎さんとも、ちゃんと繋がっておかないと、拙《まず》いようなんです」

麻之助や清十郎は、江戸でも知られた大物の息子ではない。ただの町名主なのに、可哀想にも時に、大物達からあれこれ言われるのだ。

事情が分かると、今度は冬太郎が一つ、麻之助へ教えてくる。

「町名主は、実際、町の人たちを動かせるからだろう。祭りをするにも、旅に出るにも、家を買うにも、町名主の力が必要だ」

町で暮らしていれば、皆、当たり前のようにそれを、感じている筈《はず》だった。立場としては町年寄の方が偉いが、長屋で暮らす者達が樽屋の考えを気にする事は、まずあるまい。

「皆が気になるのは、実際世話になる、町名主の考えや暮らしの方だな」

そして江戸に二百五十人以上いる町名主達は、同じ立場と言う事で、繋がっている。災害が起きれば、手を貸し合う間柄だ。麻之助や清十郎のように、町名主同士で縁組みする者も、結構居る筈であった。

「繋がりは力になるからね。おとっつぁん達は、それを見逃さない。怖い親だ」

やれ、いつか自分もその親のように、仕事をしなくてはいけない日が来るのだろうか。いや、やれるのかと、珍しくも気弱な事を冬太郎がぼやいている。麻之助は笑い、嫌でもやるはめになるのだろうと言ってから、大倉屋から辞した。

「丸三さんの婚礼の席、段々、怖いような集いの場に化けていくね。何でこんな事になったんだろ？」

自分達で招待客を決めたのに、何だか冷や汗が出てくる。それで、宴をする料理屋には沢山美味しい菓子を並べ、気を和ませようと、麻之助は勝手に決めた。おなご達だけでなく、酒も菓子もいける男は多かった。

「丸三さん、最近は餅菓子を好んでるよね。うん、色々な店に頼んでおこう」

賑やかな道を歩みつつ、妻達の為に、甘い酒、味醂《みりん》も用意しておこうかと、周りの店へ目を向ける。すると菓子屋の小店が目に入り、味見が必要だと思いつく。

ひょいと足を向けると、麻之助は二親やお和歌にも餅菓子を買い求めた。


料理屋と日にちが決まり、万八のおかみと、宴席の料理の案を出した。

丸三とお虎が、酒の種類を増やし、何点か大皿の料理を足す事にしたので、麻之助が料理屋へまた顔を出す。帰りに、婚礼の宴の品や土産物を頼む為、名の通った菓子屋を何軒か回った。

すると日頃付き合いの無い菓子屋で、思わぬ話と出会った。丸三の祝宴に出す菓子だと話した所、先にお虎が味見の為、饅頭を四つ求めていったと、菓子屋が伝えてきたのだ。

「おや、そいつは聞いてなかった。お虎さん、どの菓子が気に入ったか、話していましたか?」

「いや、それが……菓子が決まったらおいでになって、お代も払って下さるとの事でしたが。まだ、戻っておいでじゃないんです」

「ありゃりゃ。お虎さん、忙しくて忘れてるのかな」

ならばと、宴に届けて貰う菓子の代金と一緒に、麻之助が四つの饅頭代も支払う事にする。麻之助は最後に、木箱に並んだ饅頭とにらめっこをした。

「お虎さん、味見をするほど饅頭が好きだったっけ」

首を傾《かし》げ、その日は帰る事にした。

翌日、船宿へ行くときは、清十郎も同道してくれた。悪友は、大事な事を考えついて、万八へ寄ってきていた。

「丸三さんはもういい年だし、お虎さんは万吉坊を連れてる。並の婚礼のように、朝まで飲む話にはならないだろうからさ」

料理屋に、泊まれる部屋を頼んでくれたのだ。

「離れを一棟、空けてくれる事になった。うん、これで万吉坊が早めに眠くなっても、大丈夫だ」

「さすがは、源之助《げんのすけ》坊の父親だ。清十郎、気が利くねえ」

友は笑っている。

「土産の菓子も、手配は済んだんだろ？　なら後は、早めに帰る人たちの為に、舟の用意をするだけだな」

丸三やお虎には、招く身内がいない。当人達は、ちょいと寂しいかも知れないが、親戚が口を出してこない分、婚礼は楽に進める事が出来ている。

もっとも、それでもこの忙しさだと、麻之助と清十郎は息を吐いた。

「全く人と人が縁を結ぶって、大事《おおごと》だよ」

舟の手配を終えたら、帰りは船宿近くから舟に乗ろうと、二人は川沿いを歩きつつ決めた。

「私達は働き者だもの。財布から舟代を出しても、丸三さん、怒らないと思うんだ」

ところが舟を頼む前に、思わぬ件と向き合う事になった。丸三の事を話していると、宿へ入る前に、船頭が麻之助達へ近寄ってきた。そしてずいと、掌《てのひら》を突き出してきたのだ。

「兄さん達、高利貸しの旦那の、知り合いだよな。なら船賃、払っとくれ」

船頭は先日丸三へ、少しばかり船賃を貸したと言ったのだ。

「高利貸しの旦那、小銭を切らしてたんだよ」

婚礼の支度があると言い、急いでいたので、仕方なく貸しにしたという。

「おや、金貸しの丸三さんが、金を借りるとは珍しい」

話だけで一筆もなかったが、内々にしか知らせていない婚礼の件を、船頭は承知していた。

「お金を借りたの、きっと丸三さんだね」

何十文かの事だったので、預かっている金から、麻之助が払っておく。

その後、船宿での話はすんなりと終わり、これで婚礼を待つばかりになったと、麻之助達はほっと笑みを浮かべた。

ただ表へ出て、帰りの舟を頼むとき、麻之助は丸三とお虎の為、銭を払ったのは二度目だったと思い、ふと首を傾げた。

三

用意が調《ととの》ったと思った途端、丸三とお虎の婚礼話は、荒れ模様となった。

支度が始まった事で、二人の縁組みが、あちこちの店へ伝わった。するとようよう噂となったようで、親戚達や自称恩人達が色々、二人の元へ現れたのだ。

ある日、麻之助が饅頭を持って丸三の家へ顔を出すと、高利貸しの友は、麻之助を長火鉢の脇へ呼んだ。

「麻之助さん、聞いとくれ。来たよ、来た。本当に来たんだ」

「おや、どうしたんです？」

麻之助が心配顔になると、丸三は笑うような顔で話してきた。

「何とあたしに、本当に親戚が現れたんだよ。婚礼の宴に、出てあげるって言うのさ。いやぁ、驚いた」

親戚だとしか言わない相手に、どういう繋がりなのか、丸三は興味津々、聞く事になった。すると自称親戚は何故だか渋々、丸三との縁を話してきた。

「何でも、あたしの亡くなった姉の、許嫁《いいなずけ》の息子だって言うんだ」

丸三には姉がいたが、確か十で病《やまい》になり、亡くなったという。

「姉に許嫁がいたとは、知らなかったねえ。いやぁ、偽物だと思うよ」

「……丸三さん、亡きお姉さんと夫婦にならなかったのなら、その人、たとえ本物でも、親戚じゃありませんよ」

麻之助は溜息を漏らしたが、丸三は楽しげに続ける。

「お虎の方は、もっと多いよ。知らない親戚が、四人も来た。何と夫婦者の二人は、生き別れの親だと名乗ったんだ」

親は亡くなり墓がある。だからあんたは幽霊なのかと、お虎が問うたという。すると夫婦は口をひん曲げて消えた。大叔父の息子と、従兄弟の従姉妹というおなごは、繋がりを言い間違えていた。

「昔の知り合いだという人は、途切れず来てるよ。なかなか家が静かにならないんだ」

皆、分かりやすく、金を借りようとしてきたらしい。

「いや、あたしは金貸しだからね。借りたいっていうなら、金を貸すよって言ったのさ」

ただ丸三から金を借りたら、丸っと三倍に借金が膨れ上がる事になる。だからこそ、江戸で知れ渡る程の、高利貸しだと言われているのだ。

「うちを守る男どもを呼んでから、客達に、その話をしたんだ。借り逃げは無理だ。借金取りからは逃げられないよって伝えたら、皆、文句を言いつつ帰っていったね」

お気楽なお虎の友達は、借金を申し込んだら、返さなくともよいと、言って貰える気でいたのだ。丸三がきっぱり首を横に振ると、もっと優しい亭主を持つべきだと、お虎へ説教していったらしい。

「いや、高利貸しのあたしより、皆、強突《ごうつ》く張りだね」

麻之助は眉尻を下げ、疲れただろうと言い、丸三へ菓子を差し出した。

「お虎さんは、この菓子屋が気に入ったようですから、お二人で召し上がって下さい。持ち帰られた菓子の代金が未払いだったんで、預かったお金から、私が払っておきました」

「は？　お虎が店から菓子を、持ち帰った？」

丸三が、大きく目を見張った。

「お虎は、余り菓子は食べないが」

芸者をやっていた頃から、おなごの飲んべえとして、お虎は結構知られていたという。つまり甘味より、酒とつまみが好きなのだ。

「あたしは菓子代くらい、けちった事はないけどさ。お虎が菓子屋で買うのは、あたしと万吉のお八つばかりだよ」

そのお八つにしても、お虎は高い饅頭より、焼き芋をよく買うという。

「えっ……？」

麻之助はその時、船着き場近くで会った、船頭を思い出した。長火鉢の横でしゃきりと座り直すと、丸三へ、恐る恐る問うてみる。

「あの、丸三さんは婚礼の話が出た後、船頭さんから船賃を借りた事がありますか？」

借りた相手は、柳橋近くの船宿にいた船頭だ。

「大した額じゃありません。でも丸三さんが借りたと言うんで、そっちも払ったんです」

丸三が、にたりと笑った。その笑い方が何か恐くて、麻之助は聞く前から、返事が分かった気がした。

「いや、あたしは船賃を、誰かに借りた事はないねえ」

特に、お虎と添う話になってからは、金は多めに持ち歩いているという。婚礼で入り用なものを、急に思い付いて買うかも知れないからだ。

「麻之助さん、そこは分からなきゃ。大倉屋さん辺りに叱られるよ」

「ありゃあ……船賃、払ってしまって済みません」

誰かが丸三の名を騙《かた》って、勝手に舟に乗ったのだ。そして直ぐ、今、渡したばかりの菓子へ目を向けると、菓子屋で四つ饅頭を求めたのは、お虎ではないとつぶやいた。

「誰かがお虎さんの名で、饅頭を買ったんでしょう。嫌な感じがしてきました」

麻之助が言うと、丸三は面白がっているような顔で頷いている。菓子も船賃も、大した額ではなかった。だが、しかし。

「たまたま私が見つけた、二件のみだとは、思えないですよね」

おそらく他の所でも丸三の名を使い、船賃を踏み倒し、酒手を払わず、ただで飲み食いをしていそうだ。そして、その悪評はいずれ、丸三やお虎に降りかかってしまう。高利貸しは悪い評判に、お虎まで巻き込まれる事は、勘弁だと言ってきた。

「金を返せと言われたら、少しばかりの代金なら、あたしの財布から払ってもいいよ。まあ、婚礼に必要な金なんだろう」

だが麻之助は、長火鉢の猫板《ねこいた》に湯飲みを載せると、顰《しか》め面《つら》になる。

「小銭でも積み重なれば、大きな額になります。その手、長くは使いたくないです」

それに高橋《たかはし》家は、町役人の一員、町名主であった。

「銭を踏み倒す輩がいると知って、放っておくわけにもいかないんです」

丸三の名を使えば、店で買い放題、舟に乗り放題となれば、その内、大勢が悪行を真似しかねない。

「十両盗めば、首が飛ぶって言われてるんで。町名主としては、誰かが捕まる前に、馬鹿を早めに止めなきゃ」

「おや、優しいし、珍しく勤勉だね」

「そのぉ、放っておいたら、奉行所勤めの吉五郎に、叱られちまいますから。さっさと手を打つべきだったって」

「あのさ、銭を踏み倒した者を捕まえるのは、奉行の仕事じゃないのかね」

麻之助は丸三に頷くと、でも今、相馬家には頼れないと口にする。そして、これは内緒ですよと言い、内々の事情を話し始めた。

吉五郎の義父、相馬小十郎が吟味方与力になって以来、欠かさず挨拶をし、武具代を寄越している大名と旗本が、争いごとを抱えた。そして両家とも、相馬家へ泣きついてきたという。

「しかも、その大名家と旗本が、揉めてたんです」

困った事になっているのだ。

「おやぁ、麻之助さん、小十郎様は武家から金、受け取ってるのかい」

「どこの大名旗本でも、いざという時の為に、与力や同心《どうしん》へ武具代を贈るもんです。つまり金を贈ってます」

そして町奉行所で働く同心、与力は、屋敷へ出入りさせ、働いて貰っている小者《こもの》や中間《ちゅうげん》などへ、届けられた金などから、幾らか渡している。武具代は、彼らの暮らしを支えているのだ。

武家も含め、江戸では百万からの人たちが、暮らしている。だが、南北両奉行所にいるのは、与力各二十五騎、同心各百二十人のみだ。そんな少ない人数で、日々、江戸の町を守っているわけだ。

正直に言えば、とてもではないが人数は足りない。全く足りない。しかし人手がなくても町の者達は、人殺しや盗人から守ってくれと訴えてくる。

与力同心は人手の不足を、余裕のある者が寄越した金で、補っているわけだ。

つまり相馬家は、働いてくれている小者達の為にも、馴染みの大名家と旗本の困りごとを、何とかせねばならなかった。

「はは、やれやれだねえ。それで御大名と御旗本は、一体どんな事で角突《つの》き合わせているんだい？」

「それが、そりゃ高い櫛《くし》の事で、揉めてるって事でした」

「く、櫛？　御大名と御旗本が、櫛にこだわってるのか？」

丸三が、土地争いでもしているのかと思ったと、驚いている。

「御旗本から、御大名家へ嫁にいかれた奥様が、亡くなられた。形見の品の櫛は、どちらのものかという話なんですよ」

その、玉や真珠だらけの櫛は何とも派手で、一目で奥方の残した品と分かるのも、拙かった。争いにどちらが勝ったか、櫛が誰かの目に付くと分かってしまうのだ。

「それで話はこじれ、小十郎様でも未だ、片付けられていないんです」

よって相馬家は今、別件である小銭の件を引き受ける余裕がない。そしてだ。

「そもそも丸三さんの件は、吟味方与力が引き受ける事じゃなく、同心の旦那が何とかするべき事です。分かってるんですが」

だが、しかし。その考えに頼る事も出来なかった。

「まだ丸三さんの所へ、岡っ引きの親分が、銭のふみたおしの件を確かめに来てないですよね？　つまり同心の旦那達は、何度も起きてる事に、気がついてもいないんです。一回に使われた額が、少ないからでしょう」

丸三が笑い出し、では、麻之助が小銭泥棒を、何とかするしかないかと口にする。少なくとも、こういう悪事があったと、調べて岡っ引き達へ知らせなくては、事は動かないだろう。

「だけどその盗人を、どうやって突き止めるんだい？　誰なのか、とんと分からないよ」

菓子を掠《かす》めたのも、船賃を払わなかったのも、丸三の店から離れた場所であった。そして船宿と菓子屋も離れている。場所を絞るのは難しそうだ。

「あたしと関わりのある、誰かかも知れないけどさ。あたしは高利貸しで、人の恨みも買ってきてる。あたしの縁から、突き止めていくのは難儀だと思うな」

間違い無く、麻之助一人の手には余る。丸三が大変だねえと言い、眉尻を下げた。

「あたしが関わってる事だ。だから預けた金は、麻之助さんが好きに使っていいよ」

麻之助は懐《ふところ》から財布を出して、重い金子を見たが、首を横に振った。金は丸三とお虎の、祝宴用なのだ。

「うーん、小銭を使った奴を捕まえるのは、結構難しいなぁ」

麻之助が必死に考えていると、自分の名が勝手に使われたというのに、丸三が楽しげな目でこちらを見ている。麻之助は何故だか、大倉屋が冬太郎を見る目を思い出し、眉間《みけん》に皺《しわ》を寄せて立ち上がった。

「さっぱりやり方が分からないですけど、何とか頑張ってみます。多分、立派に解決しようと考えても、上手くいかないと思います」

無茶と溜息を覚悟し、無謀なやり方でも、失敗しても良いと考えて、何でもやってみるしかないのだ。

麻之助は、清十郎にも相談してくると言って、部屋から表へ出ようとしたが、帰る前に丸三の方を見た。

「あの、一つ聞いてもいいですか？　船賃を丸三さんへ押っつけた誰かですが。何で小銭を、誤魔化したんでしょう？」

高利貸しで金持ちの、丸三の名を使うなら、もっと大枚を得ようとしそうなものだ。だが、お虎の名を騙った者など、菓子屋から巻き上げたのは、太くて重くて高い羊羹ではなかった。お試しとして食べる、たった四つの饅頭だったのだ。丸三が首を振る。

「さて、分からないなぁ。うん、あたしもこのお題、考えてみるよ」

「頼みます」

小道から大きな通りへ出ると、今日も人で賑わっている。麻之助は足早に歩き出すと、清十郎が暇な事を天に祈った。

四

まずは三日、麻之助と清十郎で手分けして調べた。すると蕎麦の種物と、手ぬぐい一枚と、寄席の木戸賃と、甘酒が、丸三とお虎の名で買われていると分かった。

金を貸した方は、まさか江戸でも知られた高利貸しが、小銭を踏み倒すとは思っていないので、品を渡したという。麻之助達は事に行き会った先で、またまた代金を払う事になったのだ。

そして高橋家へ戻ると、麻之助は眉間に皺を寄せ、長火鉢を抱えるようにして畳の上へ伸びてしまった。今日ばかりは猫のふにに引っかかれても、身を起こさなかった。

「やっぱりというか、まだまだ沢山、丸三さんの名は使われていそうだね」

余りに数が多く、自分達だけで使い込みを見つけるのは、無理だと思い知った。もっと大勢で調べなければ、事は片付かない。

「丸三さんの婚礼の日が来ちまうよ。それまでには何とかしないと」

下手をすると、金を踏みたおされた者達が、婚礼に押しかけて来かねない。借金を払えと言われる事で、祝いの日を台無しにしたくはなかった。

「どんな馬鹿な事でもいい、やれる事があるっけ？」

例えば、両国の貞の手を借りられれば、一度に大勢の手下が動き、事を片付けられるかもしれない。しかしだ。

「私が両国にいる手下達を、都合良く動かそうとしたって、貞さんは、うんと言ってはくれないよね」

それこそ、兄ぃと慕っている吉五郎が頭を下げれば、承知するかも知れないが、吟味方与力の見習いに、そんな事は頼めない。

いや吉五郎ならきっと、悪友を助けようとしてくれる。だが問題は義父の、小十郎の意向なのだ。これ以上、やる事を抱えるなと小十郎が止めたら、友は動けない。

「うーん、どうしたらいいんだろう」

畳から身を起こし、三度ほど首を傾げた後、麻之助は顔を顰《しか》めた。頭に浮かんできたのは、不吉な事に、冬太郎の顔だったのだ。

「そういえばあいつ、引っかかる事を言ってたっけ」

町名主達を評して、繋がりは力になると口にしていたのだ。そして。

「相馬家は今、困りごとを抱えてる。私が町名主の力を集めて、その悩みをどうにか出来たら、吉五郎に力を貸してもらえるだろうか」

時がない。他に何も思い付けなかったので、まずは相馬家の困りごとと向き合う為、出かけると決めた。

「何で、こんな事を考え付いたんだろ」

強《こわ》ばった麻之助の顔を見て、ふにが鳴き声を上げ、お和歌が心配そうな顔で見てきたが、大丈夫だと言って玄関へ向かう。

屋敷の表は良い天気であった。それを吉兆と考え、八丁堀《はっちょうぼり》へ足を向けた。

いつもより遅めの刻限、相馬家の与力屋敷へ顔を出すと、吉五郎だけでなく、小十郎も在宅していた。

それで麻之助は、奥にある吉五郎の部屋へ顔を出した後、小十郎の部屋へも挨拶にいった。その時、無謀にも単刀直入に、相馬家へ顔を見せた訳を伝える事にした。

「あの、相馬家は今、御大名と御旗本の件で、大層お忙しいと伺っております。櫛を巡って揉めごとが起きたとか。その事情を、詳しく教えて頂く事は出来ますでしょうか」

もちろん吟味方与力なのだから、麻之助へ話せない事が多いのは分かる。だが麻之助は、ただ興味があるから、そんな話をしているのではないと続けた。吉五郎の役に立ち、その事と引き換えに、両国の貞の手を借りたいのだと、正直に伝える。

そんな事を言えば、小十郎が怒るか、呆れて帰れと言うかと思った。

(でも、話してみるしかないし。怒られるのは慣れてるよ。相手が小十郎様だと、少し……大分怖いけどさ)

すると。驚いた事に小十郎は、ここで麻之助を叱りつけなかった。それどころか、口元を歪《ゆが》めはしたものの、揉めごとの大本を見てみるかと、麻之助へ言って来たのだ。

「あの、義父上《ちちうえ》、よろしいのですか?」

気がつけば背後に来ていた吉五郎が、魂消《たまげ》た声を出している。小十郎は構わず、以前よりもずっと立派になった屋敷の部屋で、文机《ふづくえ》に置かれた手文庫を開けた。取り出したのは薄紫の袱紗《ふくさ》で、麻之助の前に来ると、中身を見せてくる。一寸魂消、声が裏返った。

「えっ、これはまた……聞きしに勝る、何とも豪華な品で」

小十郎の手にあったのは、大ぶりな櫛であった。しかも、麻之助の周りのおなご達が、着けているような品ではない。幾つかの大きな玉や真珠などが、透かし彫りの中に、金の細工で付けられている。途方もなく高い品だと、麻之助にも分かった。

「これは、さる大名家の奥様が、持っておられた品だ。里は縁戚の旗本家。奥方は体を壊し、ずっと旗本家が持つ別宅におられた」

奥様が亡くなり、二つの家で諍《いさか》いが起きた。奥様が残した櫛は、大名家のものか旗本家のものかで、揉めているのだ。

「櫛は見た通り、恐ろしく高価だ。両家は引く気などないようだ」

大名家は、奥様は病で亡くなったのだから、残された財は大名家のものだと言っている。旗本家は櫛の事を、奥様方が形見として随分前に、旗本の兄御《あにご》へ渡したと言っている。

病になった奥様を、里方に押っつけていたのに、残された財だけ欲しがっていると、旗本は、妹の嫁《とつ》ぎ先を厭《いと》うているらしい。こういう騒ぎは大名、旗本でも、長屋住まいでも、同じように起きるらしい。

「目立つ櫛だけに、どちらの物になるか噂になり、勝ち負けが掛かった争いに化けておる。もう、手に負えぬわ」

酷《ひど》く揉めたせいで、櫛を、どちらかの屋敷に置いておく事すら出来ず、今、相馬家が預かっているのだ。

「櫛が、ここまで高直《こうじき》な品でなければ、双方とも、欲しがりはしなかっただろう。形見の品は他にも、多くあったと聞いている」

大名と旗本の遺品争いなど、そもそも町方の吟味方与力が裁く事ではないと、小十郎はうんざりした声を出した。どちらも己の側が正しいと信じて、挨拶をしている相馬家へ、泣きついてきたのだ。

（うへっ、双方が納得する正答なんか、なさそうだねえ）

麻之助は自分から言い出し、櫛を見せてもらったにもかかわらず、溜息をついた。

「厄介《やっかい》さで言うと、丸三さんの件と張り合いますね。あっちは、誰がやっているか分からないんで、困ってるんですが」

「おや、麻之助の困りごとは、丸三の難儀なのか。あの男が困るとは珍しい」

小十郎が片眉を引き上げたので、麻之助は相馬家へ押しかけてきた事情を、まずは簡潔に語った。そして。

「私は、勝手に丸三さんの名を使っているのは、自称親戚の一人だと思ってます。ただ、その考えが合っているとしても、誰の仕業《しわざ》か分からないと、止められないんですよ」

何でこの世には、こうも厄介な事が溢《あふ》れているのかと、麻之助は首を何度か振った。すると小十郎がにっと笑い、櫛の件について、考えを言ってみろと言い出した。

「えっ？　あの、私が片付けるのは無理だと、思った所なんですが」

だが小十郎は笑いを引っこめず、吉五郎が横から肘で脇腹を突いてきた。逃げられなくなって、もう一度立派な櫛を見つめ直した。

「とにかく高そうで、おまけに酷く派手です。そしてこの櫛、大名家と旗本家、どちらかへ渡す訳には、いかないんですよね」

その決断が出来るなら、小十郎はとうに、櫛を渡していると思われた。麻之助がはっきりそう言うと、横で吉五郎が頷いている。ならばだ。

「そうですね、私は……町名主達を何人か、このお屋敷へ呼べたらと思います」

「町名主を相馬家へ呼ぶ？」

この話には小十郎も驚いたようで、麻之助を見つめてくる。麻之助は、冬太郎が言っていたように、町名主の繋がりを頼りに、事を片付けたいと言ってみた。

「ですが櫛の件に関わる事は、町名主の仕事ではないんです。断られるかも知れません」

しかしだ。

「相馬家は、同心から与力になられ、八丁堀でも高名です。その屋敷へ集《つど》い、内が見られるのならば、物見高い気持ちで来てくれる町名主が、必ずいると思うんです」

そして屋敷に来たからには、その町名主の力を貸してもらう。麻之助はそう言い切った。

「私はその町名主達に、借りを作る事になりますが、仕方ありません」

「町名主が集うと、何が出来ると思うのだ？」

「とりあえず、高直な飾り物を作っている、腕の立つ職人がいないか、教えてもらおうと思います。あの櫛、目立ちすぎて、あのままじゃどうにも出来ませんよ、きっと」

ただ麻之助の支配町の内で、あそこまで高直な飾り物を扱う職人は、当てがなかったのだ。

「でも町名主が多く集まれば、腕利きの職人、誰か知ってそうです」

だがここで吉五郎が、声を低くして聞いてくる。

「麻之助、職人なんか呼んで、その櫛をどうする気なんだ？」

「そりゃ……職人に聞いてみなきゃ、始まらない事だよ」

一寸、相馬家の内に、恐いような沈黙が広がる。もしかしたら否《いな》と言われ、櫛の件を放り出せるかもと希望が浮かんできた時、小十郎が口を開いた。

「麻之助、やってみなさい」

小十郎も本心、困っていたのだと分かり、腹をくくる。

「吉五郎、うまくいくよう祈っててくれ」

呆然としている吉五郎の部屋で、麻之助は文机を借り、せっせと町名主へ、呼び出しの文を書いていった。

五

十日の後、麻之助は吉五郎と連れだって両国へ向かい、見目良く鯔背《いなせ》な大貞の息子、貞と会った。

貞は今、親の大貞と、両国の盛り場を仕切っており、江戸内の噂には耳ざとい。麻之助が今、丸三が金を使われた件で困っている事くらい、とうに承知だと思われた。

「厄介な頼みごとをしてくるに違いないと、貞さんの取り巻きに、屋敷へ入れて貰えない事もあり得るかも」

本気で心配していたのだ。

だが今日は、貞が兄ぃと慕っている吉五郎と同道しているから、直ぐに屋敷へ通され、奥の間で話す事が出来た。貫禄が付いてきた貞は、今日もいい男ではあったが、もう昔ほど軽い様子はなかった。

まず吉五郎へ挨拶をした後、長火鉢の傍らから、麻之助へ渋い顔を向けてくる。

「麻之助さん、丸三さんの婚礼を仕切ってて、困りごとにぶつかったんだって？」

誰かが丸三の名を用いて、小銭を使っている事まで、貞は既に知っていた。

「麻之助さんは清十郎さんと一緒に、真面目に調べてたんだな。だが、江戸は広いからね。うん、二人じゃ調べきれなかろう」

そんな忙しい時に、わざわざ両国までやってきたのだ。麻之助の望みが分かると、貞は言ってくる。

「この貞の手下達を使いたくって、おれの所へ来たんだろう。うん、うちは両国の盛り場を、かなり仕切ってる。沢山の男どもがいるからな。頼りたいと思う気持ちは分かるぞ。力は貸したいと思うよ」

麻之助とは、長い付き合いだからと貞は言い、一旦言葉を切る。それから懐手にして麻之助を見てきた。

「でもねえ、うちの皆も両国で働いてるんだ。麻之助さん、手下達を調べに使うんなら、ただって訳にゃいかないな」

大体、小銭を使われた件に、忙しい兄ぃ、吉五郎を呼び出したのはどういう事だと、やはり貞は言ってきた。

「兄ぃは今、吟味方与力見習いなんだ。旗本並の、偉いお立場なんだ」

麻之助はその吉五郎を、友だからと言って、己の用で呼び出したのだ。

「いただけないやり方だよ。兄ぃ、びしっと言っても良いのにと思いますよ」

貞は言い方にも、大いに重みを増していた。周りにいる手下達の眼差しも厳しくなってきて、麻之助は困って頭を掻く。

すると吉五郎が、ここで貞へ話を始めた。

「貞、今日両国へ一緒に来ると言ったのは、この吉五郎の方なのだ。麻之助には今回、相馬家が、大いに力を借りたからな」

　小十郎からも、麻之助へ力を貸せと言われていると、吉五郎は言葉を続ける。途端、貞も、その周りに控えている取り巻きも、部屋内で目を茶碗のように見開いた。

「はて兄ぃ、何がありやしたんで？　麻之助さんが、小十郎様に認められるような事を、成したって事ですか？」

　自分ではなく麻之助が、小十郎に認められるなんてと、貞が妙な方に話をずらしている。吉五郎が困った顔で、与力として相談を受けた事は、他言出来ないと言うと、貞の傍らにいる取り巻きの一人、数《かず》が片眉を引き上げた。

「相馬家が今、困ってる件といやぁ、確か御大名と御旗本の揉めごとですよね」

「おやま、何と早耳なことで」

　麻之助が驚くと、貞の手下によくいる、見目の良い男は薄く笑っている。だが、吉五郎は問いに答えないし、麻之助もそれ以上話さなかった。

　しばし戸惑ってから、貞はぽんと手を打つ。

「相馬家の件は、他言無用なんですね。だから二人は、何も話せないんだ」

　急ぎ、人払いが行われた。

「何が起こって、麻之助さんがどう始末したのか、これで話してくれますよね？」

　貞は、興味津々の眼差しを二人へ向けてくる。だが麻之助は、それでも口を開きはしなかった。

どう考えても、手下達を、ただで借りられはしないだろう。ならば出来るだけ、借りる代金を値切らねばならなかった。麻之助の財布はいつも軽く、大勢を雇う金はない。そして丸三に、更に大枚をはたかせるのも気が引けるのだ。

（貞さんへ、相馬家の事を話す前が、値切る好機だ）

有効に使わねばならない。麻之助は考えつつ、語り出した。

「貞さんが考えた通りだ。誰かが丸三さんの名を使ってないか、おたくの手下達に調べて欲しいんだよ。だが、そいつは仕事のついでいい。代わりに代金を、ぐっとまけてくれないかな」

真剣な頼みだと言い、麻之助は両の手を合わせて頭を下げる。だが貞も直ぐには、うんといってくれなかった。すると。

横で吉五郎が笑い、相馬家が抱えた悩みは、確かに大名家と旗本家が、櫛で揉めた件だと告げたのだ。両家の名は言わなかったが、櫛が豪華だった事や、細かい事情なども語ってゆく。

「相馬家は、奉行所の勤めも抱えている。正直な話、両家が何としても引かず、櫛は己のものだと言い続けたので、先日まで本当にうんざりし、困っていたのだ」

貞が、ぐっと真剣な顔つきになった。

「昔の事のように言うんですね。つまり、そのうんざりする件を、麻之助さんが何とか片付けたみたいだ」

さて、どうやったのかと、貞は腕組みをして考えている。吉五郎はここで貞へ、一つ案を出した。

「麻之助の考えが、貞にも直ぐ察しがつき、何とか出来る話なら、余り価値はない事になる。そんな事情を語るのと引き換えに、金をまけてくれと言うのは、いささか図々しいな。ならば、足らぬ金の一部を私が補う事で、麻之助と丸三さんには勘弁してもらおう」

だが麻之助の解決のし方が、貞に察しが付かないような方法であったなら、それを学んだという事で、値引きをして欲しい。吉五郎はそう頼んでくれたのだ。

「ほう、こいつは面白い話になった。こりゃ、男と男の勝負ですね。吉五郎兄ぃの頼みを受けないと、後で、おとっつぁんから文句を言われそうだ」

盛り場の頭《かしら》は、気っ風が良くなくては務まらない。いずれ大貞の跡を継ぐと決まっている貞は、その行いを皆から見られているのだ。

「分かりました。麻之助さんが、相馬家の困りごとを、どうやって片付けたか、思いつかなかった時は、です。うちの手下達を、ただで動かしましょう」

麻之助が直ぐに、ぴょこんと頭を下げたので、貞は口元を歪め、必ず答えを思いついてみせると言ってくる。

ただ、その時ちらりと障子戸へ目を向けると、数、顔を見せろと声を掛けた。すると、ややゆっくり障子戸が開き、早耳で顔の良い先ほどの手下が、頭を下げてくる。

「部屋から出したのに、隠れて話を聞いてるんじゃねえよ」

「済みません、でも若頭《わかがしら》……話の続きが知りたくて」

「数、仕事をしなっ」

貞が指を素早く動かすと、手下が今度こそ去った。それを目の端で確かめた後、また腕を組んでから、貞は口を開いた。

「御大名と御旗本が争ったんだ。問題の櫛は、片方に渡す訳にゃ、いかなかったんでしょう。どちらかの物にして済むなら、小十郎様が早々に、けりを付けてた筈だ」

貞の判断はしっかりしていて、早かった。つまりやれる事は一つだと、貞は言い切る。

「櫛を強引に売っちまって、その代金を、御大名と御旗本へ分けた。麻之助さんは、そうしたんじゃないですかね」

この答えで、合っているのではないか。貞は自信ありげに言って、麻之助達を見てきた。

六

麻之助はここで、貞を真っ直ぐに見た。そして……直ぐに、それは嬉しげに、首を横に振ったのだ。

「貞さん、外れです。手間賃、まけて下さいね。いや助かりました」

貞が、思い切り渋い顔つきになった。すると吉五郎が笑い、貞なら、事の責めを引き受ける気で、本当に櫛を売り払いそうだと言ったのだ。

口を尖《とが》らせ、貞は唸《うな》った。

「ええ。そういう話に持って行くしか、ない気がしました。他に、どんな手があったんですかい？」

麻之助はぺろりと舌を出すと、自分が考えた手も、無謀の塊だとは言った。貞と同じく、片方へ豪華な櫛を返してしまう訳には、いかないと思ったからだ。

「相馬家で預かった櫛は恐ろしく派手で、一目見れば分かりますからね」

片方へ渡すと、表沙汰にする気はなくとも、じき、どちらに軍配が上がったか、知れてしまうと思われた。

ただ。

「今回の一件には、御大名と御旗本が関わってます。間違っても勝手に、亡き奥様が残した品を、売る事は出来なかったんですよ」

武家の面子《めんつ》が潰《つぶ》れてしまう。それでは相馬家を巻き込んだ、大事になってしまうからだ。巻き込まれたあげく、下手をすれば相馬家が、一番責を問われかねない。

「いや、たまったもんじゃないです」

麻之助はそう言うと、一つ、間を置いた。それから真っ直ぐに貞を見つめ、はっきりと口にする。

「それでね、私は櫛を、ばらばらにしちまおうと思いまして」

「は？　麻之助さん、恐ろしく高そうな櫛を、壊して捨てたのかい？」

そんな考えは、欠片《かけら》も思い付かなかったようで、貞の顔が引きつる。だが麻之助は、首を横に振った。

「壊すなんて、とんでもない。私は目立つ櫛を、別の形に出来ないかと思っただけです。要するに、作り替える事にしたんですよ」

ただ高橋家の支配町には、大名家に品を納めるような、櫛笄《こうがい》の店はない。

それで麻之助は知り合いの町名主に文《ふみ》を出し、支配町に高価な櫛笄を作り替える事が出来る、それは腕の良い職人がいないかと問うた。江戸のどこかには、そういう職人もいる筈であった。

「困った時はお互い様。何人かの町名主さんが、心当たりがあると言い、力を貸すと伝えてくれました。それで私は、その町名主さんと職人さん達に、八丁堀にある相馬家の屋敷へ集ってもらったんです」

そしてその日、相馬家には他の者達も呼ばれた。

「まず、私は丸三さんを同道しました」

そして小十郎は、一同が集った隣の部屋に、櫛を争っている大名家の留守居役と、旗本家の用人を呼んだ。

麻之助は町名主達のいる部屋で、豪華な櫛を直に見せ、付いている玉や真珠を使って、幾つか売れる品を作れないか、職人達に問うた。

「ほおほお。麻之助さん、何かおれのやり方と、そうは違わないじゃないか」

「貞さん、私はいきなりお武家の櫛を、売っちまったりしてませんよ。櫛を職人に見せる事も、御大名方に、先に断ってます」

相馬家で櫛を見た職人達は、直ぐに、五つくらいの飾り物に分けられると言った。新たな品を作るのに必要な金や銀の代金は、とりあえず丸三が出してくれると請け合った。

出来た飾り物を売った後、入った代金から丸三へ返金をするのだ。それを聞いた貞が唸る。

「しかしさ、飾り物を五つも作れるとは凄いな。いや、本当に派手な櫛なんだな」

「玉や真珠を外した元の櫛も、金銀の細工を足して、使えるようにするって話でした」

ここで小十郎と大名家、旗本家が、話し合う事になった。

「小十郎様はまず、櫛は五つの飾り物に変え、手放すようにしたいと伝えました」

売った利は、両家で分けるのだ。

作り直せば、元の櫛がどうなったのか、余所《よそ》へは知れない。

奥様の形見は他にもある。

隣の部屋では職人達と町名主達が、櫛を作り直す代金を払っても、元の櫛の代金に近い額が、両家へ払われる筈と算盤《そろばん》を弾いた。

新たに生まれる飾り物を引き取るのは、櫛を作り直す職人達がいつも、仕事を受けている店になる。そちらは顔を出した町名主が橋渡しすると、請け合ってくれた。

「すると、どちらの家のお武家も、否とは言わなかったんです。ただ、ねえ」

元の櫛を失う事になるからか、双方直ぐには諾と言わない。それで麻之助は、隣の部屋へ顔を出すと、無謀にも武家達を困らせる事にしたのだ。

「そろそろ相馬様への頼みを、引っこめる頃合いだと、お二人へ言いました。吟味方与力を、長きにわたって付き合わせてるんです。これ以上長引かせるなら、お届けになる武具代、足りませんと伝えました」

金を、ぐっと増やすか問うた所、ここに至って、留守居役も用人も納得し、櫛は別物に化けると決まった。職人達は簪《かんざし》三つと根付、袋物の留め具を作り、元の櫛も直すと言っていた。

「早々に、取りかかってもらってます。元の玉がとても良い品なので、もう買い取ってくれる先も見つかりました」

麻之助は、確かに貞の考えと、似ていると口にした。だが貞のやり方では、大名家も旗本家も引かなかったとも言ったのだ。

「だから、私の勝ちです。手下の皆さん、なるだけ多く動かして下さいね」

図々しい奴だと、貞が笑い出した。

「確かに、麻之助さんには一本取られたな。要するに最後にゃ、留守居役と用人を脅したってわけだ。うん、おれのやり方とは違ったさ」

貞は手下を部屋へ呼ぶと、丸三の名を騙っている度胸の良い者を、連れてくるように言う。吉五郎が、捕らえる事まで貞にさせては、手間を掛けすぎると口にした。偽の丸三が、どこの誰かを突き止めてくれれば、後は麻之助と自分で捕まえると、貞へ言ったのだ。

麻之助も頷いたが、しかし一寸の後には、そんな言葉など忘れ、目を見張る。

貞の手下の一人が、すっと障子戸を開けると、部屋脇の小さな庭が目に入った。するとそこへ、先に部屋から出た数が、若い男とおなごを連れ、姿を現してきたのだ。

「おんや?」

麻之助が吉五郎と顔を見合わせると、貞が、庭へ連れてきた二人が誰なのか告げた。

「その若い男だが、丸三だと名乗ってた奴だ。蕎麦代を貸すと言ってないのに、食い逃げしたんで、とっくにおれ達が捕まえてた」

この男が、麻之助が探している奴だろうという。

「おなごの方は、お虎と名乗ってたな。だが、いずれ丸三が払うからと言って、振り売りの売り物を、持って行っちゃいけないねえ」

おなごは、貞の手下達が捕らえる前に、振り売りにとっ捕まっていたという。

「捕まってもしつこく、丸三から払ってもらってくれと言い続けるんだ。で、さてどうしようかと、考えていたところさ」

「ありゃりゃ、それで直ぐに、ここへ連れてこられたんですか」

麻之助と吉五郎が驚き、貞が笑い出す。さて、若い二人はどこの誰なのか、麻之助が首を傾げていると、当の男は庭から自分の事を、丸三だと繰り返してきた。

「何で信じてもらえないんだろう。本当に、丸三なんですよ」

麻之助は首を傾げ、吉五郎は、これまで丸三の名で、どれくらい金を踏み倒してきたのかと、真面目に問うている。若い男が、踏み倒してはいないと、外れた事を言ってきたので、麻之助は笑みを浮かべ、世に聞こえた高利貸しの丸三なのかと問い直した。

「も、もちろんその丸三ですよ、他に、丸三なんて変わった名前の御仁が、いるとは思えないんですが」

麻之助は優しく笑って、そうだねと同意した。丸三の名は、この高利貸しから金を借りると、丸っと三倍に借金が膨らむ事から、きている呼び名なのだ。

「だけどさ、お兄さん、高利貸しには見えないよ。いい加減、名前を言おうよ」

「だから、丸三だってば」

「本物の丸三さん、もう還暦は越えてたかなぁ。いわゆる、じいさんだね」

「えっ……」

　でもと言いかけ、男は口を閉じた。すると代わりに貞が、先を話す。

「丸三さんが、もうすぐ嫁さんをもらうと耳にして、お前さんと、幾つも離れてない男だろうと、勝手に思ったのかね。残念、お前さんはどう見ても、丸三さんじゃないんだ」

　同じくおなごの方も、丸三の嫁、お虎ではない。お虎はもう三十路《みそじ》を越えていて、二十歳そこそこに見えるおなごとは、こちらも年が合わないのだ。

　貞の顔が、急に恐くなる。

「さぁて、この嘘つきの二人、どう始末をつけようか。小銭でも、金を踏み倒したのは確かなんだ。お上へ突き出すべきだな」

　丁度この場には、奉行所の者が来ているから都合がいいと、貞が言い出す。若い二人は吉五郎の着物や髪に目を向け、突然慌てだした。本当に捕まえられるかもと、初めて思い至ったように思えた。

「あの、その、ええい、正直に申します。わっちは、言葉足らずでした。実は丸三じゃなくって、丸三の弟なんですよ」

麻之助の目が、半眼になった。

「丸三さんには、弟などいないよ」

「違う、違う。そっちの縁じゃござんせん。わっちは、お虎さんの弟なんですよ」

そしておなごの方も、お虎の妹だという。

「町のお稲荷さんに誓って、嘘じゃござんせん。疑うんなら、お虎さんに会わせて下さいな。涙のご対面となりますから」

思い切り嘘くさかったが、お虎に確かめもせず、とっ捕まえる訳にもいかない。麻之助と吉五郎は、貞と目を見合わせ、まだ話は終わらないのかと、肩を落とす事になった。

七

翌日、麻之助と吉五郎、それに貞は、手下の者達と自称お虎の弟妹《きょうだい》を連れ、高利貸し丸三の家へ向かった。忙しい清十郎は仕事を抜けられず、来られなかった。

麻之助は道々、何でこういう話になったのかと、吉五郎達へぼやき続ける。

「最初は丸三さんに呼ばれて、友として、愚痴を聞いただけだったんだ」

お虎が嫁になってくれないという嘆きで、大抵の話はそこで終わる。ところが丸三の愚痴は、どんどん別の話に繋がっていった。

「まず、お虎さんが気持ちを変えて、婚礼が決まった。そしてこの麻之助が、その宴を仕切ることになったんだ」

　そこまでは、めでたい話であった。

「すると祝宴に、大物が顔を揃える事になって、肩が凝ってきた。うん、自分が仕切っておいて、妙な愚痴を言ってるのは分かってるんだけど」

　その後、縁組みする丸三とお虎には、親戚達が現れた。それだけでなく二人の名を使い、銭を踏み倒す者まで出てきたのだ。

「何で、そんな事になったんだろ。あまり聞かない話だよね？」

　祝言までに、丸三の困りごとを片付けたい。麻之助は相馬家の困りごとを何とかする代わりに、吉五郎の助力を願い、櫛の困りごとを片付ける事になった。

「その櫛の件ときたら、大変だったんだ。私は真っ当な、町名主の跡取りなんでね」

　途端、傍らにいる貞が、首を横に振る。

「そうですかい？　吉五郎の兄ぃまで巻き込んで、恐ろしく勝手な事をやっただけに思えましたが」

「私は真面目にあちこちへ、頭を下げただけじゃないか。だよね、吉五郎？」

　悪友は笑っている。

「櫛の件は何とか出来たけど、町名主さん達や貞さんに、借りが出来てしまった。貞さん、何かあったら取り立てに来ておくれ。町名主の仕事を放り出して、駆けつけるから」

　貞が口元を歪めた。

「父御の宗右衛門《そうえもん》さんから、おれが文句を言われそうですね」

そしてやっと、丸三を名乗っている輩を見つけ、事が終わると思ったら、事はまた、妙な方へ動いた。盗人はお虎の弟妹に化け、麻之助達は自称弟妹が何者か、確かめる羽目になったのだ。

麻之助が人の行き交《か》う通りで、明るい空を見上げる。

「やれやれ、いい加減終わって欲しいよ」

「お虎さんが、銭を誤魔化す〝弟〟など知らねえと言ったら、そのままこの二人を奉行所へ連れてって、終わりにしやしょう。丸三さんの家からはお調べの場が近くって、結構なこった」

貞からきっぱり言われて、若い男とおなごは、身を縮めている。だが弟妹を名乗った二人は、大嘘のような言葉を変えないでいた。

そして。

丸三の家へ至り、奥の部屋へ通されると、麻之助達は丸三達へ、何人も伴った事情を話した。するといきなり弟妹が現れたと聞かされたお虎は、魂消ていた。返答は、きっぱりしたものであった。

「あのさ、このお虎には確かに、弟妹がいましたよ。けどさ」

お虎がもらい子に出された後、流行病《はやりやまい》で母も弟妹も、一度に亡くなったのだ。

「この人達は、誰なんです？」

麻之助達の目つきが厳しくなったからか、自称弟妹達が、部屋の隅で慌てた。

「違います、あの、あたしらは、その亡くなったご弟妹《きょうだい》じゃありやせん」

お虎が承知しているように、お虎の父親は、流行病にかからず生き延びたのだ。そして。

「暫《しばら》くしてから、後妻をもらいましてね。生まれたのが、あたしらだというわけで」

ただ二親は早くに別れ、弟妹は母と、王子《おうじ》にいる祖父母の所で暮らしたのだ。

「母は後妻に行ったんで、段々王子に居づらくなりまして。少し前に妹と二人で、江戸へ出ました。父を頼ったんですが、もう墓に入ってました」

姉がいる筈と、柳橋でお虎を探したが、芸者は止めていて見つからなかった。弟妹は仕方なく、日銭《ひぜに》を稼いで何とか過ごしていたのだ。

「そんな時、お虎さんが運を摑《つか》んだって聞きましてね。なら、それにあやかろうって、二人で思ったんです」

金持ちと、一緒になると聞いた。船賃や饅頭代くらいで、怒りを買うとは思っていなかったと、二人は勝手を言っている。

「本当の名は、何と言うんだい？」

丸三が落ち着いて問うと、末吉《すえきち》と、おもんだと言ってくる。母の名や、王子の家の事も聞いたので、とりあえずは調べてみようという話になった。

「でも……いきなり腹違いの弟妹だって言われても、ねぇ」

お虎は、事情が分かってきても、何か不思議そうな顔をしていた。

暫く経った、ある日のこと。麻之助は八木《やぎ》家へ向かった。事をどう始末したか、清十郎へ言っておきたいと思ったし、他にも、話したい事があったのだ。

そしてまず、王子に使いを出してみたら、少なくとも末吉達は本当に、お虎の父親の子だったと告げた。

「おや、二人とも身内だったのか。驚いたね」

「とにかく丸三さんの祝言の前に、何とか事を終わらせたよ」

友の部屋で茶をもらい、麻之助はほっと息をつく。実は今回、最後に始末を付けたのは、何と、親の宗右衛門であったのだ。

「へえ、それも驚いた」

「私達はまず、もうお虎さんの金を当てにしないように、弟妹の二人に、その日暮らしを止めさせたんだ」

最初に末吉の暮らしを、何とかした。口が上手く、少しの事には動じない、いい加減さを見込んで、貞が、両国で使ってみると言ってくれたのだ。

「いい加減さって、見込みのある事なのか？」

「清十郎、末吉は今、見世物小屋の表で、客引きの口上を述べてるんだって。調子の良い奴だから、言いたい放題の客にも上手く返しているとか。結構評判がいいって話だ」

続けられる仕事が出来、仲間と同じ長屋へ入って、末吉の暮らしは落ち着いた。早々に、嫁を見つけたいと言い出したようだが、貞の周りには、見目良い男達が多い。

「苦戦しそうだよね。まあ若いんだ、頑張るさ」

そして、妹のおもんだが。

「若いおなごだからね。嫁入りさせるのがいいと言って、嫁ぎ先を、おとっつぁんが見つけてくれたよ」

「ああ、そこで宗右衛門さんが、力を貸して下さったわけか」

ただ、おもんは気軽に、丸三の金を頼ろうとしていた。だから宗右衛門は、母方の親戚が近くにいる王子の名主へ声を掛け、おもんの亭主を見つけたという。

「お虎さんは、おもんさんが妹だと言われても、首を傾げてたけどね。自分が貯めていた金で、おもんさんに、嫁入り道具を幾つか揃えてあげたんだよ」

おもんは、ちゃんと感謝していたというから、事は幕引きとなったのだ。

麻之助は、元々自分が背負い込んだ件へ、力を貸してくれた父親に、それは感謝した。そして、明るく言ったのだ。

「後は藤の花が咲いて、祝言をする日を待つだけだ。今度こそ、その筈ですよね」

こんなに、藤を見たいと思った事はないと、麻之助は口にしたのだ。そして丸三の婚礼の後は、いよいよ吉五郎の祝言を考える時期になるのかなと、長火鉢を挟んで親へ、いつものように語った。

すると。それからの親子の話は、ちょいと、今までとは違うものになった。

「麻之助、今回はご苦労さんだった。かなり年上とはいえ、丸三さんは友達だって話だ。だからお前が婚礼を仕切ったたし、この後、良い祝言が行われるだろうよ」

宗右衛門も嬉しいという。ただ。

「この後は吉五郎さんだと言って、今までと同じ調子で続いていく事は、もうなかろうと思うがね」

「はい？　おとっつぁん、そりゃ、どういう事ですか？」

「相馬家はお武家で、しかも旗本並の与力なんだ。婚礼が行われる事になっても、もうお前達が出張るなんて事は、ないんだよ」

麻之助達は八丁堀へ祝儀を、そっと渡しに行く事になる。丸三の祝言のように、花見を兼ねた気軽な席にはならないのだ。

「おとっつぁん、それは分かってますが」

「まあ、聞きなさい」

宗右衛門は息子を見て、ゆっくりと語った。

「つまりだ、若くて、無茶と軽さが道連れであった時期が、過ぎようとしてる。そういう事なんだよ」

麻之助は目を見開いた。

「麻之助や清十郎も、子を得て、少しずつ年を重ねていっているからね。多分、貞さんも、大倉屋さんの冬太郎さんもだ」

その意味を、既に親のない清十郎は、より重く感じている筈だと、宗右衛門は続ける。

「いつまでも昨日と同じ毎日は、続かないんだ。だから私は麻之助に、急いで妻や子を得て欲しいと願った」

そういう縁に支えられ、また次へ踏み出す事が出来るからだ。お気楽者と言われている麻之助だが、既に支配町の皆から、頼りにされ始めているのだ。

「お和歌さんを嫁にしたら、皆、道に床几《しょうぎ》を出して祝ってくれただろう？　麻之助が良く知る、親しい相手ってだけじゃなかった筈だ」

あれは次の町名主が、一人前の男になっていく日の、祝いであった。そして。

「やがていつかお前さんも、息子の宗吾《そうご》へ、同じような祝いをしてやるのさ」

受け継がれていく流れに、麻之助は踏み出しているのだ。背負ったものの重さが、その事に気づかせてゆく。

「ま、今日から麻之助が、大真面目になるとは思わないけどね。承知しとくこった」

宗右衛門はそう言うと、高橋家の部屋で、にこりと笑ったのだ。麻之助は腕組みをして、清十郎の前で、一つ溜息を漏らす。

「うん、ここへ来る前に、そう言われちまった。その、何故だかちょっと恐かった」

麻之助は、次の言葉を探せず、ここで黙った。あれ以来、何となく肩が重く、ついでに気も重かったのだ。

すると清十郎は茶を淹れ、猫板の上へ置くと、こちらを見てきた。

「あたしも親戚から、似たような話を向けられた事があるよ。町名主になった頃だ」

だが。ここで清十郎は悪友の麻之助へ、にたっと笑いを向けてくる。

「その後、町名主を続けてて、分かった事もある」

重みを負うて、己が変わっていくと思った事は確かにあった。しかしだ。

「嫌でも変われない面もあったわさ。それも、いい加減分かってきた」

まぁ、この先も何とか、お互いやっていこうと、長年の友は言ってきたのだ。麻之助は目を見張ってから、ほっと息を吐き、少し笑うと、うんうんと頷いた。

おとうと

一

江戸の町が、ある日の昼過ぎに揺れた。

もっとも、地震でぐらりとは来たが、台所に立てかけてあった笊《ざる》が、転がる位の揺れであった。江戸っ子達は、その程度の地震なら慣れている。神田《かんだ》でも早々に、揺れの事を誰も話さなくなった位であった。

ところが。その日、とんでもない不運に見舞われた場所もあった。神田の大通り沿いに、普請中の店があり、丁度七寸の鬼瓦や屋根瓦を、屋根に乗せようとしていたのだ。地震でその瓦が、人が行き交う下の道へ、転げ落ちてしまった。

「ひえっ、鬼瓦が誰かに当たった」

押し殺したような一瞬の沈黙の後に、幾つもの悲鳴が聞こえ、一帯は大騒ぎとなった。怪我人が出た、道に倒れているとの声に、医者を呼べという声が重なる。

そこへ、運良く通りかかった医者が駆け寄ると、重たい瓦を背に受けた男を見て、驚きの声を上げた。倒れていたのは、神田辺りでは名を知られている町名主《まちなぬし》、西森《にしもり》家の金吾《きんご》であった。


町名主は、江戸に二百五十人以上いる町役人だ。一人で数町から、十数町くらいの支配町を持ち、江戸町年寄《まちどしより》の下で日々、お上と下々《しもじも》の暮らしを繋《つな》いでいる。

お触れを町の者達に伝え、人別《にんべつ》も扱うし、証文も書く。土地の権利を扱う沽券《こけん》に関わったり、祭りなどを行う為の寄進を集めたり、町名主屋敷の玄関で、町民の訴えを聞いたりもした。要するに日々の暮らしが、滞りなく続いていく為の細々した仕事を、あれこれ引き受けていくのが役目なのだ。

よって町名主は忙しい。それで他の仕事を兼ねる事は、認められていなかった。

すると地震があった日、そんな忙しい町名主達の間を、とんでもない話が駆け抜けた。十五町も支配町を持つ西森金吾が、大怪我をして、町名主屋敷に担ぎ込まれたというのだ。

噂を聞くと直《す》ぐ、同じ町名主の高橋《たかはし》家から、跡取り息子の麻之助《あさのすけ》と、妻のお和歌《わか》が西森家へ走った。金吾はお和歌の父であり、麻之助にとっては舅《しゅうと》であった。

屋敷へ駆けつけると、跡取り息子である義弟金一《きんいち》と、母親のおかやが青い顔をして、布団の傍らに座っていた。

金一は今十七の筈《はず》で、突然の出来事を背負うには、いささか若過ぎる。おかやは大人しい人で、凶事を前に狼狽《うろた》えるばかりだ。医者や家の者達と話していたのは、近所から駆けつけてきた金吾の姉、お京《きょう》であった。

麻之助達は短い挨拶を交わすと、お京からまず、事故の話を詳しく聞いた。婚礼の時、お和歌から聞いた通り、後家だという伯母は、それはしっかりとした人に思えた。

(お京さんに、直《す》ぐに来てもらえて、助かったね)

お京の家は息子が継いでおり、今は身軽だという。お京は医者を傍《かたわ》らへ呼び、お和歌へ金吾の具合を話してくる。

「麻之助さん、お和歌さん、あたしが屋敷に来た時、金吾は布団から起き上がれなくなってたんです。重い瓦に背中を打たれたからだろうと、先生はおっしゃったの」

傍らにいた医者が、頷《うなず》いている。そして医者は、ただと言葉を続けた。

「西森町名主は、骨が砕けたとか、そういう大怪我はされてないと思います。しかし背と腰が、酷《ひど》く痛いと言ってました」

「それは、どう考えたらいいのでしょうか」

お和歌が身を乗り出した。

「そのですね、西森町名主ですが、今は人の手を借りねば、立ち上がる事すら難しいんですよ」

そして、怪我の痛みは徐々に減るだろうが、その後が怖いと医者は告げてきた。

「下手をすると、今までのようには、歩けなくなるかもしれません。一月《ひとつき》か二月《ふたつき》、時が経ってみないと、どれくらい難儀な事になるか、私にも言えないんです」

体の内を見る方法などない故と医者は言う。これ以上の事は分からないのだ。

するとここで、意外な程しっかりとした金吾の声が、部屋内の皆へ向けられた。

「麻之助さんもお和歌も、よく来てくれた。心配を掛けたようだが、この通り、まだ死んじゃいないよ」

ただ、今日は運が悪かった。怪我は軽くないから、この先、娘婿である麻之助には迷惑を掛けるかも知れないと、金吾は珍しくも、弱気な事を言ってくる。

「金一はまだ十七だ。色々教えてはいるが、いきなり十五町を任せる訳には、いかないんだよ」

だから、金吾もしばらく布団の中から頑張るが、麻之助達夫婦も金一を助けて欲しい。それが舅であり、長い付き合いがある町名主からの、真面目な頼みであった。姑《しゅうとめ》のおかやも、縋《すが》るような目で麻之助を見てくる。

するとと麻之助よりも、ずっと評判の良い利発な義弟は、きっぱりと言ってきた。

「麻之助さん、大丈夫です。私はもう十七だもの。おとっつぁんが寝込んでも、寝床から指示だけしてもらえば、万事私がこなします」

「金一、嬉しい事を言っておくれだね」

息子の言葉を聞き、おかやは嬉しげに頷いている。

だが今日の麻之助は、舅や義弟の気持ちを聞いたのに、頷かなかった。その代わり、ぽんと軽く一つお和歌の膝を叩いた後、医者へにじり寄る。そして金吾が傍らにいるのも構わず、真っ直ぐに問うた。

「あの、きちんと治す方法はないんですか？　どんな事でもいい、打つ手はありますか？」

金吾の為、もし出来る事があるのなら、早めに動いた方が良いと思ったのだ。すると医者は、頷いてくれた。

「そうですね、やれるなら直ぐにでも湯治に出て、じっくり怪我を治した方が良いと思います。薬と鍼《はり》と按摩、それに湯で癒《い》やすわけです」

屋敷にいると、金吾は寝ていてもつい町名主の用が気になって、動きそうであった。だがそれでは、怪我を癒やす大切な時期に、無理をする事になる。思いきって湯治場へ行った方がいいと、医者は言ったのだ。

「何ヶ月か……一年以上かかるかも知れません。でも今無理をして、万一歩けなくなったら大事ですから」

途端、金一の声が裏返った。

「い、一年、湯治に行くんですか？　おとっつぁんがそんなに長く留守にしたら、この家はどうなるんですか」

「金一、おとっつぁんの体の事より、家の心配をしてるの？」

お和歌が、珍しくもはっきりと眉を顰《ひそ》める。

「姉さん、私はただ、西森家の事を思って」

「これ、止めなさい」

声を掛けたのはお京で、おかやは子供らを止めかねている。ここで答えを出し、騒ぎを終わらせたのは、麻之助であった。

「先生、私は舅を布団の中で、働かせたくはありません。舅が否と言っても、湯治にやろうと決めました。金吾さんには、きちんと治ってもらいます」

湯治に行くなら、怪我をして間も無い今がいい。だから、出来るだけ手を貸して欲しいと、勝手に言ったのだ。

「長い目で見ればそれが、十五もある支配町の者達にとって、一番良い事の筈です」

前髪を落としている跡取りがいるのだから、金吾が無理をする事はないと、付け足した。

「それに金一さんは、私よりずっと評判の良い跡取り息子だ。大丈夫ですよ」

すると金吾が布団の中から、唸《うな》るような声を出す。おかやは返事をしかねていたが、お京とお和歌が麻之助の味方となったので、事は決した。

「金吾、湯治へ行くのがいいわ。怪我人は体を治す事だけ考えてちょうだい」

「お前さん、あたしは父の為に、何をすればいいですか」

「ほい、ほい。じゃあお和歌、おかやさんと一緒に、金吾さんの旅支度をしておくれ」

今回の湯治は長逗留《とうりゅう》になるだろうから、荷は多めにと告げ、旅に必要な手形は、麻之助が書くと決める。麻之助は次に、お京へ目を向けた。

「お京さん、もし出来るなら、弟の金吾さんの湯治に、付き添って頂けませんか」

妻のおかやが同道出来れば、一番良かろうと麻之助は思う。だが、おかやまで屋敷から居なくなると、支配町の者達を知る者が、若い金一と、手代《てだい》くらいになってしまう。それは避けたいと言ったのだ。

「分かりました。旅に出て良いか、一緒に暮らしている息子夫婦に聞いてみます。でもあたしは隠居ですから、きっと大丈夫よ」

「路銀《ろぎん》や逗留の費用として、怪我の見舞金を、これから集めてみます。ええ、湯治の為の金ですから、江戸の町名主さん達は、きっと大勢出してくれるでしょう」

あっという間に、話があれこれ決まってゆく。金一が呆然とした顔になったのを見て、金吾は布団の内から、湯治を止めにかかった。

「おいおい麻之助さん、勝手は駄目だよ。町名主はそう簡単に、屋敷を離れたり出来ないよ」

ところがここで廊下から、思わぬ声が聞こえてきた。

「ああ大丈夫ですよ。大怪我ゆえ湯治が必要となれば、町年寄樽屋《たるや》は承知されます。金吾町名主、しっかり治してきて下さい」

「俊之助《しゅんのすけ》さん、来てくださったんですね」

金吾の怪我を聞き、事がどうなったか急ぎ確かめる為、町年寄樽屋が、手代俊之助を屋敷に寄越したと分かった。

「麻之助さん、私は、西森名主のお声が聞けて、ほっとしました」

俊之助の後ろを見ると、他にも清十郎《せいじゅうろう》など、近い所の町名主達が集まってきている。

「あの、その、わたしはどうしたらいいのか……」

呆然としたまま、まだ動けないおかやに代わり、西森家の手代が慌てて、町名主達の座を用意し始めた。

二

こうと決めた時の、麻之助や町名主達の動きは速かった。

まずは同業達や金吾の知り合い達、果ては高利貸しの丸三《まるさん》からも、見舞いの金を集めた。そして怪我をした当人が、何でこうなるのかと狼狽えている間に、駕籠《かご》と馬を使って、金吾を箱根湯《はこねゆ》本《もと》の湯治場へ放り込んだ。

湯本を選んだのは、江戸から近い上、他の宿へ行くより道が割と平坦で、怪我人を送り届けやすかったからだ。姉のお京と荷物持ちが一人、金吾に同道し箱根へ向かった。

西森家の心配事は、とにかく手が打てたかに見えたのだ。

しかし……金吾が西へ旅立った翌日、町名主達は西森家の屋敷に集《つど》う事になった。父の宗右衛《そうえ》門《もん》も厳しい顔つきで部屋に座ると、何故だか息子の頭を何度も、扇子で叩いてくる。

「麻之助、今回は問答無用で、金吾さんを湯治へ行かせたね」

息子の強引さに魂消《たまげ》はしたが、こうでもしなければ、金吾は湯治になど行かなかったに違いない。後々の事を思えば、確かにこのやり方が一番良かったのだろうと、宗右衛門は口にした。

「おお、おとっつぁんに褒《ほ》められました。でもおとっつぁん、何度も叩くと、扇子が傷みますよ」

「息子や、私は褒めちゃいないんだよ、実は」

麻之助が今回、金吾を湯治場へやれば、色々問題が残る事を承知で動いたからだ。つまり今日は、その後始末をする為、町名主達は西森家へ集っていた。

「全く、麻之助が何かをすると、周りが大変だよ。ああ金吾さんの跡取り、金一さんみたいな、評判の良い息子を持ちたかったねえ」

「おとっつぁん、今回一番いけなかったのは、私じゃなく、落ちた鬼瓦ですよ。いや、地震かな」

「まあねえ。でもね、それが分かってるから、お前さんをびしりと叱れなくて、すっきりしないんだよ」

だからつい、扇子で打ってしまうと言われ、麻之助は次の一発から逃げた。

「おとっつぁん、怖い事言わないで下さい」

顔ぶれが揃うと、西森家の親戚という事で、高橋家の宗右衛門が、まず皆へ声を掛けた。集った町名主は、西森家の近くに支配町がある者達で、悪友清十郎が主の八木《やぎ》家、その妻お安《やす》の実家である甲村《こうむら》家、武市《たけいち》家、赤松《あかまつ》家、坪井《つぼい》家、岸上《きしがみ》家、安岡《やすおか》家、西松《にしまつ》家、それに高橋家と西森家の十家となった。

西森家の金一が、母親のおかやと共に、金吾へ届けられた見舞金の礼を口にする。その後宗右衛門は、肝心な事から話し出した。

「皆様におかれましては、西森金吾町名主の事を気に掛けて下さり、ありがとうございました。親戚として、この宗右衛門からも御礼申し上げます」

そして町名主に何か事が起きた時、その仕事を助けられるのは、他の町名主しかいないと、宗右衛門が続ける。今回金吾はおそらく一年、屋敷へ帰って来られないと、医者は言っていたのだ。

「金吾町名主が湯治から帰ってくるまでの間、ご子息の金一さんを支える仕組みが必要です。それを今日、話し合いに参りました」

本当ならば親戚である高橋家が、西森家跡取りの金一を補佐し、事を終わらせるべきかもしれない。しかしだ。

「うちの麻之助は以前、支配町ではない四町を一時、預かった事がありまして。その時の体験から、十五町全部を高橋家が預かるのは、無理だと言い切っております」

否と言う声も出ず、部屋内は静かであった。もし、高橋家一家で預かって欲しいなどと言ったら、お気楽者の跡取り麻之助が、きっと恐ろしい事を言うからだ。

一つの家で十五町預かれると言い出した町名主へ、まず、にこりと笑い掛ける。そして、一度己《おのれ》でやってみせてくれと言いそうなのだ。

ここで宗右衛門は、今後町名主達がどうやって金一を支えるか、案を一つ出した。

「今日集ったのは、西森家以外の九家と、町年寄の手代俊之助さんで、合わせて十家です。ならばこの十家で、金一さんの仕事を少しずつ、補ってはどうかと思っております」

十家いれば一月二十九日ないし三十日の内、三日、金一を助ければいい事になる。この日数なら、手助け出来るのではと問われ、一寸《ちょっと》顔を合わせてから、町名主達はゆっくりと頷いた。

一番ほっとした顔になったのは、俊之助だ。

「おおっ、早々に何とかなった。宗右衛門さん、ありがとうございます。ええ、月に三日でしたら、町年寄の屋敷から人を出せます。毎回私が行けるかどうかは分かりませんが」

その後、一年間、西森家の仕事が続けられるよう、話のすりあわせを始めてゆく。

（ああ、何とかなりそうだ。これで金吾さんへも文が送れる。安心して貰《もら》えるだろう）

麻之助もほっとして金一へ目を向け……猫のふにに引っかかれた時のように、顔を強《こわ》ばらせた。

この時金一は、何とも渋い顔を町名主達へ向けていたのだ。

（まさかまさか、金一さん、おとっつぁんの考えに、不満なのかな？　せっかく決まった話を、潰《つぶ》したりしないよね）

急ぎ名を呼んでみたが、金一は麻之助へ返事をせず、宗右衛門の方へ身を向けた。そして、利発との評判に違わぬ落ち着いた様子で、はっきりと己の考えを告げた。

「宗右衛門さん、高橋家には、父の湯治の事などで、お世話になっております」

しかしだ。ここで十七の金一は、低い声を出した。

「今後の事はもっと時間を掛けて、事を運んで欲しいんです。そもそも、おっかさんも私も得心《とくしん》出来ない内に、おとっつぁんは箱根へ行っちまったし」

あのやり方で大丈夫だったのかと、金一は今も悩んでいるらしい。麻之助が大急ぎで事を進めたのが、嫌だったに違いない。

更に、別の不満もこぼれ出てくる。

「この後、町名主さん達が交代で西森家へ来て、私の仕事を助けて下さるそうですね。ですが私はちゃんと、町名主の仕事くらい出来ます」

昨日、今日の話ではなく、お和歌が嫁《とつ》いだ頃から、金吾は息子の金一に、手伝いをさせていたという。

「おとっつぁんからはいつも、きちんと出来ていると、褒められてきました。大丈夫、私は町名主の仕事をやれるんですよ」

「おお、それは凄いね。うちの麻之助ときたら、直ぐに怠《なま》けたがるし、外で喧嘩はするしで、私から小言を食らってばかりだ。跡取りなのに、まだこなし切れてないんだよ」

宗右衛門が柔らかく言うと、その場で小さな笑い声が上がる。甲村町名主が語った。

「宗右衛門さん、麻之助さんはあれこれ言われても、ちゃんと仕事を済ませてますよ。まあ金一さんは、出来る跡取りだって話だ。ええ、自信があるのは結構な事です」

だが、それでも最初は手助けが必要だと、甲村は続けた。

「何しろ十五町もの人達の、毎日が掛かってますから。そういう事情は金一さんも、分かって下さいますよね？」

すると金一は、自分が承知出来るよう、もっと話し合いが必要だと返してきた。

「集まったその日に、急いで決められては、おっかさんも得心《とくしん》出来ないと思います。手代とも話したいし、何度かこういう席を設けて欲しいんですが」

途端、赤松町名主が首を横に振る。

「金一さん、金吾さんの仕事を手伝ってきたというなら、分かってますよね。町名主は忙しいんです」

町名主達は金吾の件で、既に大分時を割いている。金一が納得するまで皆が付き合う事は、無理なのだ。

「えっ、じゃあ赤松町名主は私に、皆さんが決めた事に、黙って従えと言うんですか？　おとっつぁんが帰ってくるまで、ずっと？」

金一が、拗《す》ねたような口調になった。町名主達が金一を見つめ、顔を顰《しか》めた時、清十郎が扇子で、とんと畳を叩いた。

大きな音を立てた訳ではない。だが、金一は黙り、清十郎へ顔を向ける。

麻之助と日々無茶をしていた若い頃、清十郎は強く、その上顔も大層良かったせいか、却《かえ》って軽い扱いを受けていた。だが親となって落ち着いた今、清十郎は文句なしに見目良き町名主として、迫力を増しているのだ。

「金一さん、聞いとくれ。知らないかも知れないが、町名主は平素、他の支配町の事に、首を突っ込んだりしないんだ」

金一が、目を見開く。

「えっ……でも、おとっつぁんが怪我したら、皆さん、うちへ来てますよね」

「でもね、十五町ある西森家支配町の人達が、頭を抱えてしまう事は、見過ごせないんだ。そんな事になったら、町年寄さんや、他の町名主達にも迷惑が掛かるからね」

町名主の役料は、町に住む地主達が払う、町入用から支払われるのだ。金は貰うし町名主屋敷には住むが、支配町の役に立たない町名主がいたら、町名主という立場そのものが悪く言われかねない。それでは町年寄も困る。

「それで西森家を、他の町名主達が支えようって話になってる。それは分かりますね？」

「でも八木町名主、だって、ですね」

「だからさ、まずは一月、我慢なさい」

清十郎の口調が強くなった。

「一月経てば、十家全ての町名主が、金一さんの仕事ぶりを見終わる。ご自分で言った通り、仕事をちゃんとこなせたら、私らはそこで、余分な口出しを終えるよ」

先ほど聞いたように、皆、暇を持て余している訳ではないからだ。喜んで西森家から手を引くと、清十郎は言いきった。

「とにかく実際に、仕事ぶりを見せてくれなきゃ、事は始まらない。口で何を言ったって、支配町の用が片付く訳じゃないからね」

他の町名主達も、その言葉に頷く。金一は、それでも不満げであったが、俊之助が笑って言った。

「一月経ったら、またこうして集まって、皆さんの手を煩《わずら》わせて済みませんでしたって、言えば良いだけですよ。金一さんは、出来の良い跡取りなんだから」

息子の方をちらりと見てから、宗右衛門が口をへの字にしたが、麻之助は笑っている。町年寄の手代から言われた為か、金一がようよう黙った。

三

西森家からの帰り、宗右衛門は甲村町名主の所へ行ったので、麻之助は清十郎や俊之助と共に、賑やかな神田の町中を歩んだ。

明日から三日間、西森家へ最初に通う町名主は、親戚である高橋家に決まった。金吾を箱根へやった麻之助が、一番もの慣れない時期の、義弟の仕事を助けねばならないのだ。

「その次は、八木家が引き受けてくれたんだよね。そのおかげで、その後はあっさり決まった。清十郎、ありがとうな」

後は金一が頑張ってくれれば、金吾を安心させる事が出来ると、俊之助が語った。

「そうなってくれれば、樽屋さんもほっとなさるでしょう。とにかく、今回の件はやっと、目処《めど》が付きましたね」

すると、だ。西森家の始末が早くに付いて、ありがたかったと清十郎が言い出した。麻之助が片眉を引き上げると、友は道々、連れ達へ事情を話してくる。

「麻之助が金吾さんを、箱根へやる為に動いている時の事だ。実は、吉五郎《きちごろう》から頼みごとをされたんだよ」

だから清十郎としては、時を作りたいのだ。

「おや、珍しい」

驚く麻之助の横から、俊之助が問う。

「吉五郎さまとは、確か町奉行所の吟味方与力《ぎんみかたよりき》、相馬《そうま》小十郎《こじゅうろう》様のご子息の事ですよね」

石頭の武家吉五郎は、道場で知り合った麻之助達の幼馴染《おさななじ》みで、相馬家の跡取りなのだ。義父は、万事に厳しい小十郎だから、吉五郎は滅多に、町名主の友を頼ってくる事などない。いつもは頼られる立場の、頼もしい友であった。

「その吉五郎が、突然、八木家へ顔を見せてきたんだ。余程困ってるんだと思って、力を貸すと言ったんだが」

恐ろしく難儀な件を聞いてしまったと言い、清十郎は眉間《みけん》に皺《しわ》を寄せている。驚いたのは、麻之助だ。

「ありゃま、このお江戸で、どんな大事が起きたんだい？」

清十郎の返答は、思いも寄らないものであった。

「実はな、吉五郎から猫探しを頼まれたんだ」

「は？　猫？　吉五郎の困りごとって、迷い猫の事なのかい？」

清十郎が頷く。

「逃げた一匹の猫を捕まえたいゆえ、力を貸して欲しいと言われたんだ」

相馬家には飼い猫のとらがいるが、とらが行方知れずだとは言われなかった。相馬家が誰かに猫探しを頼まれ、跡取りの吉五郎が探しているのだ。

「江戸中に、一体何匹の猫がいるのかしらん」

麻之助はそうつぶやいた後、町中で、ぴたりと歩むのを止めた。

「清十郎、その頼み、怖いね」

「ああ、麻之助もやっぱり、そう思うか」

清十郎が頷いていると、一人事を摑《つか》みかねているのか、俊之助が問うてくる。

「お二方、その、どうして猫を探す事が、怖いのですか？　見つからないと思うからですか？」

その場合は、探したが駄目だったと、正直に言えば良いではないか。そもそも逃げた猫が、必ず見つかると思う者は居なかろうと、俊之助が続ける。

だが麻之助は、両の眉尻を下げた。

「俊之助さんの、おっしゃる通りです。うちの猫のふにが突然居なくなったら、一所懸命探します。知り合いにも、ふにを見かけなかったか、聞いて回ると思います」

でも、もしずっと探し出せなかったら。

「その時は、どこかで元気にしていてくれと、神仏に願うしかないでしょう」

つまり麻之助は、まかり間違っても、江戸でも名の知れた吟味方与力親子に、猫探しを頼んだりしないのだ。阿呆な頼みごとを与力屋敷へ持ち込んだりしたら、怖い人柄で知られる小十郎に、塀へ投げ飛ばされかねない。

麻之助達は以前相馬家の近くで、本当に、人が横に飛んでいるのを見た事があった。

「しかし吉五郎は、猫を探してます。その上わざわざ猫の事で、八木家へ相談に行った。猫の件は、小十郎様も承知の事なんでしょう」

という事は、つまり。

「その猫、ただの迷い猫じゃないんですよ」

いや、消えたのが本当に猫なのかも怪しいと、麻之助が続けた。清十郎もとうにその事を考えていたようで、あれこれ思い付いた話を並べ出す。

「一つ考えられる事として、身分高き所から預かっていた、どなたかの猫が、消えたのかも知れないですね」

失せた猫の首輪が、無くしては拙《まず》いものだった、という事もあり得る。

実は猫が、誰か人と一緒に消えた、という事も考えられた。

失せた猫を誰が取り戻せるか、大勢が賭けでもしているのかも知れない。そして賭け事は、御《ご》法度《はっと》なのだ。清十郎は息を吐いた。

「他にも話は考えつくが、余りに馬鹿馬鹿しい話なら、あの小十郎様や吉五郎が、猫探しを断ると思います。つまり猫探しの件には、何か厄介《やっかい》ごとが絡んでるんです」

俊之助が唸った。

「なるほど、有名な与力の相馬家が関わると、ただの猫探しが、化け猫探しみたいな怖い話になるんですね。ううむ」

俊之助は腰が引けていたが、失せた猫を見かけなかったか、町年寄の屋敷でも聞いてみると言ってくれる。町人で一番偉い町年寄の屋敷には、日々様々な人が顔を見せるからだ。

「それで清十郎さん、その猫はどんな柄の猫で、名は何と言うんですか」

猫を探すなら、必ず必要になる事であった。すると清十郎は、少々申し訳なさそうに猫の事を語る。

「それが……白地に黒の、ぶち猫だそうです。名は、ぶち」

俊之助と麻之助が溜息を漏らす。

「それはまた……山と見かける柄の猫ですね」

「清十郎の家の、みけと同じくらい、あちこちで出会いそうな名だ」

背中と尻尾に黒ぶちがあるというが、そんな猫とて多くいる。これは探すのが大変だと、麻之助が口をへの字にした。

「とにかく吉五郎が困ってるんだ、私も猫を探すよ。あっ、明日から三日は、金一さんの仕事を手伝わなきゃならないけど」

だが西森家でも、ぶちの事を問うてみると麻之助が言う。三人はまた歩き出し、麻之助はつぶやいた。

「これはもしかして、何で相馬家に相談ごとが持ち込まれたのか、それを考えてみた方が、早道かしら」

正しい考え方だとは思う。だが清十郎から、事情が分かるだけで事が終わるなら、吉五郎は八木家へ来ていない筈と言われ、頷いた。三人はじき、分かれる所に差し掛かる。

「麻之助、猫の事で何か分かったら、知らせとくれ」

「町年寄のお屋敷で何か聞いたら、他出《たしゅつ》のついでにでも、西森家へ寄りますよ」

「私はまず、うちのふにに、ぶち猫を知らないか聞いてみる」

飼い猫を頼るとは馬鹿みたいな話だが、ふには結構、頼りになるのだ。

「とりあえず、真っ当にぶち猫を探すしかないけど、人手も暇も足りないね」

とにかく西森家の金一が、出来の良い跡取りで、麻之助の助力など必要なさそうな事だけは、ありがたい。自分が同じ歳だった時は、どんな様子だったかと考え、さっぱり勇姿が浮かんで来なかったので、笑えてきた。

四

次の朝、麻之助は屋敷から、少し早めに西森家へ向かった。

仕事を始める前に、屋敷にいる者達に、ぶち猫の事を聞いておきたいと思ったからだ。そして今日は道々、己に言い聞かせる事もあった。

(町名主屋敷へ、もし急ぎの用が来ても、金一さんを急がせちゃ駄目だ。金一さんは初めて自分で、町名主の仕事を全部やるんだから。手早く出来なくても、当たり前なんだ)

それと、西森家へ持ち込まれた用を、麻之助が仕切ってはいけない。金一は町名主の仕事をこなせると、きっぱり言っていた。麻之助の務めは、忙しくなるだろう金一を助ける事であった。

「さて十七歳の、町名主代理の仕事ぶりや、いかに」

鼻高々になっても良いから、金一が本当に、務めを軽く、見事にこなしてくれたら嬉しいと思う。その時は思い切り、金一を褒め称《たた》えるつもりであった。

「明日からの仕事に、張り合いを持って欲しいからね」

ほてほて通りを歩きながら頷き、麻之助はふと、西の空へ目を向けた。

「金吾さん、東海道をどの辺りまで行ったかな。馬や駕籠に乗っても、今は、背や腰が痛いだろうな」

今朝もお和歌が、赤子の宗吾《そうご》を抱きつつ、金吾の事を案じていた。舅を湯治に行かせた判断が間違っていない事を、麻之助は願うのみであった。

「とにかく、これから三日間は、西森家で仕事だね。金吾さんが怪我した後だ。諸事《しょじ》滞ってる筈だ」

西森家は神田の大きな通りから、一本入った道の先にある。ひょいといつもの道を曲がった所で、麻之助は一寸《ちょっと》、足を止める事になった。

「おや、西森家の前で、何人も待ってるよ」

今日から金一が町名主の仕事を仕切り、仕事をすると、ちゃんと伝わっているのだ。良かったとは思うが、混み具合を見ると、余程困りごとが溜まっているようで、溜息が出た。

「今日は一日忙しくなりそうだねぇ。猫探しは無理かな」

麻之助は小走りで屋敷へ向かった。

「金一さん、皆さんを玄関へ入れればいいのに」

玄関は町名主が話を聞く場だし、そこそこ広さがある。座る事も出来るからだ。

「おっ、娘婿さんが来たよ」

麻之助の顔を知っている者がいたらしく、屋敷前にいた誰かから声が上がる。麻之助はちょいと挨拶をしてから、横手の木戸をくぐり、屋敷内へ入っていった。

そして金一に挨拶をしようとして……玄関で、目を丸くする事になった。

「えっ、金一さん、居ないの？」

今日から順番に町名主が来て、金一の仕事を助ける事になっている。勝手に助力を決められたと文句を言ってたから、金一もその事を、よぉく覚えている筈なのだ。

なのに、当の金一が屋敷に居ない。

「あの……何でです？」

麻之助は呆然としつつ、玄関にいた西森家の手代と、金一の母おかやを見つめた。二人は、困ったように目を合わせてから、まずはおかやが事情を語り始める。

「麻之助さん、うちの金一は今日、真面目に町名主の仕事をする気で、支度をしていたんです。本当なんですよ」

麻之助が来る事も分かっていたから、仕事の割り振りなども、おかやや手代と話していたという。

「そこは、信じてやって下さい」

「金一さんは真面目ですもんね。それで金一さんは今、どこに居るんですか？」

息子を庇《かば》う母親に、麻之助は一に知りたい事を聞いてみた。屋敷前には、町名主に用がある人達が、既に多く集っている。町名主が居ないでは済まないのだ。

するると、おかやが黙ってしまったので、横に居た手代が話を継いだ。

「それが、その。分からないんです」

「えっ、分からないって……何で？」

「妙な事になったのは、子供のせいでして」

今朝方、屋敷を開ける用意をしていたところ、先ほど麻之助が入って来た横手の木戸から、子供が入り込んだという。

「七つか八つの女の子でした。金一さんが声を掛けたんですが、その子は友達が喧嘩してると、半泣きで話してました」

そして……気がついた時、子供も金一も、玄関から居なくなっていたのだ。

「どこへ行ったのか、さっぱり分からなくて」

手代は驚いたが、女の子が訴えたのは、子供の喧嘩の事だ。諍《いさか》いを宥《なだ》めたら、金一は直ぐに戻ると思っていたらしい。

「ところが金一さんときたら、それきり帰って来ないんです」

屋敷の外に、用を抱えた町の皆が集まって来る。麻之助が、屋敷に来る刻限にもなった。だが手代とおかやは、玄関を開ける事が出来ず、困り切っていたらしい。

「麻之助さんが来て下さって、助かりました。私どもはどうしたら良いですか。表門、開けますか？　それとも金一さんが帰ってくるまで、屋敷を閉めておくべきでしょうか」

麻之助は、眉間に指を押し当ててから、おかやと手代に言葉を向けた。

「その、出来る事は勿論《もちろん》手伝います。でも私は、この町の町名主じゃないんですよ」

麻之助は今日、あくまで金一の務めを、助けに来ているだけであった。麻之助が勝手に、他町の件を裁定してはいけないのだ。町年寄も承知の上で、町名主代理として四町を預かった時とは、立場が違う。

「仕方がない、町年寄様の判断を仰ぎましょう。これから、日本橋《にほんばし》の樽屋へ行ってきます」

麻之助が腰を上げると、おかやが狼狽えた。

「婿さん、待って下さい。金一が屋敷から居なくなった事を、町年寄様に言うんですか。あの子が、仕事を怠けていたように思われませんか。もう少し、待って欲しいんです」

おかやは、金一はその内、いや直ぐにも屋敷へ帰ってくる筈と言うのだ。

「でも、屋敷の周りに多くの方が、待ってましたよ。金一さんが帰ってくるまで、あの方達を待たせておくんですか」

麻之助が困っていると、おかやは更に驚くような事を、言い足してくる。

「麻之助さん、いっそ金一は不調という事で、今日はこのまま、休みに出来ませんか。わたし、うちの人も息子も居ないのに、町の困りごとを相談されるのは、ちょっと怖いんです」

「あの、怖いとは……」

一寸、次の言葉が出て来なかった。

金吾は、それはしっかりした人で、人当たりも良く働き者だ。腕っ節《ぷし》も強い。町名主の仕事に関して、西森家の家人が困った事など、ないだろうと思われた。

(だからかな、大人しいおかやさんは、ほとんど町名主の仕事に、関わってきてないみたいだね。町名主のおかみさんが、仕事を怖いと言うなんて不思議だもの)

悪友清十郎の妻お安など、亭主と並んで、町の者達から頼りにされている。ほわほわとした所のある麻之助の母おさんも、近所の人の話を聞いたり、捨て子の世話をしたり、結構宗右衛門を助けていた。

町名主の家では、良く聞く話なのだ。麻之助はやんわりと、姑へ問うた。

「おかやさん、金吾さんは一年ほども、湯治を続けるかも知れませんよ。金一さんが用で他出するたび、この町名主屋敷を閉めるおつもりですか?」

「えっ、駄目でしょうか」

「…………」

麻之助が真剣に困った、その時だ。ここで更に、思いの外《ほか》の事が起きた。しびれを切らした町の者達が、閉まっている門の戸ではなく、麻之助がくぐった木戸の方から、勝手に入り込んできたのだ。

そして玄関に来ると、手代が止めるのも聞かず、話し出した。

「あれ、金一さんがいないよ。西森家の跡取り息子は、どこへ行ったんだ?」

まず口を開いたのは、近所の大家、寛吉《かんきち》であった。手代から他出中と聞くと、顔が怖くなる。

「じゃあ急ぐから、おかやさんへ言うよ。西の権兵衛《ごんべえ》長屋《ながや》で今朝方、小火《ぼや》騒ぎがあったんだ。私からまず、知らせとくからね」

家主《やぬし》の権兵衛自身は今、その始末に忙しいので、後で事情を告げに来るという。町名主の方から、一度火事場を見に行ってくれと言われ、おかやがおろおろとし始めた。

「えっ、そんな大事、どうしたらいいんでしょう」

「いや、どうしましょうって言われても。それを決めるのが、町名主じゃないか」

寛吉からきっぱりと言われたが、新たに支配町を束ねる金一はいない。おかやは顔色を白くし、今にも倒れてしまいそうに見えた。するとそれを見た大家は、益々《ますます》怖い顔になる。

「婿さん、あんたがいるのに、何で町名主屋敷がこのざまなんだいっ」

やはりというか、金一でもおかやでもなく、麻之助が大家から叱られてしまった。

五

とにかく小火が起きたからには、どうするか、直ぐに腹を決めねばならない。麻之助はやれる事を、さっさと進める事にした。

（そんな勝手をしたら、俊之助さんやおとっつぁんから、後で叱られそうだね。でもさ、ただ金一さんを待ってても、やっぱり叱られると思うし）

まず一つ目として、戻って来ない金一を、探すと決めた。玄関に入ってきた者達に声を掛け、小銭を渡して頼む事にした。

四人が笑って、探しに行ってくれた。

「金一さんをただ待ってるより、探しに行った方が、苛立《いらだ》ちも減るわな。その上、幾らか稼げるなら、ありがたいさ」

麻之助は次に、集まった困りごとを、勝手に片付け始めた。

「まず、小火の件をもっと聞かねば」

大家の寛吉によると、小火は既に消えているし、古い竈《かまど》から火が出ただけで、放火や、誰ぞの失火ではないらしい。

「あ、それは助かりました」

ほっとはしたものの、この後の始末を、麻之助が決めるのは難しい。

「仕方ない、寛吉さん、手間を掛けますが、自身番《じしんばん》を見回ってくる定町廻《じょうまちまわ》りの旦那へ、まずは小火の事を伝えて頂けますか」

そして麻之助は、町年寄の手代俊之助へ急ぎ文を送り、それから己で小火を見に行くと言ったのだ。

「えっ、麻之助さん、西森家を離れるんですか」

おかやが声を震わせるが、大家の寛吉は、直ぐに承知してくれた。

「そうだ、寛吉さんへ、この機会にお伝えしときます。我ら町名主はこの先交代で、三日ずつ、西森家へ手伝いに来るんですよ」

　よろしくと言うと、寛吉は腕を組んだ。

「それで今日、婿さんが西森家にいるんですね。金吾さんは、怪我をして湯治に行ってる。余所《よそ》の町名主さん達が、西森家の支配町を助けてくれるのは、ありがたい事ですよ」

　ただそういう時に、西森家を背負っている跡取りは、どこにいるのか。寛吉はまた、金一の話を蒸し返し始めた。

　おかやが言葉に詰まると、寛吉が説教を始めそうだったので、急ぎ文を持たせ自身番へ行ってもらう。

　だがそうしている間に、玄関に入りこんでいた男三人がしびれを切らした。町名主屋敷の内だというのに、大声を出し始めたのだ。

「おれ達は、この支配町の者だぞ。町名主に、話を聞いて貰いに来たのに、何で西森家の跡取り息子が居ないんだ？　気に入らねえ、西森家の婿がいけないんだな」

「えっ、私が駄目なの？」

「金吾さんが居るときは、西森家の屋敷が、騒がしくなる事なんかなかったよ」

　騒いだ本人達が、麻之助だと、信頼が足りないとか、腕っ節が強いのかも、本当は分からないとか、勝手を言ってくる。

「だからさ、その文句を何で私に言うのかな」

　麻之助の口から、思わず愚痴がこぼれる。

「ぶちを探したいのに、これじゃ猫の事を聞く間もないや。今日、こんなに忙しい日になるなんて、思いも寄らなかったよ」

「……ぶち？　猫？　何だ、そりゃ」

ところが。ここで玄関での騒ぎは、突然収まった。麻之助が急に額を押さえ、しゃがみ込んだからだ。周りの者達は息を呑み、黙り込む。

「痛《い》ったぁ……」

横を向いた途端、魂消て目を見開いた。使いを出したばかりだと言うのに、早くも町年寄の手代、俊之助が現れていたのだ。拳固《げんこ》を握った俊之助は、怖い顔をしていた。

「小火が起きたと聞いたんで、西森家へ来てみたんです。そうしたら……何なんですか、この様子は」

西森家の周りに、沢山人が待っていて、俊之助はまず驚いた。その上、町名主の屋敷の門が開いていない。俊之助が急ぎ木戸から中に入ってみると、何と麻之助が、町の皆と、玄関で言い争いをしていたのだ。

「今日は麻之助さんが、西森家へ詰める日ですよね。西森家が、こんな事になってるなんて、手際が悪すぎます」

（あ、やっぱり私が叱られた）

俊之助の目が、素早く辺りを確かめる。

「麻之助さん、金一さんはどこにいるんですか？」

「それがその……分からなくて」

途端、今度は扇子でびしりと打たれ、麻之助は小声を上げると、俊之助から飛び逃げた。そして次の一発が来る前に、大急ぎで言う。

「金一さんは私が今日、この屋敷に来た時には、もう居なかったんですよう。私じゃなく、西森家の人に聞いて下さい」

手代が、慌てて事情を話している間に、麻之助は騒いでいた三人に目を向ける。俊之助と、金一の話を始める前に、こちらを片付けておかないと、また大声を上げそうだった。

しかし威勢の良かった三人は、額を赤くした麻之助を見ると、及び腰になった。

「お三方、待たされたとはいえ、西森家の屋敷内で騒ぎを起こすなんて、驚きだ」

金吾はしっかりした町名主で通っており、いままで屋敷で騒ぎが起きたなど、聞いた事はなかったのだ。なのに怪我で留守にした途端、三人は躊躇《ためら》う事無く、玄関で騒いだ。

「支配町の人達が、怪我人に心配を掛けちゃ、駄目じゃないですか」

余程大事な用件があったのか。ならば、事情を教えてくれないかと、麻之助が問う。

すると三人は、居心地悪そうな顔になり、わざとらしくもそっぽを向く。その様子に興味を引かれ、三人の側へぐっと寄ったところ、麻之助の何が怖かったのか、三人が身を強ばらせる。

(ここで騒ぎの訳すら摑《つか》めなかったら、俊之助さんは、後できっと、もっと怒るな)

そして、何故だか叱られてばかりの麻之助は、またまた扇子で打たれるのだ。何としても嫌であった。

それで三人へ、ふににも話した事が無いほど、気を遣った言葉を向けてみる。

「ねえ、話しておくれな。私は早く事を終わらせて、ぶち猫のぶちを探したいんだよう」

「ぶ、ぶち猫？」

その時三人は顔を見合わせ、とんでもない事を言った。

「ぶち猫。どこかで見たな」

「おれ達はただ……その、知りたかっただけなんだ」

「知りたいって、何を、だ？」

ここで俊之助が、口を挟んでくる。三人は渋々語った。

「今日はさ、新しい町名主が、ちゃんとおれらの為に働くか、見に来たんだ」

なのに金一は、屋敷に居もしなかった。腹が立ったので騒いだと言われ、俊之助はうめいている。

だが麻之助が食いついたのは、猫の話の方であった。

「猫のぶち、知ってるのかい？」

「猫？　ああ、ぶち猫が、どこかの店の奥にいたんだ。かわいい女の子が一緒に居たんで、覚えてたってていうか」

「どこにいた？　思い出してくれっ」

麻之助が必死に言い、その様子を見て、顰め面になっていた俊之助が黙る。三人の男は、騒ぐ事も忘れて考え始めた。

だがなかなか、口を開く者はいなかった。そしてその間に、俊之助が来たなら、自分の用を頼めるだろうと、多くの人が玄関に現れた。

六

金一は、使いの者に見つけ出され、その日の八つ時過ぎに、やっと西森家の屋敷へ帰ってきた。玄関に現れ、俊之助や麻之助がいるのを見ると、驚いた事に、あっけらかんと挨拶をしてきた。それから申し訳無い素振りも、困った様子も見せず、己がいかに難儀な一日を過ごしたかを、母親へ話し始めたのだ。

「おっかさん、聞いて下さいな。今日は本当に、色々あったんです」

とにかく喋《しゃべ》りたいようで、止まらない。

「おっかさん、私は、本当に働き者だったんですよ。ええ、ここにおとっつぁんがいたら、凄く褒めて貰えたと思います」

おかやは麻之助達を見ると、さすがに心配になったようで、息子へ声を掛ける。

「金一、町年寄様のお屋敷から、俊之助さんが見えているのよ。婿さんや家主の権兵衛さんもおいでなんだから、まずはご挨拶申し上げなきゃ」

だが金一は、始めたばかりの話を、止めはしなかった。この出来の良い義弟は、頭が良いと、皆から褒められている若者なのに、時として奇妙に、周りへの配慮が吹っ飛ぶ事があるのだ。

すると俊之助はすっと目を細めたが、落ち着いた様子で、話す金一を見ている。麻之助は、己相手なら、とうに文句を言っている気がして、金一の事より、いつにない俊之助の様子の方が気に掛かった。

「金一さん、話を一度終えて下さいな」

権兵衛が俊之助を見て、困ったように言った。支配町内の家主は、己の長屋で起きた小火の始末について、話しに来ていたのだ。だが金一は平気な顔で、喋り続けていく。

「とにかく聞いて下さい。まずは今朝方、屋敷に女の子が来た事から、始まったんです」

その子は同じ手習所の、男の子二人の争いを心配し、麻之助と話しに来たのだ。

「私と?」

しかし麻之助はまだ来ていなかった。金一は子供の喧嘩なら、早々にけりを付けられると考え、直ぐ戻る気で気軽に表へ出たという。

ところが諍いの場は、思ったよりも遠かった。その上、争いに親が関わり、揉めごとは既に、大きくなっていたらしい。

「聞けば、市松屋《いちまつや》の息子が猫を拾って、こっそり家の倉で飼ってたんです。手習所の女の子、小《こ》梅《うめ》が猫を何度も見に行ったので、竹田屋《たけだや》の子は、それが気に入らなかった」

竹田屋の子は、市松屋の手代に、猫が店にいる事を話してしまったのだ。男の子達は喧嘩となり、それは親同士の喧嘩に化けてしまった。

騒ぎを見た女の子が、猫が危ないと怯《おび》えた。すると店表にいたお武家が、金吾の屋敷に麻之助がおり、助けてくれると女の子に言ったらしい。

「へっ？　私が町名主屋敷にいると、お武家が知ってたんですか？　その方が誰かは……へえ、分からないんですね」

麻之助は戸惑ったが、金一は話をさっさと進めてゆく。

「私が倉へ行った時、親同士は揉め続けてましたが、問題の猫は、とうに居なくなってました。なら後は、双方が頭を冷やすしかありませんよね」

仲直りをしてくれと言い残し、帰ろうとしたのだが、金一はその場から動けなくなった。西森家の跡取り息子が、支配町の商家に現れたと知った者達が、用件と共に集まってきたからだ。

「一つ答えたら、また別の件が現れる。その内、茶や団子まで出て来て、帰れなくなりました」

用は時と共に増え続けていったのだ。

「でも私は頑張った。それで戻るのが遅くなっちまったんですが、ずっと働き者でした」

胸を張って頷くと、金一は更に、話を続けようとする。だがその語りは、怖い声で途切れることになった。

「金一さん、いつまで喋ってるんだい」

眉間に深い皺を刻んだ権兵衛は、いい加減、我慢ならなくなったようだった。

「余程の用で消えてたのかと思ったら、子供の喧嘩を収めに行ってたのか。ならまず、長く屋敷を空けちまった事への、謝罪が先だ」

それが済んだら、留守中困った事が無かったか、急ぎ確かめるべきだと権兵衛は言葉を続ける。

現に西森家の支配町では、火事が起きていたのだ。

「火事？　それは大事で」

金一は一寸目を見開いたが、長屋での小火で、火は直ぐに消されたと聞くと、大いにほっとした顔となる。

「そりゃ良かったですね。火が直ぐ消えたんなら、自分が屋敷にいても、何も変わらなかった筈です。女の子を助ける為に出たのは、正しかったと思います」

途端、権兵衛が拳固を握りしめたものだから、その手を麻之助が慌てて摑む。しかし口は塞《ふさ》げなかったので、家主は大声を金一へ降らせた。

「金吾さんが大怪我をしたんだ。西森家の支配町ではその日から、町名主への用が溜まってるんだよ。皆、金吾さんに無理させまいと、遠慮したからね」

その後、金一が跡取りとして町名主屋敷を預かると決まり、今日はその最初の日であった。勿論西森家の屋敷には、相談ごとが集まってくる。

そこに小火が起きた。

「なのに、跡取り息子が屋敷に居なかったんだ。他でどんな用があったにせよ、残された者が困ってるとは、考えなかったのかい」

おかげで権兵衛は、金一に燃えた長屋へ来てもらえず、小火の始末を終えてから、己で知らせに来たのだ。玄関では俊之助や麻之助が、金一に代わって支配町の面倒を見ていた。

「だから金一さん、皆へ謝るのが先なんだ。ここまでかみ砕いて言えば、分かるね？」

ところが。余りにもしっかり言われたので、己は出来る者だという金一の矜持《きょうじ》が、傷ついたのかも知れない。ここに至っても、金一は頭を下げなかった。

「でも、ですね。麻之助さん達が用をかたづけてたんなら、それで良いじゃないですか」

自分は、支配町の子供から頼られたのだ。

「つまり屋敷から出たのは、仕方がない事なんです」

「ああ言えばこう言うっ！　金一さんは、口ばかりが達者だよ」

麻之助は、権兵衛を止める手に、力を込める事になった。

「権兵衛さん、拳固を見せるのは止めましょう。金一さんはまだ十七だ。若いんだから、言葉足らずになる事もありますって」

途端、言葉足らずはないと、当の金一が言い返したものだから、権兵衛の顔が真っ赤になる。麻之助は何とか話を逸《そ》らそうと、一つ思いつき、猫の事を金一へ問うた。

「あ、そうだ。金一さんに、とても大事な事を、聞かねばならなかった。ええ、吟味方与力の跡取り、相馬吉五郎様から、頼まれた話があるんですよ」

「吟味方与力って……町名主へ頼みごとなんか、するんですか？」

「内々の話です。何しろ、行方知れずになった猫を探すという話なんで」

「猫、ですか」

「おやおや」

ここで権兵衛が麻之助を見てきて、金一との言い合いが止まったので、ほっとする。麻之助は、相馬家から頼まれた猫探しの件について、かいつまんで話した。

「つまり今、ぶちと言う名の、ぶち猫を探してるんです。白黒の猫です」

するとと金一は、喋るのをすぱりと止めた。そして驚いた事に、周りの者達が、西森家の跡取り息子をどうして褒めていたのかを、示してきたのだ。

「猫の名は、ぶち、ですか。白黒の毛並みなんですね」

金一はここで、麻之助が己へ話を振った訳を、察した様子であった。だが。

「麻之助さん、市松屋の息子が拾った猫の名は、花丸《はなまる》です。ぶちじゃありません」

「おや、残念」

本気で溜息を漏らす。だが金一はそこで話を止めず、更に猫の事を語り出した。

「麻之助さんは、吉五郎様の為に、ぶちを探しているわけです。吟味方与力様が関わっている猫だし、町名主にも、わざわざ聞いてきたんです。その猫、ただの迷い猫とは違うんじゃありませんか？」

「おや、ご明察」

何か思い付いた事がありそうだったので、麻之助は優しく笑うと、ご意見拝聴したいと、金一を持ち上げてみた。

すると、出来の良い跡取り息子は頷き、また、一気に話を始める。

その様子を、俊之助がじっと見つめているのが分かった。

七

「麻之助さんは、いつから猫を探しているんですか。ああ、父が倒れた直ぐ後、八木町名主は、猫の話を聞いたんですね。かなり前に、居なくなったとか言われましたか？　そんな話は、なかったと。そうですか」

となると猫が消えたのは、ここ暫《しばら》くの事に違いない。金一は頷くと、にやりと嫌みっぽい笑いを浮かべ、麻之助を見てきた。

「麻之助さんは今、猫の名前とか毛色の事を、私に伝えました。ええ、並の猫探しなら、大事な事でしょう」

玄関の中をうろうろ歩きつつ、金一は己の考えに頷いている。しかし、じきに立って語るのも疲れて来たのか、町名主がよく座る柱の前に腰を下ろすと、先を語った。

「でも、ですね。その猫は毛色で探したんじゃ、駄目だと思うんですよ」

麻之助は、相馬家や、八木家の清十郎も、猫の件に関わっていると言った。きちんと探した筈なのに、未だに猫を探し出せていない。よって金一は、別の考え方をしてみたという。

「ええ、自分のやり方の方が、合っていると思います」

「ほうほう。では是非その話をお教え下さい」

麻之助はへりくだったが、言い方が気に食わなかったのか、金一が一寸目を光らせる。だが、それでも話を続けた。

「猫が行方知れずになった時、ぶちの飼い主は、高名な吟味方与力様へ、探して欲しいと願った訳です。吉五郎様が動いたんですから」

だが、そんな依頼をするのは、度胸が要っただろうと金一は続けた。猫探しは、吟味方与力がやらねばならない仕事ではないのだ。

麻之助が眉を顰める。

「だが実際相馬家は、猫を探してる。さて、変な話だね」

金一は、大きく頷いた。

「麻之助さん、引っかかったのは、そこなんですよ。猫が消えた直後、いきなり町奉行所の吟味方与力へ、猫探しを依頼する御仁《ごじん》て、どんな人だと思いますか？」

麻之助達は、〝余程力のある者〟だと思った。だからこの猫探しは難しいと、麻之助と清十郎は思っていたのだ。

しかし金一は、人差し指を横に振った。

「吟味方与力へ、猫探しをねじ込めるような人には、間違い無く立派な立場があります。配下とか奉公人達がいるでしょう。つまりその者達に、猫を探せと言う事が出来ます」

猫は気ままだから、吟味方与力が立派な推察を行って、行き先を考えても、その通りに動くとは限らない。大勢で探し回った方が、余程見つかるというものであった。

「それくらい、麻之助さん以外の者は分かりますって。だから猫探しを相馬家へ頼んだのは、

〝余程力のある者〟じゃないんですよ」

「おいおい、目の前に居る人に向かって、その言い方はないぞ」

権兵衛がまた怖い顔になったが、金一は家主を見もせずに、麻之助を見てくる。そして、ではどういう者が猫探しを頼んだのかと、改めて問うてきたのだ。
十、数える程の間考えて、麻之助は金一の方へ顔を向けた。そして、玄関に居た者達の目が集まる中、両の眉尻を下げてから、思い付いた事を告げた。
「猫探しを頼んだのは、相馬家と親しい御仁だったんだ。おそらく八丁堀《はっちょうぼり》に住んでいる、町奉行所仲間の誰か、かな」

小十郎のかつての上役で、恩を感じているお人ではなかろうか。麻之助がそう答えると、金一が大きく頷いた。

「同じ考えです。へえ、麻之助さんて、お気楽者で通ってるけど、まるっきり馬鹿じゃないんですね」

「金一さんっ、お前さんは頭が良いけど、時々阿呆になる。気を付けなさいっ」

「権兵衛さん、意味の分からない事、言わないで下さい」

ああ言えばこう言うで、金一の口から、反省の言葉が出る事はない。苦笑が浮かぶ中、麻之助は玄関にある畳の間の端に座ると、金一に語った。

「金一さんには、一本やられたよ。うん、お前さんは噂通りの、頭の良い跡取り息子みたいだ」

本人が得意げな顔つきになると、麻之助は畳の上を金一へにじり寄った。その上で、にこりと笑うと、新たな問いを向ける。

「それで、だ。ぶちを探す事になった事情は分かったけど、当の猫は見つかってない。居なくなった猫のぶちを、どうやって取り戻したらいいと思う？」

「それは……なるだけ人を集めて、皆で探すしかないと思いますけど」

猫の飼い主が分かっても、ぶちが見つかる訳ではないと、金一も分かっているのだ。

すると。ここで麻之助が、にこりと笑う。そして、せっかくぶちと関わってきたのだから、これから麻之助と二人で、ぶちを取り戻しに行こうと誘ったのだ。

驚いたのは、おかやであった。

「あの、金一は帰ってきたばかりですけど」

やっと金吾の跡を任せる跡取り息子が、玄関に現れたのだ。俊之助に、町名主の仕事をこなす息子を、見せたいに違いない。

すると麻之助は、仕事は大事ですよねと頷いた。ただ。

「猫は生き物だから、ゆっくりしていると、またどこかへ行きかねないんです。だから、今から迎えに行きたいと思います」

これには、玄関の内にいた者達が、一斉に驚く。金一は、露骨に麻之助を疑ってきた。

「あの、ぶちの居場所が、分かったんですか？　私にもまだ、思い浮かばないのに？　知ってるならここで言って下さい」

「金一さんにも、分からないかぁ。実はね、私にも、ぶちが今どこにいるのか、見当が付いてないんだよ」

「はい？　本気で言ってるんですか？」

「でも、ぶちの居所を、知っている人がいるのは分かってる。これからその人に、会いに行こうと思うんだ」

そしてぶちを取り戻し、吉五郎の悩みを減らすわけだ。そうすれば麻之助はあと二日、心穏《おだ》やかに西森家を手伝えるのだ。

だが、ここで慌てたのは俊之助であった。

「金一さんと麻之助さん、二人とも町名主屋敷から出かける気ですか。西森家支配町の人達を、放っておくんですか？」

「大丈夫ですよ。今は西森家の玄関に、俊之助さんが居ますから。私と違って、町年寄の手代さんです。色々やれますって」

「……は？　私に西森家の用を押しつけて、他出する気なんですか？」

俊之助は一気に不機嫌になり、麻之助を止めようとした。だが金一と違い、お気楽者と評判の跡取り息子は、大急ぎで表へ飛び出してしまったのだ。

「金一さん、付いてきて下さい。猫の件の始末を知りたけりゃ、ね」

俊之助は怒っていたので、金一はその声から逃れるように、屋敷から駆け出した。だが表に出た途端、首をすくめている。

「いいんですか？　こんな飛び出し方をして。後から必ず、小言を食らうと思いますよ」

麻之助は、そぅだねぇと言って笑った。

「だけどさ、今日は他にも色々やらかしてるから、この他出が無くても、後で間違い無く叱られそうなんだ。なら、あと一回無茶を付け足しても、同じだよ」

「そりゃ、そうだと言いましょうか、それで良いのかと言いましょうか」

まあ、自分が叱られる訳でなしと、立派な跡取りは言い、後は気にしない事に決めた様子だ。麻之助はここで、にやっと笑った。

「あのね、私は金一さんも後で、叱られると思うんだけど」

「へっ？　どうしてです？」

町名主の代理は、朝、誰にも知らせず屋敷から出掛けたのだ。その上帰った後、また直ぐ他出したのだから、叱責《しっせき》がくるに決まっている。

（なのに、本気でそれが、分からない様子なんだもの。いっそ天晴《あっぱ》れだよなぁ）

金一へ、叱られる仕組みを話しておこうかとも思ったが、その時麻之助は道の先に、自身番を見回っている定町廻りの旦那を見かけた。それで、急いでその背を追う事になった。

小火の知らせを受けたのに、自分で同心《どうしん》の旦那へ、知らせにいけなかった。礼を伝える必要があったからだ。

「旦那ぁ、小火の件では、済みませんでした。あ、金一さん、ちゃんと付いてきてね」

「えっ？　私は走る事、苦手なんですよ」

しかし定町廻りの旦那は皆、足が速いから、のんびりしていると置いていかれてしまう。麻之助は、後ろにいる金一から文句を言われつつ、神田の通りを駆けていった。

八

その後、幾つかの事が起きた。

まず猫のぶちは、己の屋敷に戻った。

麻之助は、金一の面倒を上手く見られなかったと、西森家から帰った初日に、親から叱られた。

勝手に俊之助へ、玄関の仕事を押しつけたからと、当の俊之助からも怒られた。

金一は、町名主屋敷を空にしては駄目だと、何人もの支配町の面々から小言を食らった。

そして麻之助は全ての小言が終わった後、悪友の町名主屋敷を訪ね、猫のぶちと飼い主が、慌てた件を語った。

「麻之助は凄いな。あっという間に、ぶちを見つけたのか。いや、ご苦労様」

清十郎だけは、麻之助を褒めてくれたし、好物の団子も出してくれる。大いに感謝しつつ、あっという間に二本食べてから、麻之助は今回、どこへ行き誰と話して猫に行き着いたのか、友へ語った。

「事の始末がつくきっかけは、金一さんの推察だ。うん、あの義弟は噂通り、頭は切れる人だったんだ」

猫探しを相馬家へ頼んだのは、〝余程力のある者〟ではない。麻之助の考えには無理があると、金一は言ったのだ。何故かを語ると、清十郎も納得した。

「そうだね、つまり八丁堀に住んでいて、相馬家と親しい、町奉行所仲間なら、頼めた。その通りだろう」

だが清十郎は、直ぐに首を傾《かし》げる。

「だが……その考えも、無理がないか？　頼めはするだろうが、そういうお人は、相馬家へは頼まないだろう」

町奉行所の吟味方与力は、武家としては珍しくも、それは忙しい務めをこなしているのだ。八丁堀の者なら、それくらい承知している。

「何日かかるか分からないのだから、猫探しは頼まない筈……」

言いかけて、清十郎が言葉を切る。麻之助は今回、探しに行くとぶちを直ぐに見つけ、連れ戻しているのだ。つまり。

「もしや猫の行方は、とうに分かっていたのか？」

つまり、居場所は察しがついていたが、飼い主は取り戻せずにいた。

「そういう話だったのか」

麻之助が頷くと、清十郎は両の腕を組んだ。

「しかし吉五郎は、猫の行方など知らなかったぞ。麻之助、あたしは聞いてない」

「ぶちの飼い主は、本当に八丁堀のお武家だった。ぶちはね、亡くなった娘御が、可愛がっていた猫なんだそうだ。だからお武家は、必死にぶちを探し、見つけてたんだ」

しかし猫は、市松屋の家の息子が拾い、こっそり飼っていた。市松屋の奉公人は、猫が倉にいるのを知らなかったので、探しに来た武家へ、店には猫などいないと伝えたのだ。

「飼い主のお武家は、ぶちを取り戻せなかったんだ。そういう話だったんだよ」

猫は似た柄が多い。商家にいるのが、武家の家から逃げた猫だと証《あかし》を立てるのは、難しかった。大商人相手だと、強引に出る事も難しいと言うと、清十郎が口元を歪《ゆが》める。

「八丁堀住まいと言っても、お役人は様々だ。付け届けがあるような、良く知られた御仁ばかりじゃないからな」

このご時世、多くの武家より大商人の方が、立場が強かったりする。ましてや武家が隠居などしていたら、猫の事で騒ぐと、家人に迷惑を掛けると考えたかも知れない。

「しかしお武家は、それでも猫を諦めきれずにいたんだ。すると相馬家の小十郎様が、探し続けている事に気がついて、吉五郎に相談したんだよ」

清十郎が頷く。

「あ、そういう話の流れなのか。それで吉五郎は、猫が倉の中で飼われてる事を、知らなかったんだな」

友が、麻之助を見てきた。

「で、お前さんは、ぶちを直ぐに取り戻したんだよな。麻之助、どうやったんだ?」

するとここで、清十郎の妻お安が、子の源之助《げんのすけ》を連れ、顔を見せてくる。

「あの、私もうかがっていいでしょうか」

源之助も一緒で、みけを連れていた。猫の話なので、興味が湧いたに違いない。

麻之助は源之助へ、優しげに手を振った。

「金一さんが、言ってた話を想い出したんだ」

男の子二人に、女の子一人。猫の事で喧嘩になったのは、女の子が猫を気にいっていたからだ。

「そして猫は、商人達が揉めていた場から、居なくなっている。それで話は、終わっていたんだよ」

麻之助は、猫を気にいっていた女の子が、行方を知っているかもと思いついた。猫と一緒に居た女の子は、最初武家に勧められ、西森家にいる麻之助を頼ってきている。武家と話した時、事情を聞き、猫の帰宅に力を貸したのかもと考えたのだ。

「ぶちの飼い主は、吉五郎から私の名を聞いていたんだって。さすが八丁堀に住む旦那と言おうか、町の事は詳しいよ」

それで麻之助は、猫を失った飼い主が心を痛めているから、是非猫を取り戻したい。力を貸してくれと、女の子に頼んでみた。

「大当りだった」

女の子は麻之助へ、居なくなったぶちがどうなったのか、こっそり教えてくれたのだ。

「竹田屋の子と市松屋の子が関わってるから、言えなかったらしい。ぶちは、騒ぎに親が加わってきた時、女の子が連れ出し、お武家さんの屋敷へ帰ったんだそうな」

麻之助と金一は、猫の帰宅を確かめた後、吉五郎へ知らせを入れ、事をめでたく終わりにしようとした。その時麻之助は、上手くいった祝いとして、何かご馳走すると金一に言ったのだ。

するると同道した義弟が、首を傾げた。

「あの、猫が無事だったのは良かったです。食べるなら種物の蕎麦が良いです。ですけど」

麻之助は西森家を出るとき、既に女の子の事を、考えていたようだ。よってあっさり猫探しは、終わった。

「ならば今日、私を屋敷から連れ出した事に、何の意味があったんでしょう」

麻之助は、正直に訳を教えた。

「あのね、金一さんの話を聞いた後、花丸って猫が、ぶちじゃないかと思ってたんだ」

ぶちが行方知れずになった頃、拾われた猫だからだ。ただ確信はなく、世にぶち猫は多い。猫違いと言う事もあり得たのだ。それで。

「もし、ぶち猫違いだったら、また一から探さなきゃいけない。人手が要るから、金一さんに手伝ってもらおうと思って、来て貰ったんだ」

「えっ？　ただの手伝いにする気だったんですか？　町名主の代理の私を？」

「私だって町名主の跡取りだけど、色々やらされてる。跡取り息子なんて、そんなもんだよ」

すると金一は酷く怒って、蕎麦を食べずに、さっさと屋敷に戻ってしまったのだ。麻之助は清十郎の前で、溜息を漏らした。

「私は相馬吉五郎に、会いに行くと言ったんだ。相馬家の小十郎様に、ご挨拶する機会だったのに。金一さん、もったいない事をするんだから」

麻之助がそう語ると、清十郎が苦笑をうかべている。

「そういう考えが出来るようになるには、金一さんは、まだ若過ぎるんだな。まあとにかく、吉五郎から頼まれた話が、片付いて良かった」

すると麻之助が、わざとらしくも眉尻を下げつつ、猫の話には続きがあると言い出した。出来の良い西森家の跡取り息子は、翌日から麻之助へ、嫌みを言うようになったのだ。

「麻之助さんが手伝いに来たものだから、余分な猫探しに巻き込まれ、とんでもない目に遭った」

金一が、玄関に来た者へも話したので、事が伝わり、麻之助は猫の件でも宗右衛門から叱られた。その話は伝わって行き、西森家支配町の家主、権兵衛の耳にも入った。

するると金一は権兵衛から、世話になっている人に対し失礼だと、またもや叱られてしまったのだ。権兵衛は金一にとって、苦手な家主になっていると言い、麻之助は八木家で笑った。

「そういう事情だから、義弟は今、機嫌が悪い。明日から三日、清十郎が面倒を見る番だけど、よろしくね」

「……そういえばあたしは、明日の朝、西森家へ行くんだったたな」

友が溜息をつく。

「金一さん、出来たら一月で、誰からも小言を言われないようになって欲しいと、願ってたんだ」

それ以上長引くと、祭りの支度をする時期に入ってしまう。

「あの時期は忙しい。時を作って西森家を助けるのは、大変だ」

麻之助も頷いたが、心配になってもきた。

「でもさ、忙しいときに限って、やる事が湧き出てくるもんだ。昔からそうだよね。怖いねぇ」

つまり西森家へ通う日々は、結構長くなるかも知れないと、麻之助は断じた。

「とにかく今のままじゃ、金一さんの独り立ちは早すぎるだろう」

残念な事に、それが分かってきてしまったのだ。だがそうなると他の町名主から、最初に受け持った麻之助が、文句を言われかねないと思う。きっと、金一は反発するだろう。

「二番手の清十郎も、小言を言われるかな」

麻之助と清十郎は、お安と源之助の前で、顔を見合わせる事になった。

ああうれしい

一

江戸の古町名主《ふるまちなぬし》、高橋《たかはし》家の玄関には、日々、多くの町民が顔を出してくる。町名主の務めには、支配町の者達から、玄関で話を聞く役目もあるからだ。

真剣なる揉めごとや、町全体での困りごとも来たりするが、日々、多く持ち込まれるのは、もっと軽い用件だ。憤懣《ふんまん》や悩みごとを吐きだし、気持ちに折り合いを付ける為に、大勢が町名主屋敷へ顔を出してきていた。

「麻之助《あさのすけ》さんっ、町名主の宗右衛門《そうえもん》さんはいないのかいっ。跡取りのお前さんが間に入っても、この小吉《こきち》は阿呆だから、謝らないと思うんだがね」

「貞助《さだすけ》、何をぬかす。けちな事を言ったのは、おめえだ。謝るのも、おめえの方だよっ」

麻之助も良く知っている職人の二人は、玄関の土間で、今にも掴《つか》み合いになりそうな様子であった。

だが麻之助は先ほどから、二人を止めるでもなく、ただ話を聞くだけにしている。いや時々、合いの手代わりに互いの言葉を煽《あお》り、けしかけるような事までしていた。

「まあ、暴れられて壊れるような物は、全部片付けといたし。喧嘩になっても大丈夫さ」

麻之助は町名主の跡取りとして、きちんと仕事をしているのだ。

「それに、さ。居酒屋でどっちが多く飲んで、多めに払ったかなんて、一緒に行かなかった私には分からないよ」

となると公平な裁定など、出来ないというものであった。

それに、今日の喧嘩の一番の原因は、おそらく金が足りなかった事だろうと、麻之助は考えている。まだまだ飲み続けたかったのに、手元不如意《ふにょい》で店を出るしかなかった事に、二人は腹を立てているわけだ。それで。

「町名主の跡取りが、鹿爪《しかつめ》らしい事を言ったって、お前さん達の喧嘩は収まりゃしないさ。なら、とことんこの玄関で、吠えていったらどうかな」

その内くたびれて、喧嘩も収まるだろうと続けたところ、小吉と貞助は揃って麻之助へ向け吠えた。

「町名主の跡取りの、ばかやろう。相変わらずお気楽者で、役に立ちゃしねぇな」

「ははは、今日も叱られちゃったねえ」

麻之助は、一応町名主の家の者であり、支配町の皆から相談を受けているのだから、怒鳴られるのはあんまりだとも思う。だがお気楽者と言われる事や、小言には慣れているから、玄関の柱にもたれつつ、強い言葉も明るく笑い飛ばした。

まあ玄関で、支配町の者達の話を聞いていると、どの町名主でも、文句は必ず言われるのだ。よって大概の町名主は、己《おのれ》の中に暗い気持ちを溜めず、話を聞き流していくという技を会得《えとく》していた。

そして、大概はそれで大丈夫なのだが……長く務めをこなしていると、時に、思いがけない件に行き会ってしまうのが、世の常というものらしい。高橋家は今日、その〝思いがけない相談〟を、受ける事になってしまった。

その驚きは、高橋家支配町の内でも名の知られた料理屋、菅井屋《すがいや》の靖五郎《やすごろう》が持ってきた。不惑も随分過ぎた大店《おおだな》の主《あるじ》は、突然玄関に顔を出すと、職人二人の喧嘩を見て、目を丸くしていたのだ。宗右衛門が急ぎ奥から出て来て、麻之助の傍《かたわ》らに座った。

「おや菅井屋さん、お久しぶりです。うちの玄関に来られるとは、珍しいですね。というか、初めてではないですか」

「いやその、町名主の玄関では、話を聞いてくれると耳にしたんでね。私の困りごとも、聞いて貰《もら》おうと思ったんだ」

宗右衛門は驚いた顔で頷《うなず》くと、少し待って下さいと、靖五郎へ言葉を向ける。

「丁度今、喧嘩の仲裁をしている所なんですよ」

靖五郎は、素直に畳の間の端に腰掛けたのだが、ここで喧嘩中の二人がその矛先《ほこさき》を、今度は菅井屋へ向けた。

「ちょいと、良いものを着てる旦那。おれ達の話し合いは、まだまだ時が掛かるんだ。金持ちが後に来たからって、早く終わる事はないから、そのつもりで待っててくれよ」

「はい、急《せ》かす事はしませんよ」

靖五郎は、やんわりと言って笑う。そして二人に喧嘩の訳を問うと、酒の上の喧嘩だと、麻之助が身も蓋もない言葉で語った。

「ほお、お二人は居酒屋で揉めたんですか。はいはい、酒の肴《さかな》の田楽《でんがく》代を、どちらが払うかが、喧嘩の始まりだったんだね」

靖五郎は頷くと、手妻のように一朱銀を取り出し、左官達へ渡した。

「なら、これで飲み直してきたらいい。腹立ちも忘れますよ」

「おおおっ、もちろんその通りだ」

あっさり仲直りした二人は、礼の言葉と共に消えていった。靖五郎は左官二人の揉めごとを、寸の間で片付けてしまったのだ。

「さすがは商売上手で知られる、靖五郎さんだ。人を動かす事も上手いです。麻之助に、見習わせたいですな」

靖五郎は早々に、宗右衛門と話を始める事になった。

「その、私は今日、話をただ聞いて欲しいんじゃないんだ。町名主さんにお願いがあって、こちらの屋敷へ来たんだよ。うん、大真面目なお願いだ」

「おや、菅井屋さん程の大店の方が、町名主にお願いとは。さて、思いつきませんが」

宗右衛門が眉尻を下げると、靖五郎が、さらりと望みを口にしてきた。長火鉢の横で茶を淹《い》れていた麻之助が、思わず目を見開くような話であった。

「私は、〝ああ嬉しい〟って、思ってみたいんだ。気がついたんだが、ここのところね、そんな気持ちになった事がないんだよ」

まだ五十になっていないというのに、まるで八十のじいさんのようだと言い、靖五郎は口を歪《ゆが》める。

「町名主さんが、そう思えるような、良い考えを出してくれないかな。お願いしますよ」

ここで靖五郎の前に茶を置くと、麻之助が首を傾《かし》げた。

「靖五郎さんは評判の良い、繁盛している料理屋をやっておいでですよね。跡取りの靖太郎《やすたろう》さんも、しっかりした方だと聞いてます」

料理屋の客達は、靖五郎の事を羨ましがっていると、麻之助は聞いていた。

「なのに、今の暮らしが嬉しくないんですか？　さて、どうしちまったんでしょう」

靖五郎は、両のこめかみに手を当て、溜息を漏らした。自分でも妙な事を言っていると、分かっているようであった。

「何と言うか、さ。店や身内の事を褒《ほ》められても、まるで人ごとのように聞こえちまって」

贅沢な事を話しているのは、承知だと靖五郎は続けた。世間では多くの人々が、苦労を強いられているのだ。

「先だってはこの神田《かんだ》でも、火事があった所だしね。高橋家の支配町で、かなりの家が火に呑まれたって聞いてる。焼け出された者にとっちゃ、とんでもない事だ」

自分は店も無事、家族も息災で、飯の心配などなく明日を迎えている。なのに何故、こんな気持ちになっているのか。世間様に申し訳がないと、靖五郎は己を責めていたのだ。

すると宗右衛門が、靖五郎へ優しい顔を向けた。

「菅井屋さんは、靖五郎さんが一代で作った店だ。振り売りから成り上がって、凄いとは思いますが、若い頃から働きづめですよね。少し、疲れたんじゃないですか?」

菅井屋は大店となり、繁盛し、それが続いている。既に番頭達も立派に育っており、今は主がしばしいなくとも、息子と奉公人達が、ちゃんと店を支えていけるだろうと、宗右衛門は考えていた。

「そんな、ほっと出来る今だからこそ、不調を感じているのかも知れませんん」

宗右衛門はここで、とても真っ当な事を口にした。

「なら、おかみさんと、湯治《とうじ》にでも行かれるのはどうでしょう。近場の箱根《はこね》はどうです? 草津《くさつ》も良さそうですよ」

「ありがとう。実は旅が良いかもと、もう考えたんだ。それでかみさんと、江《え》ノ島《しま》に行ってみた。

かみさんが喜んでたんで、行って良かったなとは思ったんだ」

だが、己が楽しんでいたかと言うと……否《いな》なのだ。それが分かったのか、おかみはまた行こうとは、言い出せないようだという。

「何なんだろうね。苦労して苦労して、やっと好きな事もやれるって時にさ。何をしても、楽しく思えないいってのは」

ここで靖五郎は、一寸《ちょつと》天井を見た後、すっと宗右衛門の方へ目を向けた。

「それで私は今日、この高橋家の玄関へ来たんだ。何とか、ああ嬉しいって、思わせて欲しいんだ」

もちろん、忙しい町名主への頼みごととしては、身勝手な話だと承知している。だから。

「もし、心より嬉しいと思う気持ちを、また味わわせてくれたら、町に礼をする。先だっての火事で焼け出された人の為に、まとまったものを出させてもらおうと思う」

金でもいいし、菅井屋が持っている長屋を一棟、そっくりただで貸し出し、新たな長屋が建て直されるまで、住んでもらってもいい。菅井屋であれば、そこは色々出来るという。靖五郎が作ったのは、それだけの身代《しんだい》であった。

「だから引き換えに、私を助けて欲しい。本当に、もうずっと苦しいんだよ」

なかなか人に話せずにいたが、昨日今日、辛《つら》さを感じた訳ではないのだ。ただ菅井屋の主の立場では、弱音など吐けなかったらしい。笑うような悩みだと、己でも思ってしまうのだから。

「でも……助けて欲しいんだ」

小さな声で、ようよう最後まで口にした靖五郎を、宗右衛門はしばし見つめていた。それから、己も天井を見た後、不意に、麻之助へ顔を向けたのだ。

「こりゃ、放っておけないね。菅井屋さんは、これまでずっと、町の為に寄進をしてくださってる。そういう店主方のおかげで、高橋家の支配町じゃ、祭りの時も火事の時も、困った事はないんだ」

つまり余程妙な頼みであっても、逃げてはいけないと、宗右衛門はつぶやいたのだ。

「だから麻之助、お前さんが靖五郎さんのお悩みを、何とかして差し上げなさい」

「はぁっ？　おとっつぁん、急に、何で、私に話を振るんですか？」

「私は是非、菅井屋さんの長屋を、お借りしたいと思ってるんだ。焼け出されたお人らは、寝る場所に困ってる。いつまでも、寺に置いて頂くわけには、いかないからね」

「そりゃ、分かってます。けど菅井屋さんは、町名主であるおとっつぁんに、相談にみえたんだと思うんですけど」

「そうなのかい？　靖五郎さん、麻之助が相談をお受けするのでは、駄目でしょうか」

すると話は、妙な方へ転がり出した。

「私は構わないよ。この先己が、〝ああ嬉しい〟と思える事が、大事なんだ。力を貸して下さる方を、えり好みなどしないさ」

宗右衛門は大きく頷き、麻之助へ万事任せたと、靖五郎へ告げてしまう。そして是非、焼け出された人達の為に力を尽くせと言い、息子の肩を叩いてきたのだ。

「おとっつぁん、勝手を言っては駄目ですよ。私にだって、色々やる事はあるんです。それにこのところ、何か難儀があると、私に押しつけるようになってませんか」

「そうかね？　だとしたら、そろそろ私も、無理の利かない歳になってきてるんだろう」

「こういう時にだけ、老人みたいに言わないで下さい。まだ、老《ふ》け込むには早いですよっ」

麻之助は、父親を何とか説得しようとしたが、話を始める前に、横から靖五郎が話しかけてくる。

「麻之助さん、よろしくお願いします。聞きたい事がありましたら、何でも答えます。気軽に、うちの店へもおいで下さい」

「えーっと、靖五郎さん、ちょっとお待ちください。まだ、おとっつぁんと話がついてなくて……ですからまだ、私がやるとは決まってないんです。いや、でも……」

怠《なま》けたくて、そんな事を言っている訳ではないと、麻之助は繰り返した。すると菅井屋は大きく頷き、麻之助へ、よろしくお願いしますと、挨拶をしてきたのだ。

「こう言っては何だが、妙な頼みなのは承知だ。若い人の方が、上手くやれるかも知れないよね」

ここで宗右衛門が、そろりと問う。

「あのぉ、靖五郎さん、褒美の前払いというのは……ああ、駄目なんですね。そうですよね」

靖五郎は腕の良い商人ゆえ、何の成果もないままでの、礼の先払いは無理だと分かる。宗右衛門は麻之助に、大層頑張って、早々に事を何とかするよう、真剣な顔で言ってきた。

「支配町の皆さんの、明日が掛かってる。麻之助、いつになく出来る男に、とりあえず化けなさい」

「おとっつぁん、そんな事簡単に、やれるんですか？」

「分からん。でも、やってみなさい」

やり方は、親にも分からないらしい。麻之助は屋敷の玄関で真剣に、首を傾げる事になった。

二

気がついた時、菅井屋靖五郎の不思議な悩みは、麻之助が引き受けると決まっていた。

「妙な事になったね」

その上、いつにないほど素晴らしい手腕を見せて、褒美《ほうび》を早く、受け取らなくてはならない。

何か案が浮かんだら、菅井屋へ来てくれと言い置き、靖五郎は町名主の屋敷から帰っていった。

「この話、何とかなるのかしらん。しくじったら、いつもより多めに叱られそうだ」

麻之助は一人になってから、親の部屋へ顰《しか》め面を向けた。

「この頃のおとっつぁんは、油断出来ないよ。何とも手強《てごわ》くなっちまって」

今回は、支配町内の話であったから、他の町名主達や、町年寄《まちどしより》に相談を持ちかける訳にもいかない。まずは己でやってみないと、何も動き出さなかった。

二日ほど悩んだ後、放って置いても用件が消えてくれないので、麻之助は仕方なく動き出す事にした。溜息をつきつつ、菅井屋へ向かったのだ。

支配町内にある料理屋ではあったが、正直に言うと、まだ菅井屋で飲み食いした事はない。気楽に行くには、いささか値が張る店なのだ。

「まさか悩みごとの話をする為に、菅井屋へ行くとは思わなかった。やれ、幾つか策を考えたから、どれかを靖五郎さんが、やってみてくれたら良いんだけど」

とにかく、それで上手く事が終われば、上々吉となる。

神田をほてほてと歩いて行くと、じき、堀川《ほりかわ》の岸に、小ぶりな船着き場が見えてきた。岸へ上がった所にある板塀に、小さな木戸があり、麻之助はそこをくぐって、悩みごとの元へと向かっていった。

すると。

料理屋の傍らにある靖五郎の住まいで、麻之助は思わぬ歓待を受けたのだ。もてなしてくれたのは、靖五郎と菅井屋のおかみであった。

色白で、かわいい感じのおかみは、菅井屋の客達にも大層評判が良いらしい。正直に言うと、己よりも良いと靖五郎が言った所、おかみが亭主の膝をぺちりと叩いた。

「町名主さんへ、うちの人が、妙なお願いをしてしまったようで、済みません。お屋敷で、びしっと叱ってくださっても、良かったんですよ」

話している間に、酒や料理が出て来たものだから、却《かえ》って恐縮してしまう。

「いえ、その、私は跡取り息子で、まだ町名主じゃないんですよ。だから気軽に、話しに来てください」

麻之助は笑ってそう答えたものの、実は内心、料理屋へ来たときよりも狼狽《うろた》えていた。麻之助が思いついた考えの中には、おかみともっと仲良くするという案も、入っていたからだ。

(江ノ島への旅以来、一緒に遠方へは行ってないみたいだった。旅に出るより、おかみに、もっと構って欲しいのかと思ったんだけど)

つまり夫婦の仲が、余り良くないのではないか。麻之助は大真面目に、そういう考えを巡らせていたのだ。しかし。

(うーん、菅井屋のご夫婦は、どう考えても仲が良いよ。私の思い違いだ)

それに菅井屋へ来てみると、裕福な暮らしぶりも分かり、靖五郎の望みが、益々奇妙なものに思えてくる。さてどうしようかと思いつつ、麻之助はまず、芋の煮物を手に取った。

「おおっ、これはいけますね」

江戸ではよくある煮物だが、もっちりとしており、格段に味が良かった。思わず一言漏らすと、靖五郎とおかみが笑みを浮かべる。

「その芋、美味しいだろ。まだ振り売りの煮売《にうり》をしてた頃、うちは、その芋の煮物で客を集めたんだよ」

芋は安く手に入ったし、客も大好きなお菜《さい》で、酒の肴にもなった。靖五郎は程なく、小さな煮売屋、菅井屋を始める事が出来たのだ。

おかみが、嬉しげに言った。

「うちの人は、度胸も良かったんです。芋の煮物が売れると見極めた時、似た味の品を出す店が出る前に、金を借りて、己の店を出したんですよ。借金は怖いから、止せと言ってくる人もいたんですけどね」

店を開いた後も、靖五郎は毎日、振り売りの商いを続けたらしい。そうやって、あっという間に借金を返してしまったのだ。

「おお、凄い」

「ふふふ、まあ、若い頃だから出来た無茶かな。でも、借金が減っていくのを見るのは、楽しかったよ」

芋をきっかけにして始めた店は、段々、大店へと化けていったのだ。苦労を共にしてきたおかみとは、今も仲が良い。そして、おかみと作ってきた大事な店は、無事、息子へ受け継がれようとしていた。

（万事、順調だ。しかしこんな毎日でも、靖五郎さんは気持ちが塞《ふさ》いでる。何でなのか、却って興味が湧くな）

麻之助は、ぺろりと料理を平らげると、とにかく今日、菅井屋へ来た用件を切り出した。

「靖五郎さんは、〝ああ嬉しい〟って、思ってみたいと言われました。ですからまず、靖五郎さんが好きな事、やってみたい事は何かを、もっと知りたいと思いまして」

「おお、きちんとしたやり方だね。うん、何でも聞いておくれ。麻之助さんから聞かれた事は、隠さず答えるから」

靖五郎が笑みを浮かべた時、おかみは奉公人から呼ばれ、饅頭と亭主を残して、店へと消えて行った。跡取りの靖太郎は、若だんなと呼ばれてはいるが、まだ妻はいない。料理屋のおかみは、どの店でも忙しいのだ。

残された麻之助と靖五郎は、日当たりの良い縁側に並んで座ると、饅頭片手に、真剣なる問答を始める事になった。

「ええと、それではまず、お聞きしたいんですが。お好きな事って何ですか？」

確か芝居は、時々行っていると聞いていた。他にも菊の花作りとか、魚釣りとか、靖五郎が好んでやっている事は何かを、麻之助は聞きたいのだ。

「その何かで、素晴らしい結果が出せれば、〝ああ嬉しい〟って、思えるかも知れませんから」

すると、饅頭を手にした靖五郎が、眉を顰《ひそ》めた。

「理屈はその通りだと思うよ。もし私が釣りに、夢中になってってさ、自分の身丈ほどもある大物を釣り上げたら、天にも昇る心地になるかも知れない」

ただ靖五郎は、釣りを好んではいないと言ったのだ。

「ええと、釣りでなくてもいいんです。例えば……好きな役者はいませんか？　市川團十郎《いちかわだんじゅうろう》とか、尾上菊五郎《おのえきくごろう》とか」

「芝居は一時、まめに通ったかな。でもねえ、贔屓《ひいき》を作って、その誰かを応援していこうって気には、なれなかったんだよ」

舞台を見るのは結構好んだが、菅井屋のような大店の主が芝居小屋へ通うと、茶屋や役者から、声が掛かるようになってくる。そういう付き合いが煩《わずら》わしくなって、見に行かなくなってしまったと、靖五郎は正直に口にした。

「有名な役者達と付き合えるのに、そいつを嬉しく思わなかったんだ。私は、心底歌舞伎が好きって訳じゃ、無かったんだろう」

今は、おかみが行きたいという時、たまに付き合う位だという。

「ううむ、そうですか……」

「麻之助さんはさっき、菊の事を話してたが、あの花を好む人は多いね。育てた菊を、菊合わせとかに出して、一番と言われたら誉《ほま》れだろう」

ただ靖五郎は、菊にも目を向けた事はない。同じく愛好の者が多い万年青《おもと》も、とんと気にならなかったと言う。

「はてはて、草花には興味がありませんでしたか」

「草木だと……ああ、朝顔はしばらく楽しんだかな」

「お、おおっ、もしかして変わり咲き朝顔ですか？　ええ、あれも好む方は多いですよね」

朝顔は育てやすい草花で、夏になるとあちこちの庭で、丸い花が咲いている。ただ、人が夢中になる朝顔は、そういう並なものではなかった。靖五郎が頷く。

「粋人《すいじん》が好むのは、あの花だよね。元の朝顔とは違った形の花や葉を、作り出したやつだ」

獅子《しし》咲《ざき》牡丹とか、車咲《くるまざき》牡丹とか、采咲《さいざき》牡丹とか、麻之助が驚くような名前の朝顔が、夏になると現れてくるのだ。

「色々あるんだ。色も多いし」

「ええ。靖五郎さんだから正直に言いますが、あんたは本当に朝顔なんですかと、花に聞きたいような変わった朝顔を、見た事があります」

「ははっ、そいつはいいや。花に問うか」

饅頭を食べていた靖五郎が、笑みを浮かべている。そして変わり咲き朝顔には、つまらないところがあったと言葉を続けた。

「変わり咲き朝顔は、変わり方が凄い花になると、種が出来ないんだよ」

つまり、面白い形や色を生み出しても、翌年、同じ花を咲かせる事は出来ない。

「その変わり咲き朝顔と同じ親から咲いた、もっと真っ当な朝顔の種から、また変わり種が出るのを期待して、翌年種を蒔くんだ」

そういうものだと分かってはいたが、何となく、靖五郎の性分には合わなかったらしい。

「それで止めたんだ」

「おや、そうでしたか」

麻之助は、もう一つ饅頭を食べると、腕組みをした。

「釣りも、芝居も、菊も、万年青も、朝顔も、のめり込むほどは、好きではないんですね。参ったな。いや、この饅頭、美味しいですね」

「ははは、済まん。けど饅頭はいけるだろ？　それ、余所《よそ》の菓子屋から買ったものじゃなくて、菅井屋が作ってる菓子なんだよ」

菅井屋でしか買えない菓子だからか、料理屋に来た後、土産に買って行く客が多いと言う。また寺や神社へ、まとまった数を納める事も結構あると、靖五郎は言った。

「若い菓子職人で、主と揉めて、店を辞めた男がいてね。腕に見所があると思って、うちの料理屋で雇ってみたんだ」

大当たりだったと、靖五郎が続ける。

「料理の売り上げ以外で、金を稼げる品があったんで、うちは大店になれたんだと思うよ。金が入ってくる道が、一つしかないのは厳しい。その儲け方が駄目になると、金を得る手立てが無くなっちまうからね」

それで菅井屋は今、土地を手に入れ、地代や家賃も得ていると、靖五郎は付け加える。大火事になって焼け出されても、直《す》ぐには倒れない強さが、今の菅井屋にはあるのだ。

それゆえ靖五郎は焼け出された人に、長屋を貸せると言った。

「うーん……」

麻之助は腕を組み、唸《うな》る事になった。しばし話しているのに、靖五郎の好む遊びというか、勧めたい事が思いつかないのだ。

それで麻之助は最後に、大いに真面目な口調で、ある考えを語ってみた。

すると、悪いがその考えは受け入れられないと、靖五郎から即刻、否《いな》と言われてしまった。

三

菅井屋から、それは美味しい饅頭を持ち帰った日から、麻之助はずっと悩んでいた。靖五郎を、心底喜ばせる何かを思い付くどころか、商い以外の楽しみすら、見つけられずにいるからだ。

「何でこんなに、何も浮かばないのかしらん。靖五郎さんには、金も暇もあるのになぁ。ここまで何一つ分からないなんて、いっそ凄いというか」

不思議だねえと、麻之助は部屋で、やたらと首を捻《ひね》る事になった。すると、赤子を世話しているお和歌《わか》と、母のおさんが、ちょいと話があると言い、麻之助の傍らへやってきたのだ。

「お前さん、今回は何とも、悩んでおいでみたいですね」

すると、おさんの方はもっと遠慮無く、息子の麻之助へ言ってくる。

「そんなに首を捻ってばかりいると、その内頭がもげて、ぽろっと落っこちちまうよ。もうちっと、落ち着きなさい」

赤子の宗吾《そうご》の方が、親よりずっと落ち着いていると、おさんはまず言ってくる。宗吾は、泣くときは大泣きして、何かあったのかと心配させるが、それ以外はよく寝る子で、手が掛からなかった。

「全く麻之助ときたら、幾つになっても、周りを心配させるんだから」

麻之助が、にこっと笑った。

「おや、おっかさんもお和歌も、私の事を、案じてくれてたんですか。それは嬉しい」

麻之助がくるりと横を向き、そう言えば高橋家のおなご達は、結構使えるんだったと言い、二人を見つめた。途端母や妻から、目が煌《きら》めいていると言われ、半眼で見られてしまう。

「この目つき、麻之助が何か、良からぬ事を考えてる時のものだよ。ええ、母親だからね、断言します」

麻之助は笑うと、今悩んでいる件で、是非是非二人に力を貸して欲しいと言い、頭を下げたのだ。すると今度はお和歌が、目を煌めかせる。

「お前さん、悩んでいるのは菅井屋さんの事ですよね。あたし達もあの件の事で、話があったんです」

「そうかい、丁度良かった。靖五郎さんは前に、〝ああ嬉しい〟って思う為なら、話を聞くのがおとっつぁんでなくても、構わないって言ったんだ」

ならばもちろん、母やお和歌がこの悩みを考えても、良かろうと思うのだ。靖五郎の悩みを何とかして、焼け出された人へ長屋を貸して貰わねばならない。高橋家は、頑張る必要があるのだ。

「お前さん、〝ああ嬉しい〟って、何ですか？　あら、靖五郎さんの望みって、そんな事なんですか」

楽しい事は山ほどあるのにと言い、お和歌は首を捻っている。おさんも同じ考えだ。

「菅井屋さんの饅頭、そりゃあ美味しかったわよ。あれを食べてるのに、〝ああ嬉しい〟って思わないのかね？　思ってくれたら、あっという間に、今度の話が片付くのに」

嫁と母の真っ当な言葉を聞き、麻之助は声もなく笑った。そして、靖五郎へ色々問うたものの、釣りも、芝居も、草木も、とにかく世間でよく聞くお楽しみは、すっぱり〝ああ嬉しい〟とはならなかったと伝えたのだ。

「二人なら他に、何か思い付くかな」

期待を込めて問うと、おさんとお和歌は、顔を見合わせた。そして、互いに話した訳でもないのに、揃って同じ事を返してきたのだ。

「世間じゃなくて、お前さんは何を好むと思ったんですか？　それをまず、聞かせて欲しいんですけど」

「大体、世間の事を気にするなんて、麻之助らしくないわね。そもそも我が息子は、凄く立派な町名主の跡取り息子って姿から、随分外れてる筈《はず》だけど」

真っ当で並な事など、目指した事は無かったというのだ。

「ええと、そりゃ私は、生真面目で勤勉じゃないし、早起きでもありませんけど」

麻之助は頭を掻きながら、実は真っ当な答え以外に一つ、靖五郎へ、思いつきを語ったと言った。ただその考えは、あっという間に否と言われてしまったのだ。

「その……私は靖五郎さんへ、菅井屋の仕事を、このまま続けたらどうかって、言ってみたんです」

靖五郎が打ち込んでいる事は、今まで聞いた限りだと、仕事の件ばかりだったからだ。

「あらま、菅井屋さんは仕事一筋のお人に、思えたんですか」

宗吾をあやしつつ、お和歌が目を見開く。だが麻之助は、少し違うと言い足した。

「靖五郎さんから、菅井屋を大店にするまでの話を、幾らか聞いたんだ」

一代で財を成した人の来《こ》し方《かた》は、聞いているだけで、読本《よみほん》を読んでいる時のように、わくわくするものだったのだ。仕事の工夫や、人との駆け引きが見事であった。

「あのお人は夢中になって、しかも楽しみながら、菅井屋を大きくしてたんです」

旅や朝顔の話をしている時とは、靖五郎の顔つきが違った。

「男だったら、憧れる手腕です。ええ、靖五郎さんは、〝出来る男〟なんですよ」

だから麻之助は、これからも菅井屋へ力を注げばどうかと言ってみた。それが一番、靖五郎が楽しめる事だと信じたからだ。

「強いて新しい、〝ああ嬉しい〟と思う物を見つけなくったって、良いと思うんだけどな」

おさんが、楽しげに笑い出した。

「仕事が好きなのは、良い事よねぇ。でも麻之助、今の毎日を変える必要がないなら、靖五郎さんは何で悩んでるの？」

「おっかさん、そこなんですよ」

一つ、息を吐いた。

「私の考えは、浅かった。靖五郎さんは、私よりもきちんと、大店になった菅井屋の明日を、考えてたんです」

麻之助が、仕事に突き進んではと言った途端、靖五郎の顔つきが、険しいものになった。そして仕事を、今の形では続けられないと、きっぱり言ったのだ。

「この靖五郎は、いつまでも若くはないので。歳を取って、いつかはあの世へ行くんですよ」

そして菅井屋は今、小僧や手代《てだい》達、料理人、仲居達を抱えている。出入りの商人等も含めると、それは多くの者達の毎日を、あの店が支えていると言ったのだ。

「振り売りだった頃なら、靖五郎さんが商いをしくじっても、きっぱり止めて、また別の仕事をすれば済みます。でも今は、そうはいかない事を、靖五郎さんは分かってるんです」

だから番頭達や跡取り息子を育て、店の仕切りを任せ始めたのだ。靖五郎はじき、五十に手が届く。だから、次の代が菅井屋を続けていけるよう、ちゃんと算段をしていた。麻之助はそんな所も、立派だと思った。

そして菅井屋の跡取り息子は、商売に向いており、靖五郎の仕事は、あっさり減っているらしい。

「ありがたい話です。まだ主の立場は渡してないものの、実際の仕事はかなり、靖太郎が負っているんですよ」

なのに今更、靖五郎が料理屋で頑張っては駄目なのだ。麻之助からの勧めを聞いた靖五郎は、そう言い切った。

「私が、店と息子の明日を、邪魔しちゃいけない。ええ、麻之助さんからの案を、嬉しいと思っちゃいけないんだ」

「済みません、余分な事を言いました」

麻之助は饅頭を食べてから、もう一度考えてくると言って頭を下げ、菅井屋から帰って来る事になったわけだ。おさんは真面目に頷いた。

「それで麻之助は、わたしとお和歌に考えを聞いたんだね。ああ、事情は分かったよ」

難しい話だねと言う母へ、麻之助は頷く。

「この件は、まだまだ片付かないのかも知れませんね」

麻之助は、暫《しばら》く勤勉でいる覚悟を、固める気になっていた。

ところが。ここでおさんの目が光った。

「麻之助、ただね、早く片付かないと言うのは、困るんだけど」

「あの、困るとはどういう事です？」

そう言えばお和歌とおさんは、確か麻之助へ、話があると言っていた。

「ああやっと、肝心な事を話せるわ」

おさんは頷き、思いもかけない事を語り出したのだ。

「あのね、おとっつぁんの宗右衛門だけど、とても忙しいのよ。事情は分かるわよね？」

「ええ、いつもの仕事がある上、火事の後始末をしなけりゃなりませんから」

おまけに、仕事を振り分けていた麻之助が、靖五郎の件に、かかりきりになっているからだ。靖五郎の持つ長屋を使う事が出来れば、かなり楽になる筈だが、麻之助は靖五郎の願いを、まだ片付けられずにいる。

「あ、あの、済みません」

麻之助は思わず、身を縮めた。

「靖五郎さんが持ってきたのは、難しい相談ごとだから仕方ないけどねえ」

ただ、おさんによると、宗右衛門は忙しすぎるようなのだ。

「おとっつぁんの顔色が、悪くなってきてるの。そして麻之助は、靖五郎さんの所へ行ってるから手伝えない」

お金のやりくりや、置いて貰う寺との話し合い、食べ物の分配や、喧嘩の仲裁、寝る場所を上手く決める事まで、用は後から後から湧いてくる。お和歌が家の事を引き受け、おさんや手代が主を手伝っているが、追いついていないのだ。

だから。ここでおさんが、麻之助が魂《たまげ》消る事を言い出した。

「靖五郎さん、嬉しい事を探してるなら、きっと暇よ。なら悩む間に、町名主の仕事を手伝って下さらないかしら」

もしそう出来たら、宗右衛門は本当に助かると言ったのだ。

「は？　おっかさん、何を……」

「麻之助と靖五郎さんが、宗右衛門さんの仕事を手伝いつつ話し合えば、万事上手く行くと思うの」

おさんとお和歌で話し合い、そう考え付いたのだという。

「おっかさん、そいつは……無茶ですよ」

「麻之助も、うちの人と同じ事を言うのかい」

「やっぱりおとっつぁんも、無理だと言いましたか。玄関へ相談ごとを持ち込んだら、町名主の仕事の、手伝いに駆り出される。そんな話が広がったら、屋敷へ文句が来ます」

「そうなの？　でも宗右衛門さん、毎日、随分とくたびれて帰ってくるのよ」

「済みません、頑張って靖五郎さんの相談を、なるだけ早く片付けますから」

両親には申し訳なかったが、ただでさえ頼みごとを叶える目処《めど》が、ついていないのだ。靖五郎に、町名主の仕事もしてくれなどと、言えたものではなかった。

ところが。

靖五郎は二日後、寺で働く事になった。麻之助と話した後、お和歌は、高橋家へたまたま来た大家の妻へ、忙しすぎる宗右衛門が心配だと、こぼしたらしい。

すると大家の妻は娘へ話し、娘は三味線の師匠へ、そして師匠は菅井屋へ仕事で行った時、おかみへ話を伝えたのだ。

大店の主は、何故だか麻之助と一緒に、町名主の手伝いをする事に決まった。

四

神田にある寺の境内に、びしっとした声が響いた。麻之助が、火事の後、仮住まいをしている桶屋と下駄職人の喧嘩を、止めていたのだ。

「二人とも大概にしないと、杵《きね》を借りてきて、米つきをする搗屋《つきや》の仕事に出しちまうぞ。あれなら直ぐにも、賃仕事が出来るからね」

　だが、そう言っても収まらないものだから、麻之助は足を引っかけ、二人同時に尻餅をつかせた。ようよう喧嘩が途切れたので、火事場の後片付けや、炊き出しをする仕事へ、二人を別々に追いやる。

「やれやれ、大分火事の始末が付いてきたけど、まだ終わらないねえ」

　既に振り売りなど、焼け出されても稼ぐ事が出来る者達は、寺から働きに出ていた。後は住まいを何とか探し、家で仕事をする居職《いじょく》の職人にも、働ける場所を用意しなければならない。

　運良く、近くの空き長屋へ入った者もいたが、仕事の都合があるから、皆、遠方には行きたがらない。しかし、広い長屋へ入る金は無いから、住まいが足りないのだ。

（今、菅井屋さんの長屋をあてに出来ると、本当に助かるんだよな。何としても私が、早く相談ごとを片付けないと）

　そう考えつつ、麻之助が次の諍《いさか》いを片付けていると、ここで靖五郎が声を掛けてきた。今まで世話になっている寺の奥で、炊き出しに掛かった金を記す為、算盤《そろばん》を弾いていたらしい。

　麻之助が慌てて、町の用を押っつけられた、大店の主に頭を下げる。すると靖五郎は、明るい笑い声を立てた。

「いいや、かみさんに言われて来ただけだから。そんなに恐縮しないでおくれな」

　そして靖五郎は、町名主の用は、商人の仕事と結構似ていると、頷きながら言ったのだ。

「他から見えてた時より、揉めごとも、仕事の量も多いね。だから算盤を使っての仕事も、山とあるわけだ。うん、それが分かって面白かったよ」

ここで靖五郎は、麻之助と話しに来た訳を、口にした。

「算盤が達者だと、火事場の出金、入金を確かめるのに、役にたつのは分かった。だけどさ、私一人じゃ手が足りないよ」

それで靖五郎は先ほど、店が焼け、勤める先を失った奉公人が、寺へ身を寄せていないか、僧へ問うてみたのだ。

「やっぱり何人も、いるみたいだった」

試しに算盤をやらせてみたところ、結構腕の立つ若者達を見つけた。

「その人たちを私が使って、金の件を片付けていくってのは、どうかね」

そうすれば早く仕事が済みそうだと、靖五郎は言ったのだ。手が足りたら、焼け出された人を預かってもらっているお礼に、寺の収支についても、算盤を入れる事が出来るという。

そうすれば寺も助かり、もう少しの間、町の皆を預かって貰えるだろうと、靖五郎は考えていた。

「焼け出された側と、お寺、双方が助かりますね。本当にありがたい事です」

「ただそうなると、手を借りた奉公人達は、暫く次の奉公先探しに、行けなくなってしまう。だからその何人かは、私が後できっちり、働く先を見つけようと思うんだ」

麻之助は諸手《もろて》を挙げて喜んだ。

「おおっ、それは本当に助かるお話です。声を掛けてもらった若いお人も、感謝すると思いますよ」

奉公先を失った者は、このままだと、当てもなく仕事探しをする事になる。それより、菅井屋から使える者だと口をきいてもらった方が、良き奉公先が見つかるだろう。

その後、麻之助が考えた通り、声を掛けられた奉公人達は、菅井屋に使ってもらう事を喜んだ。早々に次の働き口が決まってくると、市助《いちすけ》という油屋梅沢屋《うめざわや》の手代は、麻之助へも頭を下げてきた。

「倉まで焼けたんで、うちのご主人は店を止めると、決めちまったんです。もうどうしようかと思ってた所でして」

先々の事を考えられるようになって、心底嬉しいと、市助は語った。一方駒吉《こまきち》という書物問屋《しょもつどんや》亀山屋《かめやまや》の小僧頭《こぞうがしら》は、元の店はいずれ、また開くようだと言っていた。ただしだ。

「いつ頃の開店になるか、さっぱり言わない上に、それまでの間、自分で食い扶持《ぶち》を稼いで、暮らしてろっておれに言ったんですよ。うちの旦那様、無茶を言うんだから」

駒吉は寺から出されたら、寝る場所もないので、早く次の居場所を探したいと言っていたのだ。

一方靖五郎は、この神田辺りの、手習いの師匠達を褒めていた。

「使える奉公人達が、揃ってるんだ。もちろん読み書き算盤は、店に入ってからも教えて貰うさ。だがそうなると、きちんと面倒を見る店へ入ったかどうかで、若いものの力は変わる筈だ。だが皆、似たり寄ったりなんだ」

これなら、後で店を紹介するのも楽そうだと、靖五郎が笑っている。麻之助は、自分達が手伝うようになって、宗右衛門も大分楽になっただろうと、ほっとしていた。

ところが。

焼け跡の始末へ行き始めて、五日も経った日の事。麻之助は、家の者が揃った夕餉《ゆうげ》の席で、魂消る事になった。宗右衛門が、まるで病人のような顔つきになっていたからだ。

「おとっつぁん、何かあったんですか？　顔色が悪いんですが」

すると、おさんまでが眉尻を下げ、何故だか麻之助を見てくる。放って置くと拙《まず》い事になる気がして、もう一度親へ事情を問うと、宗右衛門は箸を置き、溜息をついてから語り出した。

「麻之助、お前さんが菅井屋さんを寺に連れてきてくれたんで、算盤を使った仕事を、随分引き受けてもらった。麻之助は、喧嘩の仲裁や、寺内での仕切りまで、色々やってくれてるしね」

いや、助かったと宗右衛門は話してくる。ただ父の顔には、救われた様子が全くなかった。

「あの、私は何か、拙い事をやらかしましたか？」

思わず小さくなって問うてみると、宗右衛門は首を横に振った。誰かが、やってはならない事をした訳では、なかったというのだ。

ただ。宗右衛門は沼のように深い溜息をついてから、話をしていく。

「一昨日、焼け出された御仁《ごじん》達と、揉めてしまってな。さて、落とし所が見つからないんだよ」

すると、話すのもおっくうそうな宗右衛門に代わって、お和歌が簡潔に悩みごとを語った。誰と誰が、どうして、どのように揉めているのか、実に分かりやすく、怖い話だった。

「お前さん、実はまず、書物問屋亀山屋のご主人と、小僧頭の駒吉さんが揉めました」

訳は、店から金を貰えず、食わせても貰えなくなった駒吉が、靖五郎に頼み、次の奉公先を探したからだ。

「でも駒吉さんは若いながら、書物に詳しい方なんだそうで。辞められたら大いに困ると、元の主の亀山屋さんと揉めました」

駒吉は、算盤の腕も立った。

「そういう人を失いたくないなら、亀山屋さんは、焼けた店の片付けでも手伝わせて、幾らか日銭《ひぜに》を出しておくべきだった。お父様はそう言われました」

宗右衛門夫婦が頷く。だが亀山屋は火事の後で疲れていたのか、己の事を棚に上げ、奉公人と揉めた怒りを、菅井屋の靖五郎へ向けたのだ。

「靖五郎さんが、他の働き先を見つけたのが悪いと、言い出したんですよ」

「えーっ、靖五郎さんは善意で、火事の後始末を手伝ってくれてるんですよ。焼け出された亀山屋さんだって、助かってるのに」

麻之助が思わず言うと、宗右衛門がまた頷く。お和歌の話は、そこで終わらなかった。

「次に、梅沢屋の手代市助さんの事で、揉めました。責められたのはやはり、靖五郎さんです」

算盤の腕の立つ梅沢屋の奉公人を、余所で働かせる約束をして、梅沢屋に迷惑を掛けたと、靖五郎は言われたのだ。麻之助は目を見張り、宗右衛門が両の眉尻を下げている。

「お和歌、梅沢屋さんは、店を止めるって事だったんだ。市助さんは働くところに困ってた。奉公先を世話してもらえて、私も市助さんも、そりゃ嬉しかったんだけど」

お和歌が、事が揉めた、からくりを話した。

「梅沢屋さんは、今回火傷《やけど》を負いました。それで本当に油屋を止めて、隠居するおつもりでした。隠居先は、生まれた田舎だとか」

そうしたところ、嫁に行った娘の旦那が、突然、油屋を継ぐと言い出したのだ。

梅沢屋は、継ぎたいのなら取引先は譲ると言ったものの、店は焼けて既にない。おまけに夫婦で生まれ故郷の里へ、早々に越してしまったのだ。

義父に頼れない梅沢屋の娘婿は、油屋の商いに慣れた手代を、辞めさせたくないという。

「娘婿さんは、市助さんを止めてくれるよう、靖五郎さんへ言ったとか。でも、自分で働き先を世話した相手へ、店を移るなとは言えませんよね」

靖五郎と梅沢屋の娘婿は、揉めてしまったわけだ。

「ああっ、後からそんな事を言われても。手代さんへ奉公先を世話した靖五郎さんに、落ち度はありませんよ」

「うんうん、麻之助の言う通りだ。だけどね」

いつもなら宗右衛門も、亀山屋や梅沢屋へ、もっとびしっと言うのだ。だが今は、火事の後であった。

「焼け出された店主達は、商売を立て直せるか、酷く頭を痛めてる所なんだ。それで皆の態度が、いつもとは違う」

そういうとき、頼りの奉公人に辞められるのは辛い。商いをしていれば、身に染みてそれが分かるのだ。そして店主達に余力があるのなら、とっくに金を渡し、奉公人を引き留めていた事も、互いに知っていた。

「そう思うから、靖五郎さんへの風当たりが、何故だか強くなってしまってるんだよ。もう、理屈じゃない感じだ」

この話には、麻之助までが頭を抱えた。

「皆さんが、困っているのは分かります。でも本来なら、火事場で働く必要のない靖五郎さんに、特別に力を貸して貰ってるんです。ああ、私から謝っておかなきゃ」

これではもう、靖五郎に働いてくれとは言えない。麻之助が、がっくりきていると、お和歌が更なる恐ろしき言葉を、亭主の耳に届けてきた。お和歌は本当に、麻之助にはもったいない程の良き妻なのだが、時として、何故だか麻之助を呆然とさせる。

「あの、お前さん。実はお父様は、靖五郎さんに悪いので、寺から離れてもらいたいと、既におっしゃってます」

ところがその話が伝わると、寺に逃げていた奉公人達が、悲鳴を上げたというのだ。

「店が焼け仕事が無くなったのは、店主方が悪いんじゃない。それは皆さん承知です」

だが店主達はもうかなりの間、店を立て直せるかどうか、はっきりさせられないでいる。奉公人達は働く当てもないまま、放って置かれているのだ。食うのも雨風をしのぐのも、頼りは町名主という有様であった。

「このままじゃ明日にも、ものもらいになっちまう。不安だ、やってられん。自分達も靖五郎さんに認めてもらって、江戸にある他の店で働きたい。そう話しているとか」

多くの者が、市助達へ奉公先を見つけた靖五郎に、己も頼りたいと思っているのだ。

「靖五郎さんは、今、困ってる奉公人が縋《すが》る、たった一人の店主なんです。その人を責めるなんて、とんでもない店主達だ。奉公人達はそう言って、怒っているんですよ」

「おやぁ、そりゃ怖い話だ」

麻之助は顔から、血の気が引いた気がした。焼け出された店主達と奉公人等が、いつの間にか、対立していたらしい。下手な手を打ったら、寺の中で騒動が起き、怪我人すら出かねなかった。

(そんな騒ぎを引き起こしちまったら……町名主の高橋家は、奉行所や町年寄から、どんなお叱りをうけるんだろう)

宗右衛門が、病人のような顔つきになっているのも、無理ない事だと知った。

五

次の朝早く、とにかく靖五郎と一度話そうと、麻之助は寺へ向かった。すると会った途端、靖五郎は麻之助へ、泣き言を言ってきたのだ。

「麻之助さん、今日私は、喧嘩をしちまったんですよ」

「へっ、温厚な靖五郎さんが、喧嘩をしたんですか？　失礼ながら、強そうには思えませんが」

魂消た麻之助が、思わず本当の事を言ってしまうと、靖五郎は一寸、目を大きく見開いた。そして寸の間の後、思い切り楽しげに笑い出したのだ。

「いや、驚いた。こんな時に、そんな楽しい事を言えるのは、麻之助さんくらいだね」

「あのっ、済みません。ふざけてる訳じゃ、ないんですが」

「うん、うん、分かってるよ。いや、笑ったら、落ち着いて話せそうだ」

僧に断り、堂宇《どうう》の濡れ縁に腰掛けると、靖五郎はまあ聞いてくれと、喧嘩の事情を語り出した。やはりと言おうか、靖五郎が揉めた相手は、火事で焼け出された店主達であった。

「いやぁ、久々に怒った面々に囲まれたよ。いささか怖かったね」

「済みません、町名主の落ち度ですね」

麻之助は、事情を伝え聞いている事を告げると、奉公人達の心配も承知していると伝えた上で、靖五郎へ頭を下げた。

「こちらから仕事の手伝いを頼んでおいて、本当に申し訳ないですが。靖五郎さん、父が言いましたように、火事の件から手を引いて頂けますか」

「……やはり店主達を怒らせるのは、町名主として、拙いかな」

耳に痛い言葉を向けられる。だが麻之助は、これには頷かなかった。代わりに一番の困った点を、靖五郎へ告げたのだ。

「靖五郎さんは、本当に色々お出来になる。だから靖五郎さんがこの寺にいると、奉公人も店主も、お前様の方へ逃げてしまい、互いと向き合わないので」

「はて？　向き合うとは」

「火事があった後、諸事思うに任せないのは、店主も奉公人も同じです。そして今は、間に靖五郎さんがいるので、互いがこの先どうしたいのか、直《じか》に相手へ言ってないんですよ」

頼れる相手へ縋る方が、何とかなりそうで、しかも楽だからだ。今まで放っておかれた相手より、安心出来そうだと思うのだろう。

町名主も、間に挟まれる事の多い立場だから、よく分かる。そういう時麻之助は、当人へ言葉を伝えるよう、きっぱり言う事にしていた。

「だから私に一旦、この場から引けという訳か。うん、理にかなっている考えだ」

誠に真っ当な事を言われていると、靖五郎は腕組みをしつつ、語った。己に言い聞かせているかのようでもあった。

「麻之助さんは、判断が速いね。あん？　放っておくと、また叱られそうだから、さっさと済ませたいだけだって？　はは、面白いよ」

ただ。ここで靖五郎は一つ溜息をつき、即答をしなかった。麻之助としては、出来る靖五郎ならばさっさと頷き、菅井屋へ文句が行かない内に、事から手を引くだろうと思っていたので、少しばかり驚いた。

（おや、ちょっと意外な事になったぞ）

何故、一寸の間があるのだろうか。

何が、靖五郎を躊躇《ためら》わせるのか。

（私は、何がこうも気になったのかしらん）

分からない。しかし、知っておくべき事なのではと思った。

（でもさ、知ったからって、どうなるって言うんだ？）

その答えを、また考える。考えて、考えて、その先に繋《つな》げなくてはと思う。お気楽息子なら早々に、泣き言を口にすべきと思うが、そんなものを聞いてくれる人は周りにいない。

何より、目の前にいる靖五郎に、泣きついてはいけない事だけは確かであった。

すると。

ここで靖五郎が、ようよう寺から手を引くと伝えてきた。奉公人達が騒ぐかも知れないから、この先はちゃんと店主等と向き合うよう、伝えてくれるとまで、靖五郎は話してくれた。

麻之助は、深く頭を下げた。


その後、麻之助は火事の後始末を終わらせる為に、偉大なものに力を借りる事になった。つまり時の流れというものが、多くの事を何とかしてくれたのだ。

火事場の片付けが進んでいくと、先の目処が付いた店も出て来た。

立て直すのは無理と見極めを付け、止めた店の、後釜も決まっていく。人を雇う者が出て来て、皆の気持ちが明るくなってきた。

焼け跡に長屋が建て直され、入る者も決まっていった。

そして。

町が作り直されていくと、焼け出され残っていた者達も、そろそろ寺から出なければならなくなったのだ。その時、最後の一騒ぎがあった。

まず、いずれ元の店へ戻る気で待っていたのに、叶わなかった者が怒った。新たな店に奉公人はいたので、己ははじき出されると決まったからだ。

そして、やっと店が続く事になった店主の多くが、驚いた。駒吉のような腕の立つ奉公人ならともかく、己の店で働いていた者なら、大人しく待っていると思っていた面々が、多かったからだ。

「町名主さん、とんでもない事になった。火事の前、うちにいた三人の奉公人が、揃って他で働いてたんだよ」

「宗右衛門さん、奉公人に、元の店へ戻るように言っとくれ。他の者を雇えって？　下駄が作れる者は、直ぐには見つからないよ」

「料理人に逃げられた。店を開けられない」

「箱屋の奉公人なのに、指物屋《さしものや》へ行っちまった。何とかしてくれ」

無理を言って、宗右衛門の顔色をまた悪くする者が、次々現れたのだ。

だがこの騒ぎの始末は、調子の悪い親に代わり、麻之助が引き受けた。高橋家の部屋で、宗右衛門に案ずるなと言い、後は己が頑張って押さえると、言い切ったのだ。

「お前、そんな事言って、大丈夫なのかい？　店と奉公人の間を、どう取り持つつもりなんだい？」

するとと麻之助は、長火鉢の傍らで胸を張ってみせた。

「おとっつぁん、正直に言います。私は、いなくなった奉公人達に、何か言う気はないんですよ」

「えっ？」

「梅沢屋の時と、同じです。手代の市助さんは、娘婿さんときちんと話し合いましたが、元の店には戻らなかったでしょう？」

火事が元で起きた事であり、市助が不義理をした訳でもない。開店の日が迫ると、その内娘婿も、仕方がないと引いたのだ。

「ええ、店主と奉公人の騒ぎには、時という薬が良く効くようです。ですから」

麻之助は、今の揉めごとを何とかするのに必要なのは、後少しの日数だと踏んでいた。実際店を始める時が来たら、前の店の奉公人にこだわってはいられない。

「そして雇って欲しい新たな人は、いつでも結構います。大丈夫なんですよ」

だから話がまとまるまでの間、麻之助はのらりくらり、対応しておこうと思っているのだ。

「おとっつぁんだと、そんな事をしたら、驚かれるでしょうけど。お気楽者の私相手なら、怒っても仕方がないと思われそうです」

こういう時、生真面目な者と思われていないのは助かると、麻之助が笑った。宗右衛門は不安げな顔で心配してきたが、麻之助はへらりと笑い、何とかなるからと言ってみた。

「それよりおとっつぁん、また顔色が悪くなってます。心配はとりあえず止めて、休んで下さい。お願いします」

こういう時、頼りになるおさんが、任せておくれと頷いている。

とにかく今後の事が決まると、余程調子が悪かったのか、宗右衛門はほっとした顔になっている。ただ、一つだけまた問うてきた。

「そういえば、書物問屋の亀山屋さんと、小僧頭の駒吉さんの話はどうなったのかね」

「おとっつぁん、あの件は、駒吉さんが何としても戻ると言わなかったんで、亀山屋さんが諦めました」

駒吉は既に、同業ではなく絵草紙屋《えぞうしや》へ奉公に出ており、その勤めを大層気にいってしまったのだ。元から浮世絵が好きだったようで、大いに楽しみ出した奉公人は、堅い書物の商いへは戻らなかった。

おさんが、亭主の横から柔らかく言う。

「お店へ奉公する時は、皆、まだ子供のような年だからね。その商いが好きか嫌いかじゃなく、間に入ってくれる人があると、何となく奉公が決まるし」

そして気がつけば、一生の勤めになったりするわけだ。その奉公がたまたま己に合っていれば、目出度い。だが今回のように、火事で別の勤めに変わった時、こういう道もあったのかと喜び、戻らなくなる事もあった。

「あれ、そういえば私も、町名主の仕事、選んだ訳じゃありませんね」

蛙の子は蛙で、親の務めを継ぐ事になっただけだ。他の何かをしていたら、どういう一生を過ごす事になったのかと、麻之助は少しばかり首を傾げる。

するとだ。ここでおさんが、ほんわりと笑った。

「宗右衛門さんも麻之助も、毎日、別の事をやってても、変わらない気がしますよ」

でも、宗右衛門が他の務めをしていたら、おさんとは会えなかったかも知れない。だから、それは止して欲しいと、おさんが続けた。

「そうですね、うちの皆が揃わないのは、悲しいですね」

麻之助が頷くと、いつの間にかふにが部屋に入ってきて、分かったような顔で、みゃあと返事をしている。笑みを浮かべると、宗右衛門がふにを膝に抱き上げた。

六

麻之助は、店主や奉公人達から文句を言われつつも、奉公先の件では動かなかったので、暇が出来た。それである日、菅井屋へ文を出し、神田明神の境内で靖五郎と待ち合わせた。

うっかりまた料理屋へ顔を出したら、手厚く持てなされてしまいそうで、腰が引けたのだ。茶屋で団子と茶を前に、靖五郎へ正直に話した所、大笑いされた。

「高橋家は、十二町も支配町を持ってるんだ。少々贅沢したところで、大丈夫だろうに」

「そうなんですか？　おとっつぁんへ、小遣いをちっと増やして欲しいって、言わなきゃなりませんね」

笑ってから、靖五郎をわざわざ呼び出した訳を、麻之助は話す事になった。そして、まずは、手数を掛けた火事の後始末がどうなったかを、靖五郎へ告げたのだ。

「市助さんと駒吉さんがどう働くかは、もうお聞きになってますか。はい、その通りなんです。二人とも元へは戻りませんでした」

　火事の跡地へ、長屋も建て直されてきている。菅井屋から借りそびれた長屋も、あの後、全部の部屋に人が入ったというから、江戸に住む人は、今も増えているのかも知れない。

「それでですね」

　麻之助はここで、靖五郎から頼まれた後、なかなか片付かなかった頼みごとの話を、口にしたのだ。

「靖五郎さんは、〝ああ嬉しい〟と思ってみたい。そうおっしゃいましたよね？」

「うん、話したな。でも一度、菅井屋を続けたらと麻之助さんから言われ、断ったからね。あれで私が頼んだ事は、終わりかと思ってたよ」

　礼として長屋を貸す事も、もう必要なくなってきた。願いごとをした時と、色々変わってきているのだ。麻之助は、頭を下げた。

「直ぐに別の答えを思いつけず、済みません。でも靖五郎さんの頼みごと、難しくってねえ」

　だが今頃になって、ようよう答えが摑《つか》めた気がすると、麻之助は続けた。

「多分、今回は大外れ無しだと思います」

　床几《しょうぎ》の横で、靖五郎が、ほおと小さく声を上げた。

「私は未だに、己の楽しみを見つけられてないよ。寺へ行かなくなった後、花巡りに出てみたが、どうもしっくりしない」

それで。何をどうすれば、靖五郎は沸き立つ気持ちを抱けるのか。期待が持てそうかなと言われ、麻之助は茶を手に話しだした。

「私は菅井屋を大店にするまでの話をする靖五郎さんを見て、働いている時こそ、目が煌めいていたように思いました。それで靖五郎さんへ、菅井屋の仕事を続けたらどうかって言った事があったんです」

あの時は靖五郎からきっぱり断られ、麻之助は肩を落とす事になった。ただ。

「それでも、一旦仕事を無くした市助さんや駒吉さんを、上手く導いている様子を見たとき、思ったんです。やはり働いてる靖五郎さんは、楽しそうだって」

だからこそ、火事の後始末から手を引けと言われたとき、一寸の躊躇いがあったのではないか。そう考えた麻之助は、一つの事に気がついた。靖五郎から、菅井屋では働き続けられないと言われた事に、気持ちが引っかかっていたのだ。

「靖五郎さんから、きちんとしたお話を聞いて、あの時は納得しました。ですが」

靖五郎程、上手く商売が出来るなら、自分が隠居となっても、菅井屋と無理なく関われるのではないか。そう思い付いたのだ。

「麻之助さん、私は……」

靖五郎が眉根に皺《しわ》を寄せたのを見て、麻之助は急ぎ、続きを語った。麻之助は靖五郎に、菅井屋と関わって欲しいわけではないのだ。

「おや」

「そのですね、靖五郎さんが、菅井屋を息子へ渡して行きたいと言ったのは、おそらく、終わった事だと思っておいでだからでは？」

「えっ？」

「菅井屋は、靖五郎さんにとって、勝負がついたお店なんです。もちろん商売は上手く行ってますが」

料理屋は、大店になった。何かがあっても倒れたりしないように、土地も長屋も買い、支えてもある。

「だから菅井屋は、もう大丈夫なんです。主になるのは靖五郎さんじゃなくても、いいんですよ」

それゆえ、つまらないのだ。わくわくしない。〝ああ嬉しい〟と思う為には、靖五郎に菅井屋と関われと言っては、駄目であった。

「ですよね？」

「……ならば麻之助さんは、どんな事をやれと言ってくるのかな。私は大いに期待しても、良いんだろうか」

真っ直ぐに麻之助を見てくる靖五郎の目が、光を含んでいた。その眼差しの強さを感じつつ、だが、また失敗するのを、麻之助は少し恐れてもいた。

「靖五郎さんは以前何度も、〝ああ嬉しい〟と思った事が、ある筈です。菅井屋を立ち上げ、育てていった時だと思います」

靖五郎が頷く。一介の振り売りが、大店の主になっていくという、人が聞いてもぞくぞくする夢物語の真ん中に、靖五郎はいたのだ。

旅に出るくらいでは、その強烈な思い出に、勝てる筈がなかった。

芝居で人が演じているものを見ても、己が主役の話に、勝るとは思えない。

並の楽しみでは、読本の中にしかお目に掛からないような話に、追いつけないのだ。

だから。

「靖五郎さん、もう準備は整ってます。菅井屋は、ここいらで息子さんに継いでもらいませんか」

「あん？　麻之助さんは私に、隠居しろって言ってるのかな？」

嬉しがらせてくれと頼んだら、隠居の言葉が飛び出してくるとは、思っていなかったのだろう。

靖五郎は目を、本当に大きく見開いている。

だが、麻之助は驚きの顔つきを見ても、言葉を止めなかった。

「菅井屋の店主のままでいては、何かやる時、菅井屋に障《さわ》りが出る事を心配せねばなりません。

それでは、思い切り楽しめませんよ」

とんでもない事を話していると、麻之助は己でも分かっていた。しかし神田明神の境内に神罰は下らず、いつもの通りであった。僅かに吹く風が心地よく、祭神が麻之助の無謀を、許して下さっているかのようだ。

「お前さんは、私に何をしろと言ってるのかな」

問われたので、正直に返した。

「それ、私には分かりません。靖五郎さんが、一番面白く思う事を、お願いします」

「は？　それは一体、どういう事なのかな」

「私は靖五郎さんへ、今までとは別の、新しい商いを始める事をお勧めします。ええ、菅井屋を始めた時のように、店の金は当てにせず、手持ちの金だけを元手に、始めて下さい」

靖五郎が、麻之助の方へ身を乗り出してくる。

「もう、孫も生まれようって年になって、そんな無謀を勧めてくるのかい？　棒手振《ぼてふ》りの棒一本を頼りに、江戸の町を回る身の力は、私にはもう残っちゃいないよ」

「そりゃ、そうですね。でもその代わり、若い頃より商いの事は、良く分かってる筈です」

そして金の代わりに、靖五郎の商いの腕を信じる、多くの知り合いを得ている筈であった。

「例えば、市助さんや駒吉さんへ、新たな奉公先を世話したみたいに、今の靖五郎さんだからこそ、出来る事がある筈です」

麻之助は、これといった考えも、思いつきも何も持たないまま、ただ靖五郎をけしかけてみた。それで、一代で大店を築き上げた男が、どうするのか、見てみたかったのだ。

本当に何かが、生まれる事などあるのか。夢が生まれるのか、知りたかった。

そして。

「あ、あのっ……」

茶屋の床几の上で、麻之助は身を強《こわ》ばらせる事になった。靖五郎の目から、光がこぼれ出ているように思えたのだ。

その総身《そうみ》からは、不思議な力が沸き立ち、渦を巻いて、麻之助の目にも見えている気がした。

「そうか、そいつは面白いよ。うん、やってみるのも良いかもしれない」

「あの靖五郎さん、何が面白いんですか？」

「今、駒吉さん達の事を、言ってたじゃないか。人と仕事を繋ぐ商売、口入屋《くちいれや》を始めてみるのは、良い考えだと思うよ。うん、うん、その通りだ」

しかし、今までと同じ口入屋を、今から始めるのでは面白くない。市助や駒吉が困ったように、今のお江戸では、仕事を移るのに困る事が多くあるからだ。

実際未だに、先の火事が元で、困っている者もいると聞いていた。

「火事が多いから、今回みたいに、突然明日からの暮らしが吹っ飛ぶ事も多いんだ。うん、新たな形の口入屋を始めるって事は、江戸の人の為にもなりそうだね」

どんな店が、人の役に立つのだろうか。

どうやったら、そういう新しい店を作れるだろうか。

今ある口入屋と、正面からぶつからない為には、どうすればいいのか。

店を作るか？　当面今の家で、一人で始めてみるか？

靖五郎は夢中になってつぶやき、考え始めた。

「いやいや、かみさんが良いと言ったら、いっそ借家へ移って、そこで新たな商いをするのも、面白いよね」

　気がつくと靖五郎は、床几から立ち上がっている。もう老いが始まろうとしている人の、その姿を見て、麻之助は大きく目を見張った。

（あ、面白い事が始まりそうだ）

不意に、そう思った。間違い無く靖五郎はこれから有名になる店を起こして行くと、まだ何も成せていない今、確信していた。

「何かこう……心の臓が打ってきますね。ああ、面白いや」

こんな瞬間を、目の前で見る事があるとは、思った事もなかった。一年も経たないうちに、靖五郎は新たな店を開くだろう。そしてあっという間に、それは大店に育っていくのだ。

読本の中で書かれているような、話になるだろう。麻之助はその最初の時を、靖五郎と共にしていた。見ていた。感じていた。

「面白いっ」

口から、その言葉がこぼれ出た。ようよう分かった気がした。

（そうか、靖五郎さんは店を起こす力に、溢《あふ》れているお人だったんだ。それを、年相応の落ち着いた立場に押し込めようとしたから、喜んじゃもらえなかったんだ）

すると立っていた靖五郎が、麻之助へ目を向けてくる。

その顔が、輝いていた。

「ああ嬉しい。この年になって、こんなにぞくぞくするとは思わなかったよ」

頭の天辺《てっぺん》から足の先へ、何かが突き抜けていったらしい。それは、菅井屋を始める時にも感じたものだと、言葉が続いた。

「ありがとうよ。町名主へ話しに行った時、こういう結末が待っているとは、思っちゃいなかった」

　これから山ほど働く日々が待っているというのに、靖五郎は明るく笑っている。そしてその胆力こそが、靖五郎と新しい店を成功へ連れて行くのだと、感じられた。

「麻之助さん、今度開く店が上手く行ったら、また寄進させてもらうよ」

「ならば次の店も、高橋家の支配町で開いて下さい。大店になる日をお待ちしてます」

「じゃあ、まずはかみさんと話してくる。あいつは私の、戦友なんだ」

　もう、ゆっくりなどしていられないという風に、床几へ幾らか置くと、靖五郎は家の方へと駆けてゆく。

　だが途中で一度立ち止まり、麻之助へ、大きく頭を下げてきた。それから今度こそ立ち止まらず、明日へ向け走り出していった。

縁談色々

一

江戸の、古町名主《ふるまちなぬし》である高橋《たかはし》家の跡取り息子、麻之助《あさのすけ》は、幾つか頼まれごとを抱えてしまった。

「何でこんな事に、なったんだろう」

己《おのれ》の部屋で真剣に悩んでいると、飼い猫で、高橋家の主《ぬし》であるふにが、ふにゃふにゃ言いつつ、傍《かたわ》らを通り過ぎて行った。なんとなく、いつもの事ではないかと言われたみたいで、麻之助は益々《ますます》悩む事になった。

「ふにぃ、鳴くんなら、解決の仕方を教えてくれると、ありがたいんだが」

そう問うてみたのだが、猫の言葉は分からない事を、今更確かめただけであった。

麻之助は、今日お会いした時、元御殿女中のお美代《みよ》様から、頼みごとをされた。養女にしたお秋《あき》に、婿を迎えたい。相談に乗ってくれないかと言われたのだ。そして、紹介がないと作って貰《もら》えないという、ご立派な干菓子を渡されてしまった。

「お美代様のお立場だと、どんな方を婿君に迎えるか、難しそうですよねえ。数が多いと、断るのも難儀でしょうし」

ご当人に言ってみると、怒りもせずに頷《うなず》かれた。

「妙に面倒くさそうなご縁が、うちに舞い込むようになってるの。麻之助さん、お秋も町人の出よ。肩が凝らないようなお人を、紹介して下さいな」

今は、立派なご身分があるものの、ご当人は日本橋《にほんばし》で育った人だからか、至って気さくな性分だと分かっている。そこを承知だから仲人ではなく、麻之助を頼ったのかとも思った。だが。

（お美代様は元御殿女中で、今でもご立派な知り合いが多くおられる。だからお相手は、長屋住まいって訳にはいかないよ。この縁談、難しいねえ）

高橋家に帰った麻之助が、頂いた菓子とにらめっこし、どうしたものかと悩んでいると、次に、長崎から旅をしてきた明水《めいすい》という若い医者が、高橋家に現れた。そして、義父金吾《きんご》からの文を届けてくれた。

箱根《はこね》で湯治《とうじ》中の金吾は、怪我が癒えてきたのか、まめに文を寄越すようになっている。だが、江戸までの飛脚代は高かった。

（金吾さん、文は控えるよう、お和歌《わか》から釘を刺された筈《はず》だよね）

なのに今日、ひときわ厚い文が、麻之助宛と息子の金一《きんいち》宛、二通も届いたのだ。

「えっ、義父《ちち》はこの厚い文を、箱根の湯治場で明水さんへ託したんですか。飛脚に頼めば高いと分かってるものを、人様に運ばせて済みません」

義弟の西森《にしもり》金一宛のものは、己が届けると言い頭を下げると、優しげな医者は、江戸へ帰宅するついでだから大丈夫だと言い、礼金を受け取ってくれなかった。よって麻之助は咄嗟《とっさ》に、元御殿女中から頂いた特別な品だと言って、お美代からの干菓子を渡したのだ。

すると、その話を聞いた妻のお和歌が、父親に腹を立てた。ふにが珍しくも逃げ、麻之助は急ぎ、妻を宥《なだ》める事になったのだ。

「金吾さんはもう長いこと、箱根で湯治をしてる。だから、色々心配になるんだよ」

「そうですね。支配町を託した弟の金一は、まだ十七ですし、案じているんでしょう。けれどです」

金吾が湯治の為に支払っている金子は、ほとんどが知り合いや縁者から、麻之助達が集めたものだ。

「その大事なお金を暇に任せて、飛脚代に費やすべきではありません。父にそう言ったら、今度はただで、人様に届けさせるなんて」

金一に文を届けるなら、弟からも父親へ、釘を刺すように伝えておいて欲しい。妻からそう言われたので、麻之助は急ぎ、西森家へ逃げだした。

ゆっくりしていたら、金吾へのお小言が、増えていくような気がしたのだ。

「しかし金吾さんからの文、分厚いなぁ。何をこんなに、書いてきたのかしらん」

あれこれ指示されて、金一が仕事で困らなければ良いがと、麻之助は考えてしまった。

「金吾さん、私は苦手とする縁談を頼まれてまして、金一さんを手伝う余裕がないんです。金一さんに今以上の仕事、言いつけないで下さいね」

文に向けぼやきつつ、麻之助は西森家へ向かった。

するとだ。手代《てだい》に挨拶を済ませた途端、麻之助は西森家から帰りたくなった。金吾が箱根から寄越した文を渡すまでもなく、金一は既に、仕事を持て余していたのだ。

麻之助は訪れると直《す》ぐに、西森家の玄関へ通され、仕事の話を向けられてしまった。

「あの、金一さん、今日は早めに帰らなきゃならないんだけど」

麻之助ははっきり言ってみたが、玄関にいた二人のおなごは、既に縋《すが》るような目で麻之助を見ている。金一は、麻之助の泣き言など聞かず、おなご二人を紹介してきた。

「こちらはお真沙《まさ》さんと、その大叔母の、おれんさんと言います。お二人からはお真沙さんの嫁入りについて、相談を受けているんですが、私では片が付けられなくて」

困っていた所に、麻之助が来てくれて本当に助かったと、義弟は言ったのだ。お真沙は十七、八の娘で、なかなか器量が良かった。

「麻之助さん、手を貸してくれませんか。お願いします。縁談の困りごとなんで、若い私だけでは無理なんです」

義弟から、いつにないほど素直に頼まれた麻之助は、不吉な思いに駆られた。恐ろしい事に、義弟に力を貸す己の姿を、思い描いてしまったのだ。

だが、急いで首を横に振った。

「そんな風に頼まれちゃ、嫌とは言いづらいんだけど……無理なんだ。実は今日、他の縁談を頼まれててね」

似た頼みを二つ同時に負えないと言い、麻之助は溜息を漏らした。町名主に来た悩みごとだから気軽に話せないが、立派な家の縁談相手に困っていると、話半分に伝えてみる。

「良い家の方が、縁談で困る事があるのですか？」

「お真沙さんでしたっけ、それがあるんですよ。立場がある方だと、釣り合う相手も少ないから」

それにお美代の性分が関わって、縁談に困っている事は、言わないでおいた。するとだ。他へ言いはしないので、大体どれくらいの相手を望んでいるのか話してみないかと、おれんが言い出したのだ。

「いいえ、私は船宿のおかみで、立派な方々と、お付き合いはありません。けれどね」

船宿は、様々な立場の者達を、舟に乗せている。江戸のように、水路が縦横に通っている地では、駕籠《かご》に乗るより楽で、より安い舟を使う方が好まれた。よって身分、立場の異なる者達が、船宿から舟に乗るのだ。

「だから、色々な方と知り合いなんで、これでも結構、縁を取り持ったりするんですよ。よければ、あたしの店の船頭達に、良い方を探して貰いますけど」

江戸には本当に、大勢が住んでいる。その内きっと、良き相手の話が耳に入ってくる筈と、おれんは己の言葉に頷いていた。

そして町役人である町名主なら、相手の名と立場さえ分かれば、後は何とか出来るだろうと、おれんは言ってきた。

「あの……本当に、頼っても良いんですか」

「ただ、もう少しそのお方の事を教えて下さらないと、お相手は見つかりませんよ。どこの誰なのか分からない人の、連れ合いは探せませんもの」

おれんには、自信があるように見えた。

「ただその代わり、うちの大姪《おおめい》の悩みも聞いて欲しいんです。正直に言いますが、困ってしまっていて」

麻之助はここで、少し首を捻《ひね》った。

「あの……おれんさんに力を貸してもらえたら、本当に助かります。だけど、その」

麻之助は戸惑う顔を、おれん達へ向ける。

「お二人が金一さんへ相談したのは、お真沙さんの婚姻の事ですよね？　私が困っている婚礼は、早々に何とか出来ると言った。なのに何故、ご自分の大姪さんの縁談は、持て余しているんですか？」

するとお真沙が畳へ目を落とし、おれんが小さく、溜息をついた。

「あの、大姪は確かに、婚姻の事で悩みを抱えております。けれどそれは、良き殿方を見つけたいという話では、ないんですよ」

「はて？」

麻之助が首を傾《かし》げると、話を既に承知の金一が、ちょいと変わった事情があると伝えてくる。

麻之助はここで腹を決めた。

（仕方がない、こっちの縁も何とかするか）

それでまず、助けてほしい縁談を頼んできたのは、元御殿女中だとおれんへ告げた。

「似た立場のお人が少なくて、養女になすった娘さんの縁談に、悩んでるんだ」

元々は町人の出だから、養家であるお武家との縁は薄く、頼れない。

家作などを持っているのはいいが、下手をすると持参金の一割に当たる、礼金目当ての仲人から、いいように扱われそうであった。

お美代は、自分の娘に迎えたせいで、お秋が妙な縁談を押しつけられないよう、切に願っているのだ。

「それで、町名主の仕事じゃないと分かっていても、私に縁談を見つけて欲しいと、頭を下げて来られたんだよ」

「元御殿女中様に、頭を下げられたんですか。そりゃ断れないし、大変そうですね」

金一は、腕を組んで黙り込んでしまう。するとおれんは、名を出す事なく、合う相手を探してみると、麻之助に約束をしてくれた。

そして麻之助がほっとした後、おれんは西森家の玄関の間で、自分達の事情を告げてきたのだ。

二

「お真沙は大姪ですけど、遠くに住んでいて、あたしとは縁が薄かったんです。実は以前に一度、親戚の家で、顔を合わせただけでした」

そんなお真沙がある日突然、おれんの船宿へ一人でやってきて、暫《しばら》く置いて欲しいと頼んできたのだ。お真沙の里は、下総国《しもうさのくに》にある。おれんは大姪が、江戸へ遊びに来たとも思えず、困惑したという。

「それで、とにかく江戸へ出てきた訳を、お真沙に聞いたんです」

その事情は、麻之助が考えもしなかった事であった。

「お真沙は、器量が良いでしょう？　望まれて十五の年には、縁づいたんだそうです」

お真沙は親の言いつけ通り、素直に嫁《とつ》いだ。亭主は近くの川で船頭をしており、せっせと稼いでいた。お真沙はごく並の暮らしを、つつがなく始めたのだ。

「ところが、ある日川で事故が起きて、亭主が急に亡くなった。お真沙はまだ十五の内に、後家になっちまったそうなんです」

「何と、とんでもない事になりましたね」

直ぐにそう言ったものの、麻之助は、困った顔はしなかった。十五なら、お真沙にはその内、次の話が来るだろうと思えたからだ。目を向けるとお真沙は頷き、まだ喪が明けない内から、次の縁談が決まっていたと話し出した。

「相手は同じ村の、知っている人でした。ただその与之助《よのすけ》さん、体が丈夫じゃなくて。縁談がまとまらず、嫁御《よめご》がいなかったんです」

だが与之助の親は、息子に嫁を持たせたい。それで婚礼が二回目なら、亭主が病がちでも文句を言わないだろうと、お真沙との縁組みを考えたらしい。

「縁談が来た時、与之助さんは並に働いてました。それでうちの親は、話を決めたんです」

ところが、お真沙の喪明けを待っている間に、与之助は寝付くようになってしまった。婚礼はあげたものの、結局夫婦として暮らさないまま、お真沙はまた亭主を失ったのだ。

「十六の年でした」

「それは……本当に大変でしたね」

また一年、お真沙は静かに暮らした。その間に、親は縁談を探したものの、三回目だからか、なかなか決まらなかった。

家の者から、食い扶持《ぶち》が増えると言われたお真沙は、己で稼げるようになりたいと、縫い物に精を出し始めたという。しかし村には一人で生きている、若いおなごなど見あたらない。

親は、やはりお真沙を嫁に出す気で、今度は、隣村の男との縁談を決めてきた。

「するとですね、三回目の縁談は、喪が明ける前から、妙な事になっちまったんです」

許婚《いいなずけ》の知り合いが、お真沙との縁談は縁起が悪いと、言い出したらしい。お真沙はまだ十七なのに、二人も亭主を亡くしている。そんな女と一緒になったら、許婚になった男も、命が危ないと言ったのだ。

「気がついたら隣村の許婚は、あたしの喪が明けない内に、他の娘さんと一緒になってました」

三回目は、嫁に行った訳ではないが、お真沙の縁談が駄目になった事は同じだ。さすがに親も、直ぐには更なる縁談を見つけられない。兄が嫁をもらったので、余計邪魔にされ、家に居づらくなってきた。

お真沙は遠い縁を頼って、江戸にいる大叔母、おれんの所へ行きたいと願い始めた。

「江戸は、村よりそりゃ大きいし、仕事も多いって聞きました。真面目に働けば、女一人でも暮らせるかも知れない。あたし、お針の仕事に励んで、お金を貯めていきました」

すると、そんなある日、親が四度目の縁談があると、お真沙へ告げてきた。

「今度の相手は、何と、おとっつぁんより年上の人だったんです。四十五歳だった。奉公先の店を辞めて、近くの村に帰ってきたばかりだと聞きました」

まだ、次の仕事も決まっていないという。親は、どんな相手でもいいから早く嫁がせて、お真沙を家から出したいのだと思えた。

「だから懐《ふところ》の銭を頼りに、家を出ました。江戸の、大叔母の店へ向かったんです」

住んでいる町と、店の名しか分からなかったのに、お真沙が大叔母の店へたどり着けたのは、おれんの店が船宿だったからだ。ありがたい事に、船頭に聞けば場所が分かった。

ここでおれんが、顔を顰《しか》める。

「お真沙から事情を聞いて、あたしはしばらく、うちに居ればいいと言いました。するとお真沙は、ただで置いては貰えないって、そりゃよく、店の奥を手伝ってくれてるんですよ。働き者だし、良い子です」

お真沙は前に嫁いでいるから、嫁入り道具は持っている。ならば後は人の多い江戸で、相手を見つければいいだけであった。

「お真沙さんは器量が良いし、若いんです。親より年かさの相手じゃなくても、縁談は見つかりますよ。江戸じゃ、二回くらい家に戻った娘さんは、あちこちにいるもの」

おれんはそう承知して、里方へ、しばらくお真沙を預かると文を出した。それで事は、平穏に終わる筈だったのだ。

「あの……終わらなかったんですか?」

麻之助は、いささか呆然としてしまった。大叔母おれんのやり方に、抜かった点は無いように思える。たまたま不運が重なっているが、お真沙は暮らす場所を変え、新たに歩み出せば良いだけの話に思えた。

だが、しかし。麻之助はちらりと義弟を見てから、腕を組み語り出した。

「忘れてた。そういえば、おれんさん達はわざわざ西森家の玄関に、相談に来てたんですよね」

ここは困った者が、支配町の町名主へ縋りに来る場所だ。つまりお真沙は里を出て、大叔母の所へ来たにもかかわらず、悩みごとを今も抱えているに違いない。

(ありゃ、妙な話に、首を突っ込んじまったな。おまけに、金一さんが手を合わせて、私の方へ頭を下げてるよ)

義弟を悩ませた妙な点とは、何なのか。麻之助は己の腹に、力を入れ直した。

三

翌日の事。麻之助達は両国《りょうごく》に近い町の外れで、近くの皆が頼りにしている産婆と、話をしていた。そして……何故だか隣にいるお真沙と共に、叱られてしまったのだ。

(あの、何でだ?)

麻之助は頼りなくも、首を傾げていた。

お真沙は昨日、二度亭主に死なれ、三度目も縁談が駄目になっていると、麻之助に言った。だから当人は今、おなごでもやれる仕事を探したいと望んでいるのだ。もう縁談は要らない。欲しいのは、食べていける仕事だ。それがお真沙の望みであった。

縁談を勧めるおれんと、考えがずれてしまったので、大叔母と大姪は悩んでいたらしい。

麻之助はおれんと話し、とにかく一度、仕事を探してみる事にした。それでお真沙へ、まずはおなごの仕事として知られる、産婆になるのはどうかと告げてみた。

「産婆になれれば、皆から頼りにされますし、暮らしてもいけるでしょう。大変そうではありますが」

お真沙も承知したので、今日二人で、近くに住む産婆の家へ行った。お真沙はちゃんと、己の気持ちを話す事が出来た。この先、是非産婆の手伝いをして、己も産婆になりたいと願ったのだ。

（うむ、事を進められたよね。これで大丈夫な筈だ）

麻之助は付き添いとして、小さく頷いた。

ところが、お真沙と話し始めて間もなく、産婆は白髪の交じった頭を横に振り、渋い顔になったのだ。そしてきっぱり、お真沙は迎えられないと言った。

「えっ……」

「あのねぇ、あんたは後家になったんで、働きたいって事だった。だからあたしゃ、とりあえず会って、話をしたんだよ」

同じおなごとして、若いお真沙が苦労しているなら力を貸したいと、産婆は思ってくれたらしい。そしてそれを聞いた麻之助は、目をしばたたかせた。

「あの、おばば様、ならどうして駄目なんでしょうか」

「お前さん達は産婆の務めを、軽く考えてるのかね。あたしゃね、生まれてくる赤子と、その母親の命を預かる者なんだ」

「あ、あたし、大真面目です。本気で、自分もいずれ取り上げ婆になりたいと思って、こちらへ来ました」

産婆は、困ったような顔になった。

「お真沙さん、あんた、子供を産んだ事がないそうじゃないか。それじゃ、他は知らないが、江戸で産婆をするのは、無理ってもんだよ」

おばばの住む周りでは、我が子を産んだ事もない者では、産婆としてやっていけないという。

お真沙が産婆になりたいと言ったので、てっきり既に子がいると、産婆は思っていたようなのだ。

「あの、でもあたし、産婆さんの手伝いから始めれば、いずれ出来るかもって……」

「無理だって、このあたしが言ってるんだから、無理。お前さん、自分に子が出来たら、子の無い産婆に、赤子を取り上げてくれって頼むかい？　頼まないだろ」

このお江戸で、お産で命を落とすおなごは、思うよりいるのだ。そして産婆の仕事は、経験がものを言う。少なくとも眼前の産婆は、子のない女が割り込める職ではないと、言い切ってきた。

「どうやったら出産を無事に終えられるか、教えてくれる手習所など無いからね。江戸どころか、日の本中探してもないだろう」

だから別の仕事を探しなと、はっきり言われてしまい、お真沙は声が出ない様子で、ただうなだれる。麻之助は小さく息を吐いた後、邪魔をした事を詫び、お真沙と共に深く頭を下げてから、産婆の家を後にした。

「やれ、仕事探しは、やはり難しいね」

まずは一つ無理と分かったが、子の有無を問われれば仕方がない。次の仕事を考えようと言ってから、麻之助達は日本橋に向け、道を歩き出した。そして隣のお真沙を見てから、この後も大変だと思い定め、腹に力を込め直した。

（こりゃ金一さんが、お手上げになる筈だ）

麻之助は、繁華な道を歩みつつ、お真沙へもう一度確かめてみた。

「あの、お真沙さん、今でも縁談相手を見つけるより、仕事を持ちたいと思いますか？」

するとお真沙は、一寸目《ちょっと》を見開いた後、真剣な顔で麻之助に語ってきた。

「婚礼と仕事を比べてるんじゃ、ないんです。あたし、一人でも食べていける力が欲しい」

親の許しも得ずに、一人で江戸へ来ると決めた時、己の本音が分かったと、お真沙は言ってきた。

「いざ家から出た時、あたし、道中で誰かに襲われて、死ぬかもと考えました」

災難は、あり得る話なのだ。下総国の里の中ですら、月のない夜は足下も見えない程、真っ暗で、地獄へ足を踏み入れるかのようだったという。だが、それでも己を止められなかった。お真沙は家を出る決意をすると、風呂敷包み一つを持ち、行った事も無い江戸へ、足を踏み出した。

「だからあたし、本気です」

稼げるようになりたい。何があっても、己が丈夫で、真面目に働いている内は、食べていけるくらいの銭を得たい。万一、また誰かと縁組みをしても、このままでは亭主が無事で居るか、病にならないか、毎日不安だと言ったのだ。

「ただ大叔母には、まず言われたんです。女がずっと一人でいるのは、ちょっと難しい事かもしれないよって。あたし、どうしてそう言われるのか、今もよく分からないの」

何故、真面目に働く事が、そんなに難儀な事なのか。お真沙は大叔母に何度も問うたが、分かりやすい答えを得られず、大叔母も困っていた。それで二人は、町名主である西森家へ顔を出したのだ。

「おなごがやっていける仕事がないか、町名主さんなら、ご承知かもって思ったんで」

ただ間の悪い事に、支配町の皆が頼りにしている町名主の金吾は、怪我で屋敷にいなかった。後を預かっていたのは、お真沙くらい若い跡取りの金一で、真面目に相談を聞いてはくれたが、やはりというか、事を持て余してしまった。

そして昨日、西森家に集った皆が困っている所へ、文を持った麻之助が顔を見せた訳だ。麻之助は、ゆっくり頷いた。

（お真沙さんと関わった事で、お美代様の縁談を相談出来たんだから、私は幸運だったかな。お真沙さんは、今も大いに困ってるけど）

とにかくお真沙の仕事探しは、しばらく続くかも知れない。そう腹をくくった時、道の先に床几が見えてきたので、麻之助は笑って傍らを見た。

「初回からすぱりと断られて、お真沙さんも疲れたでしょう。そこの店で団子でも食べて、休んでいきませんか」

大通りに、茶屋を見つけたのだ。並んで座ると、店へ気楽に入れて嬉しいと、お真沙が笑った。

「里には、こんなお店はありませんでした。あたし、表にある店でお団子を食べるなんて、初めて」

いや、そもそもお真沙がいた里では、少しばかり手間賃など稼いでも、おなごが気軽に買い食いなど出来ないという。酷《ひど》く目立ち、翌日には村中で噂になっていそうだからだ。

「やっぱり江戸って、違いますね」

お真沙は湯飲みを手にすると、麻之助を見てきた。

「今朝、大叔母から聞きました。麻之助さんは、別の支配町の町名主さんの跡取りなんですね。今日、こうして力を貸して下さるのは、西森家の親戚だからだそうで。お手数をおかけしてます」

お真沙から真面目に感謝をされ、麻之助は、縁があったのだろうと言い笑った。それから、茶屋娘が持ってきてくれた団子を勧めた後、天を仰ぐ。

「しかし、独り者のおなごが働くのって、本当に大変だよねえ」

今回麻之助はその事が、改めて身にしみた。おなごが働き、己一人で生きていくという事は、若いお真沙だけでなく、麻之助も考えていなかったほど、実は、難しい事かも知れないと知った。

「江戸のおなご達は、皆、働き者なんだけどなぁ」

ぼーっとして遊んでいるおなごなど、長屋でも家でも、見かける事は少ないのだ。

(だけど……考えてみれば、おなご一人で稼いでいる人も、今回私は見てないんだ。産婆さんだって、ご亭主がいて子がいる。連れ合いがいなくても、親や男がいる。こんな事を思うなんて、今更の話だけど)

麻之助は、茶を床几に置くと、美味しそうに団子を食べているお真沙に目を向けた。

(さて、次に探す仕事は、何にしたらいいのやら)

もしかするとどの道を選んでも、きつい言葉を向けられるかも知れない。お真沙は真面目なのに、ろくに話を聞きもせず、嫁に行けと言われる事もあり得た。

だがお真沙は団子を食べ終わると、己から、次はどこへ行こうかと悩み出した。

「昨日西森家で、皆さんと書き出しただけで、まだ幾つも、おなごが働けそうな仕事が、ありましたよね」

産婆の他にも、女髪結いや芸事の師匠、手習所の師範、お針仕事の請負、店の奥向きの仕事などが出たのだ。料理屋の仲居なども、おなごの務めだ。

「あたし、次へ行ってみます。そこが駄目なら、また次へ。その内、他の仕事も、思いつくかも知れないし」

「良い心意気だ」

麻之助は頷くと、床几に金を置き、二人で立ち上がった。

四

五日後、麻之助とお真沙、おれん、金一は、西森家の玄関の間で再び集った。

そして麻之助達は、おなごが稼げそうな仕事を探したお真沙が、どういう結末になったのか、他の二人へ告げたのだ。

「最初、産婆さんに断られました。次に、女髪結いさんにも、否《いな》と言われました」

女髪結いの返事も、はっきりしていた。女髪結いになりたい者は多いようで、仕事を手伝わせるなら、身内や知り合いを使わないと、文句が来る。だから無理だというのだ。

「あたし以外の人は知らないけど。けどさ、髪結いは、大勢でやる仕事じゃないしね」

手伝いのおなごなど、そもそも必要はないのだ。それに、おなごが髪結いに金を払うのは、贅沢だと言われており、お上から禁止された事もある。

「これから仕事を覚えるなら、他のものになさいな。ある日、もう女髪結いをしてはいけないと、突然言われるかも知れないから」

女髪結いは、落ち着いた顔で怖い事を、お真沙へ告げた。

「確かにあたしは、先が分からない事は、苦手です。諦めて、次の仕事を探す事にしました」

おれんが頷いている。

「次は、長唄の師匠の所へ行ってみました。すると師匠は、あたしの話を聞いた途端、直ぐに無理だと言って来ました」

顔を顰めた金一に、麻之助は事情を告げる。

「遊芸の師匠は、元、吉原の花魁《おいらん》だったとか、柳橋《やなぎばし》で芸者をしていた人が多いとか。とにかく小さい頃から、芸事を仕込まれていた人、ばかりなんだそうです」

師匠になった時期は様々だろうが、お座敷などで長く、三味線や長唄を披露してきたおなご達なのだ。大叔母のおれんが、溜息を漏らす。

「これから長唄を習いたいっておなごじゃ、師匠になるのは無理って事ですね」

「長唄の師匠が、首を横に振りました。それだけでなく、師匠の家にいて、長火鉢の横で話を聞いていた男から笑われました。おなごが一人で弟子を取ると、芸事以外にも難儀を抱えるそうです」

一見別の仕事をしていても、稼ぐ為に、春をひさぐ者は多いと男は言ってきた。だからか、若い娘が遊芸の師匠を名乗ると、そちらで金を得ていると、噂が立ちかねないのだ。更に弟子を取ると、人の出入りが多くなる。

「一人暮らしだと、押し込み強盗に、貰った金をそっくり取られてしまうぞと、脅《おど》かされました。男は、必要なんだそうです」

三味線の師匠の所へも行ったが、答えは同じであった。お真沙は草臥《くたび》れてしまい、次の日は一日外出を怠《なま》けて、船宿を手伝っていた。お真沙いわく、やる事が分かっている仕事は、随分と楽らしい。

「何度も駄目と言われ続けるのって、思ってたより、辛《つら》いんですね」

残るは縫い物の請負と、手習所の師匠、それに店での奉公だが、手習所の師匠は難しいのではと、お真沙は思い始めている。読み書きは出来るものの、書いた字が美しい訳でもなかったし、算盤《そろばん》は、得意とは言えない。その上、手習所を開く為には、場所を借りたり、本や筆、紙、墨などを揃えねばならない。まとまった金が掛かりそうなのだ。

「でも、おなごがつけるかも知れない仕事は、思ったより少ないから。だから、自分から数を減らしたくはないんですけど」

すると、ここで呆然とした声を出したのは、若い金一だ。

「確かに、思いつくおなごの仕事って、少ないですよね。改めて考えてみると、おなごはよく見かける仕事に、関わっていないや」

例えば、人気の職である大工や左官などでは、おなごの姿を見ないと、金一は続けた。

「何ででしょう」

麻之助は義弟に、自分が承知している事を、話す事になった。

「仕事を始めたいと思った時、株仲間や、仕事の組合に入らなきゃならない職は、多いだろ？で、その仲間に入れるのは男だけって決まりが、結構あると聞いてるよ」

お真沙の目が、見開かれた。

「えっ、そうなんですか？　あたしはおなごで力は弱めだけど、真面目に働くのに」

「うん、おなごでもこなせる仕事は多いと、私は思うんだが」

「麻之助さん、でもおなごじゃ、大工の仕事仲間には、加われないって事ですよね。多分、麻之助さん達がこれから継ぐ町名主や、村の名主さんにもなれないんだわ。里の方で、おなごの村の名主さんは見ないもの」

お真沙の声が低くなり、怖い目つきになっている。金一が慌てて、間に割って入った。

「あの、お真沙さん、落ち着いて。麻之助さんが、そういう仕事の決まりを作ったんじゃないんです。だから怒らないで」

「その……怒ってはいませんよ」

「麻之助さんが、決まり事の大本を作ったら、きっと誰でも制約無しに、好きにして下さいっていう緩い話になってます。そして諸事緩すぎるんで、収まりが付かなくなって、多分、喧嘩があちこちで起きてますね」

「ええ、きっとそうなって……あん？」

よく聞けば、金一の話は酷い気がしたが、男達の輪に入れて貰えないおなごの前で、怒り出す訳にもいかない。麻之助は、ちょいと口を尖らせてから続けた。

「そう、例えば振り売りなら、余りに売る物の種類が増えたからか、今は仕事を縛る届け出など、無いと思ったけどな。けど、それでも昔からの縄張りでもあるのか、おなごが売っているものは、かなり少ないですね」

おなごの振り売りが売る物として、ぱっと頭に浮かぶのは、針や糊《のり》、枝豆くらいだ。余り儲からないのか、売り手は他に職が見つかりづらい、年がいった者が多かった。そして糊の値を考えると、暮らしていくのは酷く大変そうで、お真沙には勧められない。

「となると残るのは、店での奉公か、仕立て仕事ですか」

するとここで金一が、おなごの奉公も、難しいのかなと首を傾げた。そもそも西森家の支配町にある、上方者が出した店など、台所で働く者まで、奉公人は男だけであった。

「あーっ、江戸店《えどだな》の事だね。金一さん、高橋家の支配町にある江戸店も同じです」

お真沙が不安げな顔になったので、麻之助が詳しい話を続けた。

「もちろんおなごが台所で働いたり、家の奥の仕事をやっている店は、江戸にあります。ですがその、店の奥で働く者は、表にいる奉公人とは、別の扱いになるんですよ」

つまり給料は安い上、出世して、手代や番頭になる事はないようなのだ。

「ただその代わり、多くの下働きは、店に泊まり込む事はありません」

融通が利くので、長屋で亭主や子供と暮らしていても、働く事が出来そうであった。

「しかし給金などを考えると、仲居として一人で暮らすのは、楽じゃないでしょう。それに若いお真沙さんが店の奥で手伝い出したら、多分程なく、縁談が来ると思います」

お真沙が麻之助の顔を見つめてくる。

「あ、お店の奉公でも、家族がいる事が当たり前なんですね。一人で暮らすのは、駄目なんだ」

ここでおれんが、眼差しに力を込めると、大姪と向き合った。

「お真沙、亭主がいる、いないじゃなくて、一人暮らしのおなごじゃ、難しい事が多いのよ」

お真沙が大叔母を見返しても、おれんの言葉は止まらなかった。

「お真沙、おなごの一人暮らしが辛そうだって事くらい、里にいる時から分かってたでしょ?

やっていけなくなって、江戸へ出てきたんだから」

だからやっぱり、亭主と暮らしなさいと、おれんは遠慮なく言った。意地を張って、まず仕事を探す必要などないと言うのだ。

大叔母と大姪は、西森家の玄関の間で、睨《にら》み合いとなった。

「亭主がいれば、仕立てとか、台所の手伝いとか、仲居とか、色々な働き口が考えられるわ。毎日働いていれば、大金にはならなくても、お金だって入ってくるから」

その金を貯めれば、お真沙の抱える不安だとて薄くなるだろう。なにも、お真沙一人の稼ぎで、暮らせる程の実入りを、目指す事はないのだ。

「例えば……表長屋の小店《こみせ》などで、夫婦で働いていくというのは、どう?」

お真沙は働き者だから、嫁に欲しがる男は多かろうと、おれんは言葉を重ねていく。

ただ、お真沙は頷かないでいた。麻之助も、おれんの話はよく分かったが、奇妙な心持ちもした。麻之助は、そっとお真沙から目を離し、開いている門の先にある、道へ目を向けた。

（おなごが己だけで生きていく道って、こうも見えて来ないもんか。これじゃお真沙さんの親が、何としても次の嫁ぎ先を探す訳だ）

一見、己で身を立てているように思える、芸事の師匠までもが、亭主などに支えられていた。そうでなければ、日々が苦しいのだ。

（でも男なら、長屋で暮らす独り者は、珍しくはないんだよね）

するとここで横から、金一が別の仕事を口にしてきた。

「あの、一つ思いついたんですが。茶屋娘さんなどは、どうでしょう。茶屋で、茶やあられ湯などを、客に出すだけです。酒も関わりませんし」

正直に言うと、器量が良くないと務まらない仕事だが、お真沙ならば大丈夫だ。

「結構稼いでいる人も、いるって聞きます」

麻之助は、確かにと言ってみた。しかしだ。

「茶屋にいるのは、娘さんばかりだ。つまり働けるのは、若い一時の事なんだよ」

娘達はその間にしっかり稼いで、良き相手を見つけ、嫁いでいくのだ。そして茶屋では、次の若い娘が働き始める。つまり、嫁ぐまでの仕事であると言うと、お真沙は首を横に振っている。

（やれやれ、何とか、長く勤められる働き口が、見つかると良いんだが）

麻之助は溜息をかみ殺し、金一は、次の手を打てないからか、黙りがちになっている。

するとこの時、町名主の玄関に、西森家の手代が顔を出してきた。そして遠方からの客人が、突然屋敷の表へ来たと、主《あるじ》の代わりをしている金一へ告げてきた。

五

「わしは、お真沙の父親で、八助《はちすけ》と言います。このたびは娘が西森家の町名主さんに、お手間を掛けているようで、済みません」

　通された玄関の間で、何を間違ったのか、金一ではなく麻之助へ頭を下げてきたのは、お真沙の里方の者達であった。どうやら、おれんからの文が届き、お真沙の居場所が分かると、急ぎ江戸へ来たらしい。

　そしておれんの船宿で待てず、お真沙達が顔を出していた、町名主の屋敷にまでやって来たのだ。

「はい、きちんとした挨拶、痛み入ります。けれど私は親戚の者で、西森家の跡取り息子、金一さんは、こっちです」

　麻之助が笑って横を向くと、八助達は慌てて、金一へ謝った。だがその後、八助は娘へ直ぐに、渋い顔を向けた。

「お真沙、お前、無茶をするんじゃねえわ。おなごが下総国から、一人で江戸へ行くなんて、考えられねえ。おっかさん、お真沙は死んでるかも知れねえと言って、泣いてたんだぞ」

「……ごめんなさい」

とにかく娘は、無事に江戸へ着いていたので、八助はほっとしたのか、それ以上声を荒げなかった。すると、一緒に顔を見せた連れの二人も、ここで話し始める。

「おれは八助の弟で、お真沙の叔父、竹吉《たけきち》と言います。隣のお人は、お真沙の縁談相手、竜一《りゅういち》さんです」

竹吉はここでお真沙へ、とにかく早々に、里へ帰るように言ってきた。

「江戸の大叔母さんとは、日頃の付き合いも無かっただろうが。なのに、こういう時だけ頼るもんじゃねえわ」

「あら、うちなら構わないんですよ。お真沙さんに、店を手伝ってもらってますし」

竹吉はおれんへ頭を下げ、礼を言うと、続けて亭主を失ったお真沙が、辛かったのは分かると言ってきた。お真沙は、里で浮いた立場になっていたのだ。だからと、竹吉の言葉が続く。

「戻って義姉《ねえ》さんに謝ったら、お真沙はうちの村に来て、暫くゆっくりすりゃええ。兄さんときたらまだ喪中なのに、直ぐにお真沙の縁談をまとめちまうもんで、いかんわ」

短い間に、何度も新たな縁談相手の家へ、挨拶に行く事になった。あれでは、お真沙は悲しんでる暇もなかったと、竹吉は言ったのだ。麻之助の横に居たおれんも頷いたものだから、八助は仏頂面《ぶっちょうづら》になっている。

すると次に、残りの一人、縁談相手の竜一が話し出した。

竜一は四十五歳だというが、思っていたよりも若く見える。竜一はまず、突然江戸まできて、驚かせてしまい申し訳なかったと、お真沙やおれんへ頭を下げた。

「私との縁談を聞いた後、急にお真沙さんが、江戸の身内の所へ行ったと聞きました。随分年上の男との縁が行ったんで、悩ませてしまったのかと心配になり、江戸にいるお真沙さんと、話をしにきたんです」

竜一はお店に奉公していたからか、話し方が柔らかい。そして、己がこの歳で嫁を望んだ事情を、語り出した。

「私は番頭になるまで、店で奉公しておりましたんで。分家は無理でしたが、この歳まで働きましたので、辞める時、まとまったものを店からいただけました」

竜一は、己の店を開こうと思い、まずは生まれた村へ帰ってきたのだ。ただ、村は繁華な場所ではないので、元いた江戸と、どちらに開くか、まだ場所を決められない。それで今、一時、仕事を休んでいた。

「ただ子を得たいので、早く妻を迎えたいと、焦《あせ》ってしまいまして。子を望めるような歳の相手を、探してもらったんです」

お真沙を驚かせてしまったが、店を開けば暮らしは定まるだろう。大分年上だが、自分との縁談を考えてくれないかと、竜一は改めて言ってきたのだ。

「初めてお会いしましたが、お真沙さん、綺麗な方ですね。縁が出来ると、本当に嬉しいです」

まあ、男の勝手が詰まった話ではあったが、真面目な申し出でもあった。麻之助の支配町でも、四十過ぎて通い番頭になった者が、嫁御をもらう話は珍しくはないのだ。

するとと竜一と向き合ったのは、お真沙ではなく、大叔母のおれんであった。

「竜一さんが、真面目そうなのは良い事だけど。でもねぇ」

店への奉公は、十から十二くらいの歳でするものだ。つまり竜一は三十年以上も、己の里から離れて暮らしている。つまり、里の皆との縁は、いささか薄いだろう。

「親御だって、亡くなっているかもだし……、ああ、もうおいでじゃないのね」

その上、亭主がかなり年上となったら、心配は尽きない。嫁いだら、お真沙はある日、馴染《なじ》みの薄い村に一人、取り残されるかも知れないのだ。江戸とは違い、村の人達は濃い縁で繋《つな》がっているから、却って辛い暮らしになりそうであった。

「大体、嫁入りで里を離れるなら、隣村も江戸も変わりませんよ。江戸の方が断然、縁談は多い筈です。あたしもいますし、お真沙さん、江戸で嫁入りしたらいいのよ」

おれんがそう言い切ると、いやいや子供が、親の住む場所から、大きく離れるのはよろしくないと、八助が言い返す。

すると竹吉が、自分はさっさと隣の村へ、婿に行かされたと言いだし、隣村は近いと、八助がまた返す。この時竜一が、おれんに向き合った。

「あの、私は店を開く場所をまだ、決めておりません。生まれた村はどうも、商《あきな》いに向いていないように思えたので」

だから、もしお真沙が嫁いでくれるのなら、江戸で店を開いてもいいと、竜一は言い出した。竜一は江戸で暮らしてきたのだ。

「お真沙さんが、その方が良いなら、そうします。縁談、考えてくださいな」

「あら、そうきましたか」

おれんが驚いていると、里へ帰れという八助と、己がいる隣村がいいという竹吉が口を挟み、話がまとまらない。西森家の玄関なのに、何故だか跡取りである金一と、当のお真沙は、そっちのけであった。

「ありゃありゃ」

顔を赤くした金一は眉根を寄せ、麻之助を見てきた。

「あの、お真沙さんは働きたいので、今、仕事を探しているんですよね？　その筈でしたよね？」

なのに何故、お真沙がまた嫁ぐと決め、どこへ戻るのか、身内達が話し合っているのか。金一はそう問うたのだ。そして。

「もしこの後、下総国へ戻るんなら、お真沙さんの悩みごとを預かるのは、西森家がやる事ではないです」

そもそも、おれんが支配町に住む者だから、お真沙達も、西森家の玄関に受け入れられたのだ。町名主は、支配町の者達の為に動くのが、務めであった。

「この西森家の玄関で、下総国の事を、話し合わないで下さい」

金一がぴしりと言ったが、何しろ若いから威厳がなく、八助達は言い合いを止めない。麻之助が苦笑を浮かべ、お真沙へ目を向けた所、黙り込んでいたお真沙は縁者達と向き合い、はっきりと言った。

「おとっつぁんも叔父さんも、おれん大叔母さんだって、やっぱりあたしの縁談を、これからも勝手に決める気なんですね」

最初の亭主も、二度目の婚礼も、お真沙は身内が決めた事に従った。

「いえ、決めた縁談は、もう一つありましたっけ。三度目は、相手方が逃げましたけど。とにかくあたしは、親がそうしろと言った通り、縁を決めて来たんです」

ひたすら身内の考えに従った果てに、今のお真沙がある。お真沙はこの先、どうやって暮らせばいいのか、己でも分からない後家になっていた。里にもいづらい。それがここにいる、お真沙であった。

「ただね、あたしでも一つだけ、はっきり思ってる事があるんです」

お真沙は、黙ってしまった親たちの顔を、順に見ていった。

「まだ二十歳にもならないけど、私は後家です。もう十分だと思ってます。いい加減、あたしに亭主を押しつけるのは止めて下さいな」

お真沙は今、仕事を探してるのだ。

「命がけで夜中の道を、江戸へ向けて駆けたのに。こうして江戸にまで、縁談が追いかけてくるなんて」

お真沙が若いおなごだから、親も身内も、何としても、自分の意のままにしたいのだろうか。お真沙がそうつぶやくと、親として心配しているのだと、八助が返してくる。

するとお真沙は、口元を歪《ゆが》めた。

「なら、里に居づらくなった時、おとっつぁんはどうして皆に、言ってくれなかったんです？　亭主が亡くなったのは、お真沙のせいじゃないって。要らぬ陰口は言うなって」

だが里では、この先、親が食わせねばならない、余分な者のように扱われただけだと、お真沙は語った。親も兄弟も兄嫁も、お真沙が二度目に後家となった時は、食い扶持が増えるとはっきり言い、冷たかったのだ。

「だからあたし、江戸へ出たんです。なのにどうしてまた、縁談を持って追ってくるの」

とことん困ったら、とりあえず茶屋に勤めるなり、店奥の台所へ行くなり、何か稼げる事をする。仕立物なら、少しは慣れている。だから。

「あたしの事は、もう放っておいてくださいな。この先、里を頼ったりしない。親に、あたしを養えなんて言わないから」

これ以上あれこれ言って来るなら、上方《かみがた》へ逃げると、玄関にきっぱりした声が響く。八助と竹吉が口をへの字にして天井へ顔を向け、竜一は畳へ目を落とした。

一方金一は、いよいよ困り切っている。

「この始末、どう付けたらいいんです？」

幕引きが出来ずにいる義弟を見つつ、麻之助は考え込んでしまった。

六

翌日、高橋家の麻之助の所に、急ぎの文が届いていた。世の中の困りごとは、何故だか勝手に、しかも大急ぎで増えていたのだ。

「ありゃ、お美代様からだよ。おや？　直ぐに日本橋へ来てくれって事だ」

今日もお真沙と会おうと思っていた。だが、お美代の所へ行かなかったら、きっと、後から随分怒られるに違いない。いつ戻れるか分からないから、夕餉《ゆうげ》は要らないとお和歌に言い置いて、麻之助は表へ出た。歩きつつ文に目を通すと、困った事が書かれていた。

「ありゃ、驚いた。養女のお秋さんに、大奥への奉公話が、来てしまったのか」

行った先で何を言われるか分かり、麻之助は一寸、先へ向かうのが怖くなった。相談されていた、お秋の縁談が決まらずにいた間に、お美代は困った事になっていたのだ。

お美代の屋敷で奥の間へ通されると、何とお美代より、茶を出してくれたお秋が、顔を強《こわ》ばらせていた。

麻之助の正面に座り、事情を話してくるお美代の方は、何やら怖い。

「麻之助さん、実は初瀬《はつせ》という、以前懇意《こんい》にしていた大奥の御年寄《おとしより》より、文が来たんです」

初瀬はどこからか、お美代が養子を貰った話を、耳にしたらしい。そして、その養子がおなごで、大奥へも上がれる歳だと分かると、大奥勤めを勧めてきたのだ。

「初瀬どのは、私と似た歳の方だけど、寂しがりでね。私が大奥を出る時、大分泣かれたの」

仕事は出来るが、ずっと奥勤めであったから、お美代同様子はいない。それが、城から出たお美代だけ養子を得たと知り、寂しさを募らせたのではないかと、お美代は口にした。

「己の子供同様に可愛がるから、お秋を大奥で働かせたらと言って来られたんです。馬鹿を言っちゃ、いけませんよ。養子は気軽にやりとりが出来る、贈り物じゃないんです」

しかし相手は、今も奥勤めを続けている、御年寄だ。身分が恐ろしく高いだけに、角の立たない断り方が難しいらしい。だから。

「麻之助さん、前に縁談を、お願いしましたよね。大急ぎでお秋へ、これはという良縁を、持ってきて下さいな」

もう、長くは待てないという。返事の文を書くときには、既にお秋の縁談が、まとまっていたという形に、しなくてはならないからだ。

「だから、今日明日中に、何とかしてください。頼みましたよ」

「えっ、今まで見つからなかった良縁を、まさか二日以内に、もってこいと言うんですか。無理ですよ」

実は今、他にも困った話を抱えていてと、麻之助は、お真沙の事を話しかけた。ただ、今回ばかりはお美代も、余裕がない様子で、麻之助の訴えを聞いてくれない。

「頼みましたよ。期限は二日です！」

「そ、そんなぁ……」

「お秋は私の養子だから、大奥へ入るとなったら、一生奉公になるわ」

大奥勤めは皆、一生奉公と噂されているが、実は、御目見得《おめみえ》以下の下働きの娘達なら、体の調子が悪くなった事にして、勤めを辞める事もあるという。しかし。

「お秋の立場では、一旦勤めに上がったら、私のように歳を取るまでは、お役を辞める事は無理でしょう」

だから何としても今回の話は断ると、お美代は声を低くした。

「麻之助さん、時が無いわ。直ぐに屋敷から出て、探しに行って」

お真沙の事など口にも出来ないまま、麻之助は表の道に立っていた。しかし、お秋の縁談を探せと言われても、まだお真沙の件が片付いておらず、おれんを当てに出来ない。

その上、お真沙の話の方も、待ったなしなのだ。今、下総国から江戸へ来ているお真沙の親達とて、そう長く、江戸の船宿に逗留《とうりゅう》など出来ないだろう。

「下手をしたら、お真沙さんは強引に、里へ連れ帰られてしまうかな。あの竜一さんと、添う事になるんだろうか」

悪い相手とは思えなかったが、お真沙は今、縁組みをしたいとは思っていないのだ。一方、お美代は明日までに、お秋の添う相手を決めろという。麻之助は、人の行き交《か》う日本橋の道で、首を何度も横に振り、立ち止まってしまった。

「片方は働きたいが、縁組みしろと言われてる。片方は、縁談相手を探してるっていう時に、一生奉公しろと話が来てしまう」

何でこうも、都合の悪い組み合わせになるのかと、もう一度深く息を吐いて……麻之助はふと、動きを止めた。辺りから、人の声も他の音も、吹っ飛んだ。余りにも簡単な話が、目の前にある事に、不意に気がついたのだ。

「お真沙さんの方が、大奥へ奉公したら、どうだろうか」

あそこならば望めばそれこそ、老いて働けなくなるまで、勤めていられるだろう。かつて、旗本の養女となったお美代程とはいわなくとも、店の奥で働くよりも、ずっと高い給金がもらえる筈であった。

「城の内に居るなら、金を使う場は少なそうだし。結構貯められる筈だよな」

いつか城から出る日が来た時、小店を始めるくらいは貯まっているに違いない。

「大奥こそ、お真沙さんが求めていた働き先に違いないよ。うん、間違いない」

麻之助は体に力を込めて歩き出すと、明日への望みを見つけた心持ちになった。

「いや、待て待て。大奥なんて、誰でも勤められるものではない筈だ。給金が良ければ尚更《なおさら》だよね」

だが麻之助は直ぐに、にこりと笑う。

「大丈夫だ。お美代様に推挙していただけたら、奉公が叶《かな》う筈だよね」

そして……一旦頷いたのに、また顔を強ばらせる。お秋へ縁談を持って行けなくては、お真沙の奉公の事は頼めない。

「つまりだ、お真沙さんの明日も、お秋さんが困るかどうかも、私が良き婿を探せるかどうかに、掛かってるって訳か？」

麻之助は一寸、お真沙の縁談相手竜一を、お秋に紹介出来るか考えてみた。だが、お店を辞めた元番頭では、元御殿女中の婿になるには、かなり不足に思える。

しかもお秋も若いから、四十五の竜一はやはり父親より年上かも知れない。お美代が承知する縁組みになるとは、思えなかった。

「ああ、どこかに、ぴたりとする縁が、転がってないものかな」

焦って考えれば考えるほど、思い浮かばない。麻之助は十人ほど、婿がねを頭に浮かべた後、きっぱりと首を横に振ると、腹を決める事になった。

「駄目だ。思い浮かばない。明日までに婿を見つけるなんて、私にはとても無理だ」

ならば、どうするか。その答えは、一つしか思い浮かばなかった。

「人に頼ろう。立派なお方に聞けば、一人くらい、素晴らしい婿がねをご存じさ」

もちろんその男は、良き家の出で、ご面相も良く、優しい人でなければならない。

「後、ちゃんと良き仕事をしている人かな。うーん、誰に聞くのが、一番手っ取り早そうなんだ？」

歩きつつ、今までに無いほど真剣に考え、一人だけ思いついた。

「相馬《そうま》家の小十郎《こじゅうろう》様」

町奉行所の与力《よりき》である小十郎なら、偉い方や、そのお身内とも、結構会っている筈であった。

麻之助は頷くと、八丁堀《はっちょうぼり》へ向け進み始めた。

七

世の中には、不思議だが間違いなく起きると思う事が、結構あるのを麻之助は知っていた。

例えば、せっかく気に入りの番傘を買ったのに、家に忘れた時に限って、大雨に降られるとか、そういう事だ。

醬油を買いに出た先で、余分な豆腐や葱は買ったのに、肝心の醬油を買い忘れて帰る事は多いと思う。

急いでいる時に限って、別の用と行き会ってしまうとかも、その内に入る。

麻之助は、大急ぎで八丁堀へ向かっていた時、通りの途中で、町年寄樽屋《まちどしよりたるや》の手代、俊之助《しゅんのすけ》に行き会った。そして、丁度出会って良かった、これから樽屋の屋敷へ来いと、言われてしまったのだ。

「先日、湯治に行ってる西森金吾さんからの文を、長崎帰りのお医者が、箱根から屋敷へ届けたんだって？　その時麻之助さんがお医者へ渡した、元御殿女中からの礼の品を見て、うちの旦那様が、何故だか会いたがってるんだ」

なぜ今、元御殿女中と絡んでいるのかと、俊之助が興味津々問うてくる。町年寄からの呼び出しなのだ。麻之助もいつもなら、直ぐにほてほてと樽屋まで行っただろう。

ただ、今日は拙《まず》かった。

「あれ、お医者様と文の件を、どうして町年寄様が、ご承知なんですか」

大いに疑問に思ったが、しかし。今日の麻之助には、その話をしている余裕もなかった。よって、いつに無いほど真剣に、俊之助へ頼みごとをしたのだ。

「実は期限のある頼まれごとを、明日一杯までに、何とかしなくちゃなりません。済みません、本当に今日、他へ行くのは無理なんです」

ところが俊之助も、引かなかった。おそらく相手が麻之助だから、ただ逃げようとしているとでも思ったのだ。

「そうやって先延ばしにするより、さっさと樽屋へ来ちまった方が楽だ。ほれ、今から行くよ」

「えっ、だから今日は、駄目なんですってば。俊之助さん、分かって下さい」

思わず声を上げたが、俊之助は麻之助の腕を摑《つか》み、引っ張っていく。こうなると、後は逃げ出すか、諦め、素直に従うか、二つに一つしかない。腹をくくる事になった。

「仕方が無い、先に樽屋さんの用を、聞いておくか」

しかし、こうなるとしばし、お真沙の仕事の件には付き合えない。文を西森家へ出し、金一に後を頼むしかなかった。

「樽屋さんの屋敷で、一筆書かせてもらおう」

お真沙の身内の事は、頭が痛かった。もし麻之助が、高利貸しである丸三《まるさん》や、札差大倉屋《ふださしおおくらや》のように、金に余裕のある身なら、芝居に行く金でも文に添え、何日か江戸で遊んで貰おうとするだろう。

そして、江戸へは初めて来た様子の身内達に、楽しく過ごしてもらい、すっきりさせて里へ帰す訳だ。だが、悲しい事に金が足りない。

「ううむ、仕方ない。おれんさんの船宿、隅田川《すみだがわ》が近かったよな。なら、両国の盛り場へ遊びにゆくよう、言ってみるかな」

大道芸人への投げ銭くらいなら、麻之助でも八助らへ、幾らか渡せると思う。歩きながら財布を開き、どれほど出せば暫く待っていられるか、ぶつぶつとつぶやいている麻之助を見て、俊之助が片眉を引き上げた。

「おや、麻之助さんは、本当に今、困ってるみたいだね。こりゃ今日、樽屋へ連れてきて悪かったかな」

ようやくそう言ってはくれたものの、気がつけば樽屋は、近づいてきていた。麻之助は、樽屋で文を書かせて貰いたい事を告げ、お真沙が身内と揉めている事情を、簡単に話しつつ先を急いだ。

縁談嫌いのおなごがいたのかと言って、俊之助は首を捻っている。

「麻之助さんは本当に、妙な悩みごとに首を突っ込む事が、多いねえ」

「あのぉ、樽屋さんもその妙な困りごとを、私に押っつけたり、してませんでしたっけ？」

「おや、そんな事あったかな」

堂々としらを切られては、降参するしかない。本町《ほんちょう》二丁目、常盤橋御門《ときわばしごもん》近くの角地にある樽屋の屋敷へ入ると、広い拝領屋敷の中には今日も、見慣れない人の姿があった。

「お客人がおいでのようですね。町年寄様へご挨拶をしたら、早めに帰る事にします」

麻之助が俊之助へそう告げていると、屋敷の奥から、声が聞こえてきた。

「俊之助さん、お帰りなさい。そちらは……おや、いつぞやお会いした町名主の、麻之助さんでしたか」

驚いて声の主へ目を向けると、先日会った長崎帰りの医者と思いがけず再会し、戸惑う事になった。

「あれ？ 今、お帰りなさいと聞きましたが。このお医者様は……」

すると現れた男が、医者の明水ですと名を告げてきたので、麻之助は慌てて己も名乗り、改めて文使いの礼を言った。明水は優しげに笑って、あの日は言いそびれたが、箱根の湯治場にいる金吾の具合は、大分良くなっていると、麻之助へ言ってきた。

「実は、長崎から江戸へ帰るなら、箱根へ寄って、西森町名主の具合を診て欲しいと、兄から頼まれまして」

それで金吾の具合を診た明水が、文を頼まれる事になったわけだ。

「兄御《あにご》から、ですか？」

「長崎は遠いので、江戸から私へ送られた文は、大いに遅れて着きました。後一日遅かったら、そんな文が書かれた事など知らないまま、長崎を発っておりました」

自分は金吾を診て、文を預かる巡り合わせであったのだろうと、明水は笑っている。麻之助は笑みを浮かべたものの、何故だか急に、御医者が町年寄の屋敷にいる訳が、気になってきた。

今日は忙しい。さらりと挨拶を交わし、急ぎ西森家へ文を書き、新たな縁談を探しに行かねばならない。これは確かだ。

ただ縁談と、若い長崎帰りの医者という言葉も、大いに相性が良さそうだと、不意に思いついたのだ。

しかし、確信はない。

「元御殿女中お美代様の御養女、お秋さんの婿君として相応しい方は、どこにいるのかな。八丁堀か？　それとも日本橋か？」

麻之助は、まだ樽屋は現れないのかと、一度、屋敷の奥へ目を向けた。すると俊之助は、麻之助のつぶやきを耳にして、戸惑っている。

「麻之助さん、日本橋に住んでおいでのお美代様が、婿を探しておいでなんですか。おや、知りませんでした」

俊之助も町年寄の手代だから、元御殿女中が拝領屋敷を持っている上、内福《ないふく》だとの噂は知っているのだろう。ただお美代が今、縁談を探している事は、承知していなかったようだ。

「おや、あのお美代様が、仲人を立てず、麻之助さんに婿捜しを頼んだんですか。ふむ、持参金の一割を貰える仲人に、金目当ての話を押っつけられるのが、嫌だったという考えは、当たっていそうです」

ここで俊之助は一つ首を捻ると、町年寄はまだ来ないのかと、真剣な顔になって、屋敷の奥へ入ってしまった。

今日は本当に暇が無い。樽屋がいないのなら、明水にもう一度挨拶をしてから、早々に帰ろうと、麻之助は考え始めた。

（とにかく時がない。相馬家の小十郎様を、まず頼ってみよう）

悪友にして、幼馴染みである吉五郎《きちごろう》の養父、小十郎は、確かに少々怖い。しかし、多くの大名家や旗本の留守居役から、挨拶を受ける立場だから、縁談の相談に乗る事も、あるに違いない。

いや、そうであって欲しい。

（明日にはお美代様へ、良き婿の名を知らせねばならないんだ。顔が良くて、優しくて、家が裕福で、生まれの良い方へ、たどり着けますように）

そんな若者が江戸にいるかどうかは、謎であったが、いる方に賭けてみるしかない。

そして、お美代の婿が上手く決まれば、お真沙の事を、お美代へ相談する事が出来る。お真沙は大奥で勤める事が出来るだろう。

（勤め先が大奥となったら、あの親達も黙って、お真沙さんを送り出してくれる気がする。何しろ、大奥なんだから！）

お真沙はとにかく一度、己の力で働いてみるのが良いだろうと思う。

（それがお真沙さんの、願いなんだから）

そして、また城の外へ出る日が来たら。お真沙が、また縁づく事もあるかも知れないと、麻之助は思っていた。

麻之助は腹に力を込めると、さりげなく明水へ話しかけ、最後の挨拶をと、まずは頭を下げた。

だがその前にふと、まだ若い明水は、誰なのだろうと首を傾げる。

（明水さんは、樽屋に出入りのお医者じゃないよね。長崎から帰ってきたばかりだし）

そして先ほど明水は俊之助に、お帰りなさいと挨拶をしていた。つまりは、長崎から帰ってきた後、この樽屋の屋敷に逗留しているのだろうか。

（はてはて）

謎は深まるばかりであったが、そちらの疑問を解いている間は無い。麻之助は明水へ、俊之助が表へ戻って来ないので、この辺りで帰ると言い、また改めて来ると伝えた。

明水も、当たり障りの無い返事をしたので、麻之助は表へ顔を向け、屋敷前の道へ踏み出そうとした。直ぐにも八丁堀へ、走り出す構えであった。

だが。

そのとき突然、着物の襟《えり》を摑まれた。麻之助は思わず反《そ》り返り、むせかえった後、振り返って目を見開いた。

「何と、町年寄様。お出かけだったと思っておりました」

江戸の町では、町名主がそれぞれ支配町を持ち、その上に町年寄がいる。そしてその奈良屋《ならや》、樽屋、喜多村《きたむら》の町年寄を、武士である町奉行が支配しているのだ。

つまり樽屋は江戸の町人の内、一番上の立場の人であった。もちろん忙しいし、こちらが会いたいと言ったところで、いつもは都合良く出てきてなどくれない。

その樽屋が、今、麻之助の目の前にいた。そして何故だか、目を煌《きら》めかせているように思えた。

「麻之助さん、今し方聞いたんだが、日本橋の元御殿女中、お美代様が、ご養女の婿を探しておいでなんだって？」

「あの、はい。それでこれから大急ぎで、婿がねになる方を探しに、八丁堀の相馬家へゆく所なんです」

そう答えた途端、麻之助の着物を握る樽屋の手に、力がこもったように思えた。

「あの、町年寄様？」

「麻之助さん、一つ聞くがね。その婿がねについて、既に小十郎様と話をしているのだろうか」

「……えっ？　いえ、これからですが」

「ならば、だ。ここにいる長崎帰りの医者で、私の弟である明水など、婿としてどうだろう」

「何と、明水医師は、樽屋さんの弟さんなんですか？」

麻之助の動きが、ぴたりと止まった。目を向けると、先ほどまで笑っていた明水が、魂消《たまげ》た顔で棒立ちになっている。

（そ、そういえば）

麻之助の頭に、思い浮かんだ事があった。お美代が、元御殿女中という立場ゆえ、丁度良い婿探しに苦労しているのだとしたら。町人で一番偉い樽屋もまた、身内の縁談相手で、頭を悩ませているに違いなかった。

「明水さんが、樽屋さんの弟」

明水という名は、おそらく医者としての名前なのだろう。長崎から戻ってきたばかりだという事は、多分まだ医者として、立場が築けてはいないのだ。

だが、しかし。

（お秋さんの婿になれば、一気に出入り先が増えるだろうな）

樽屋には、そんな弟の明日が見えたに違いない。

（だが、縁談相手を急いで決めたかった私は、屋敷から、まさに出る所だった）

そしてもし八丁堀へ行き、吟味《ぎんみ》方《かた》与力の小十郎が、別の縁談の仲立ちとなったら、そちらの話を止めるのは難しかったに違いない。

（でも町年寄様は、私が出かけるのを止められた。間に合った）

樽屋の弟ならば、お美代は縁談に耳を傾けるだろう。未だに呆然としている明水だが、なかなか優しげな男に見えるではないか。

長崎への文が間に合い、明水は受け取る事が出来た。見知らぬ金吾を診る為、江戸への道中、箱根へ寄ってくれた。文を頼まれれば、文を高橋家へ届けてくれて、麻之助と知り合った。

「運が、明水さんへ向かってる気がしますね」

ならばこの先の話は、お美代やお秋と、明水、樽屋が決めていく事だという気がする。

「町年寄様、もし明水さんがお秋さんの婿に決まったら、一人、大奥への奉公を、お願いする事になると思います」

麻之助はそれだけ言うと、腹を決めた。そして時が無いからと言い、樽屋と明水を連れて、今からお美代の屋敷へ行くと言ったのだ。

「あの、今直ぐか?」

驚く樽屋へ、麻之助が頷く。

「今、縁談話は色々、驚く速さで変わったりしてます。町年寄様、この縁談を決めたいのなら、大急ぎで動かなくては」

「分かった。行こう」

当人の明水は、誰より驚いていた。

大層ありがたい事に、日本橋にあるお美代の屋敷は、樽屋から近かった。

そしてあっという間に、お秋と明水、お真沙の明日が決まった。

むねのうち

一

朝五つ半を、過ぎた頃の事だ。町奉行所の吟味方与力《ぎんみかたよりき》、相馬小十郎《そうまこじゅうろう》の屋敷で、娘の一葉《いちは》が首を傾《かし》げた。

遠縁であるお雪《ゆき》が、屋敷へ来る約束だったので、茶の支度をする為台所へ行った。すると竈《かまど》の横に、見たことがない簪《かんざし》が置かれていた。

「まあ綺麗。真珠や珊瑚《さんご》玉が使ってあるわ」

まるで姫君の持つお宝で、おそらく、一葉が手にした事がない程、高価な品に思えた。どう見ても、台所に放って置かれるような品には見えなかった。

「これ、誰の物かしら」

簪はおなごの持ち物だが、相馬家にいるおなごは、一葉と、通いで手伝いにくる小女《こおんな》だけだ。一葉は、真珠と珊瑚の簪など持ってなかったし、奉公人が持てる値の物とも思えなかった。

「どうしてこんな立派な物が、台所にあるんでしょう」

相馬家の男二人は、おなごの飾り物になど、とんと目が向かない堅物達だから、綺麗な品を見つけたからと、一葉に買ってきたとも思えない。一葉が持っている櫛や簪は、亡き母が残してくれた品がほとんどなのだ。

「もしかして、父上か吉五郎《きちごろう》さんが、お役目の関係で預かった品かしら」

大きな声では言えないが、このところ武家屋敷内での、盗みが増えていると聞いていた。ただ武家なのに盗人に入られ、物を盗まれたというのは外聞が悪い。万一盗まれた品が大事な拝領品であったら、一大事になるのだ。

それで小十郎は今、日頃屋敷へ挨拶に来ている武家達から、内々に、助けを求められていた。

「もしかしたらこの簪、盗人が、他のお武家から盗んだものだったりして」

一葉は一寸《ちよつと》笑った後、直《す》ぐに顔を強《こわ》ばらせ、首を横に振った。

「盗んだ品なら、わざわざうちの台所に、置いたりはしないわね。父上は、盗人を捕らえるお奉行所の与力なんだもの」

となると、どうして簪が相馬家にあるのか、全く分からなくなる。悩んでも見当が付かないので、小十郎達が帰宅した後、聞こうと思った時、屋敷の表の方から男の声が聞こえてきた。一葉は急ぎ台所を離れ、玄関へ向かった。

「あの声、留守居役《るすいやく》の安東《あんどう》様だわ」

吟味方与力である相馬家には、お武家の来客が多い。大名家や旗本から、挨拶の使者が来るからだ。そして、その使者方に玄関で応対するのは、相馬家唯一のおなごである一葉の役目であった。

ただ……近頃一葉はこのお役目が、重く思えて仕方がなかった。

（お客様の中には、藩の挨拶などそっちのけ、妙に甘い口調で、私へあれこれ言ってくる方がいるんだもの）

そして今、相馬家の玄関にいるのも、そういう厄介《やっかい》な武家の一人、安東であった。やはりと言うか、挨拶の品を玄関へ置くと、こちらが困るような甘い言葉を向けてくる。いや、何故だか今日は一段と気合いの入った口調で、一葉へ、用件とは関係の無い話を、長々と語ったのだ。

「今日の安東様、何か機嫌が悪かったわ」

安東がやっと帰った後、一葉はそっと溜息をつくと、また台所へ戻った。

先程見つけた簪を、そのままにしておくのも違う気がした。それで安東が寄越した挨拶の品と一緒に、小十郎の文机《ふづくえ》に置いておこうと決めたのだ。

ただ渡された箱を見ると、安東の甘い言葉が思い浮かぶ。一葉は口を尖《とが》らせてしまった。

（玄関で、お客方と応対すると決まった時、父上はおっしゃったわ。使者として来られる方々と、

相馬家の縁談は、まず考えられない。だから、安心するようにって）

だが、お使い達は褒《ほ》め言葉など、繰り返して来た。しかもそういう武家は、一人ではないのだ。

一葉より小十郎の歳に近い武家までいて、正直に言うと、もう会いたくなかった。

（そもそも、私に本気だとすら思えないわ）

きちんとした縁談を望むなら、相手方の家と相馬家の間で、話が交《か》わされる筈《はず》なのだ。

若いおなごが、与力の屋敷で使者を迎えているゆえ、一葉を軽く見ているのだろう。与力の家のおなご達だとて、決まりごとになっているから、玄関で務めているだけだ。だが客達は、そういう点を考えないらしい。

ただ台所へ戻った途端、一葉は安東の事を忘れた。代わりに、竈を見つめる事になった。

「簪がないわ。竈の横にあったのに」

しかし、何度見ても見当たらない。慌てて台所中を見て回ったが、華やかな品は見つからなかった。

「えっ、何で無いの？」

小十郎や吉五郎が、持っていった訳ではない。朝方、奉行所へ行ったばかりだから、当分戻らないのだ。中間《ちゆうげん》や小者《こもの》達も二人に付いていっており、屋敷内にはいなかった。

下男の茂吉《もきち》は朝から、屋敷奥にある小さな畑の手入れをしており、小女は今日、行灯《あんどん》の紙を貼り直すと言って、奥の行灯部屋にいる。水が要るなら、井戸は庭にある。家の誰かがこの台所に、来たとも思えないのだ。

努めて気を落ち着け、もう一度探してみたが、やはり見つからない。しかし先程見た簪は、このまま忘れるには高すぎる品に思えた。

「私、どうしたらいいのかしら」

戸惑ったが、答えは思い浮かんでくれない。そしてじき、不安が一葉を、すっぽりと包んでいった。

二

一葉が、しばし台所で立ちすくんでいると、台所の表から、声が聞こえてきた。約束通り、料理屋夏月屋《なづきや》へ嫁《とつ》いでいるお雪が、訪ねてきたのだ。

「あの、玄関脇で声を掛けたんですが、ご返事がないので、こちらに来てみました。今日は、季節の品を持ってきたんですよ」

笑いかけられたのに、一葉が不安げな顔を隠せないでいると、姉のようなお雪は、直ぐに事情を聞いてくれた。そして訳を知ると、眉を顰《ひそ》めて辺りへ目を向ける。

「まあ、見たことのない簪が、台所にあったんですね。そして急に消えたんですか」

お雪も探してくれたが、やはり見つけられない。一葉は土間へ目を落とした。

「もしかして、玄関へ来られたお客人の、簪かと思ったんですが」

今日、相馬家に来た客は、まだ三人だ。そして、早い刻限に来た二人は老齢の武家で、用件以外の話などせず、早々に帰っていった。

「そのお二人が、簪を持って来られたとは、思えないんです」

残った一人、安東は、玄関でよく甘ったるい話をする男だ。そして安東は、挨拶の金子《きんす》以外の品を、相馬家の玄関へ持ってくる事があった。

「先日など、留守居役の方が持参するのは珍しい、変わり朝顔の鉢を置いていかれました」

突然、変わった形の朝顔が現れたので、帰宅した小十郎や吉五郎が驚いていたのを、一葉は覚えている。そして今日安東は一葉へ、川遊びは好きかと問うてきたのだ。

「川遊びに付き合わないかと、誘っているように思えました。もし、私が色よい返事をしたら、今度は朝顔でなく、あの高そうな簪を置いていく気で、持って来られたんでしょうか」

お雪が眉尻を下げ、急いで言ってくる。

「安東様は、ただ一葉さんへ好意を持っている事を、伝えたかったのでしょう」

お雪は苦笑を浮かべた。

「気になるなら小十郎様から安東様へ、娘へのお誘いは不要と言ってもらえば、収まるのでは?」

一葉は眉尻を下げてしまった。

「あの、父上も吉五郎さんも、頼まれた盗みの件で、本当にお忙しそうなんです。私、こんな時に余分な事を、父上にお願いしたくなくて。安東様の事は、黙っていたんです」

しかし、台所での件には、高い品が関わっている。小十郎達が帰宅すれば、事情を話さねばならなかった。そして小十郎達は忙しくとも、無くなった簪の事も片付けようとするだろう。

「私が未だに、玄関での応対が上手く出来ないから、こんな事になったのかも。もう大分長く、やっておりますのに」

気がついたら涙がこぼれ落ちていて、お雪が急ぎ、台所の上がり端に一葉を座らせ、手ぬぐいを差し出してくれた。そして、夕刻までに間があるから、簪の件を自分達で片付けられないか、考えてみようと言ってくれたのだ。その声が優しかった。

「存外、あっさり事情が分かるかも知れませんよ」

「でも、私達は簪を、もう探しました。この後、どうすればいいんでしょうか」

一葉が戸惑うと、お雪は笑みを浮かべた。

「そうですね、このまま二人で悩んでいても、前へ進めないかも。ですので、そう、他の方達に力をお借りしてみましょう」

「あの、他の方達とは……」

お雪は短い文《ふみ》を書くと、急ぎ舟で使いを送った。すると昼四つには八丁堀《はっちょうぼり》の相馬家に、日頃親しくしているおなごが、あと三人、顔を揃えたのだ。

町名主《まちなぬし》高橋《たかはし》家の跡取り息子、麻之助《あさのすけ》の妻であるお和歌《わか》。

町名主八木清十郎《やぎせいじゅうろう》の妻、お安《やす》。

そして、江戸でも高名な高利貸し兼質屋、丸三《まるさん》の妻お虎《とら》だ。

一葉の部屋は、屋敷の中庭に面している。そこへ、おなご達が落ち着くと、お雪がまず皆へ礼を言った。

「久方ぶりに五人で集《つど》えましした。急なお誘いでしたのに、会えたのはうれしいですわ」

高橋家のある神田《かんだ》からでも、舟を使えば八丁堀は近いと、お和歌が笑った。

「お誘い、ありがとうございます。あたし、奉行所与力様のお屋敷へ伺うのは、初めてです」

さすがに広い、庭も見事だと、お和歌は屋敷内へ目を向ける。玄関脇から入ったが、与力宅の玄関は、町名主の仕事場である玄関より、ずっと立派だと、お安も頷《うなず》いた。

ただ、一葉は茶を淹《い》れつつ、気遣《きづか》わしげに皆へ問うた。

「あの、お子さんを置いて来られた方は、大丈夫だったんでしょうか?」

遠慮がちに言うと、久方ぶりに母親の務めから離れたと言って、お安、お和歌、お虎が笑った。

お和歌の子は姑《しゅうとめ》が引き受け、お安は、仕事を手代《てだい》に押っつけ、外出をしようとしていた亭主の清十郎に、子を頼んできたらしい。

「うちの手代が、これで清十郎さんが、屋敷で仕事をして下さると、喜んでました」

お虎の子万吉《まんきち》には、日頃から、子守が付いているという。

「亭主の丸三ときたら、高利貸しの仕事を放り出して、大喜びで子守をしようとしてたの。私、真面目に働くよう言っといたわ」

笑い声が上がり、一葉がほっとした顔になる。まずは朝方、屋敷へ届けられた饅頭と茶を皆へ出した後、一葉は集って貰《もら》った事情を皆へ伝えた。

するとおなご達は、目を煌《きら》めかせる。

「お姫様が使うような簪が、何故だか相馬家の台所に置かれていたんですね。だけど、直ぐに消えたんですか」

屋敷へ呼ばれた事情が、よみうりに書かれているような、驚く話だとは思わなかったと、お虎が目を丸くする。

「あの、真珠の簪ですが。小十郎様か吉五郎さんが、一葉さんへ買って来られた品とは、考えられないんですか？」

真珠や珊瑚が使われていたというが、少々高い簪でも、町奉行所与力になった相馬家の者なら、買えるに違いない。お虎はそう口にしたが、一葉はお雪と寸の間顔を見合わせた後、揃って首を横に振った。

「父上や吉五郎さんが、飾りを私に下さった事は、一度もないんです」

一葉が言うと、お雪も眉尻を下げる。

「確かにその、相馬家の殿方二人が、簪を買いに小間物屋へ入るなんて、考えられないと言いましょうか」

吉五郎の事を、余程の石頭だと、亭主から聞いていたのだろう。おなご達が素直に頷く事になった。

「それに、もし小十郎様が高い簪を買われたなら、木箱に入れますわ。贈り物ですし。買った簪を、いきなり台所に置いておくのは奇妙ですから」

お安がそう言うと、お安の亭主、八木家の清十郎は、木箱入りの簪を妻へ贈っているみたいだと、お虎が羨《うらや》ましげに言った。

「うちの丸三なんか、自分の質屋で流れた品を、帳場脇に並べたの。そしてどれも良い品だから好きなのを選べと言って、私に、贈り物をした気になってたのよ。情緒というか、気配りが足りないのよね」

お虎は、丸三のおかみになったのだ。だから、もう少し丁寧に扱えと説教した所、丸三は神妙な顔になって、大人しく頷いていたという。

「あら、ご亭主の素振り、かわいいじゃありませんか。高利貸しとして名を馳せていても、おかみさんには弱いのね」

お和歌が、立派な品を貰えるのは良いと笑った。麻之助など、道ばたで振り売りから買ったような、ビードロ玉の簪を手ぬぐいから出し、お和歌の髪に挿してくるのだ。

「笑って、似合うと付け足すんで、つい、嬉しくなっちゃうんですけど。でも、お高い品をくれた事は、余りないっていうか」

「まあ、妻を褒めてくれるなんて、良いお話」

うふふとお虎が笑い、皆も笑みを浮かべている。一葉はまだ、殿御から簪を貰った事などないので、色々な話が聞けるのは嬉しいと、正直に口にした。

ただお雪は話をここで、消えた簪の件に戻した。

「相馬家の殿方が買っていないなら、簪はやっぱり、挨拶に来た、お武家様が持ってきたものなんでしょうか」

一葉は、年頃になってきている。そして美男で知られる小十郎と、整った面立ちが似ているのだ。贈り物をしようという男が現れても、不思議ではなかった。

「玄関で客人方を出迎えるので、会う方が増えた為でしょう。相馬家にくる縁談が多いようだと、祖母から聞いてます」

お雪の祖母お浜《はま》は、相馬家と縁続きなのだ。

「そうですねえ。とにかく今日、相馬家へ来たのは、お武家三人だけです。その内の誰かが、簪を持ってきた筈です」

お虎はそう言うと、三人の内、安東が怪しいと、いきなり答えを出してきた。ただ。

「安東様が、簪を持ってきたなら、なぜ台所に置いたのか、分かんないのよねえ」

安東は、藩主の使いとして相馬家へ来ている。一葉と玄関で会えるのだから、贈り物をしたいなら、その時渡せば良いのだ。

「安東様じゃないのかしら。なら誰が、何で簪を、台所に置いたんでしょう」

五人のおなご達は、顔を見合わせるが、なかなか答えが出ない。するとお安が、一つ案を出してきた。

「あの、今朝方誰かが相馬家の台所へ行って、簪を竈の辺りに置いたんです。これは間違いない事ですよね」

その後、一葉は客が来た為台所を離れた。戻ると、簪は台所から消えており、誰が、簪を持って行ったのかは、分からない。

ただ、台所を見ていないおなご達には、誰がどのように動いたのか、少し思い描き辛《づら》いと、お安は続ける。

「あの、台所を見ても、よろしいですか」

その場で確かめた方が、何が起きたか分かりやすいかも知れないと、お安は続ける。他のおなご達から、声が上がった。

「まあ、まるで吉五郎さんがなさっているように、お調べをするんですね。お安さん、私達にも出来るんでしょうか」

「一葉さん、やってみましょう」

おなご達は部屋で立ち上がると、揃って台所へと向かった。

「あら、相馬家でも謎が待っていたわ」

お和歌は思わずつぶやくと、髪に挿した、簪へ手をやった。それから八丁堀へ来る前に、亭主の麻之助と話した事を、思い浮かべた。

三

「お和歌、さっき井戸端で顔を洗ってたら、猫のふにに引っかかれちまったよう。私がこれから町名主の仕事を怠《なま》けるって、ふにには分かってるみたいだ」

江戸の古《ふる》町名主、高橋家の屋敷で、まだ朝餉《あさげ》も食べていない刻限、麻之助は嘆いた。すると、長火鉢の傍《かたわ》らにいた妻のお和歌が、寄ってきたふにの耳を、ちょいちょいと掻いてから、亭主の顔を見てくる。

傍らで宗吾《そうご》はまだ、ぐっすりと寝ていた。

「まあ、お前さん、堂々とお仕事を怠けると、おっしゃるんですか。でもお義父《とう》様は、跡取り息子が怠けると、お怒りになりますよ」

それは重々《じゅうじゅう》分かっているが、麻之助はそれでも、出かけるつもりなのだ。

「どんなご用が出来たんですか？」

「それがさ、大事な妻と、大事な猫にも言えない話なんだよ。ありゃ、ふにったら、不機嫌そうに鳴いて、私の足に嚙みついてる。お和歌、止めておくれな」

お和歌は、ふにを抱き上げてはくれたが、ふにはもっと嚙みつきたい様子に思える。麻之助は早々に、己《おのれ》の負けを認めた。

それでお和歌へ、余所《よそ》へは話してくれるなと頼んでから、町名主の息子が、仕事を放り出す事情を語った。

「相馬家の小十郎様や、吉五郎は今、吟味方の仕事以外の調べもしてる。日頃挨拶を受けてるお武家から、内々に頼まれごとをしてね。武家屋敷ばかり狙う盗人を探してるんだ」

本当に忙しそうなのだと、麻之助は続けた。しかし武家達は挨拶と共に、太刀代、馬代として金を届けてくれる。彼らへ力を貸すのも、奉行所に勤める者の仕事であった。

そういう金が入って来るから、与力、同心《どうしん》は手伝の小者や岡っ引きを、己で抱えられるのだ。

更にその付け届けがあれば、雇った者達が老いて仕事を辞めたとき、少しまとまった金を渡す事が出来た。

奉行所勤めの人数では、余りに少なすぎて、盗人や人殺しを追う事すら、無理になりかねないのだ。諸事手が回らないから、今でも金の揉めごとなど、小さな件は、町名主達に押っつけられる事が多い。

「あら、麻之助さんは今、吉五郎様に、力をお貸ししているのですか」

お和歌は納得した顔になったが、麻之助は話を続けた。今回、友へ手を貸したのには、更なる事情があるのだ。

「実はね、お和歌。盗まれた品の中に、吉五郎自身が購《あがな》ったものも、含まれてたんだ」

いや相馬家から、盗まれた訳ではない。吉五郎が品物を購った店では、お武家からの注文を色々扱っていた。そこへ、注文主はお役目で忙しい故、自分が品物を引き取りに来たと、船頭が文を持って現れた。店の者は偽の文に騙《だま》され、品物を使いの者に渡したのだ。

吉五郎の品は消えてしまった。

「あら大変。そんな盗み方がありましたのね」

吉五郎によると、その品は贈り物らしい。吉五郎が購ったにしては高い品で、早くに取り戻したいようだと麻之助は語る。

「吉五郎から頭を下げられたんで、私と清十郎は力を貸す事にしたんだ。長年の友だからね。しかも悪友だし」

「ふみゃん？」

ただ清十郎は町名主だから、仕事を休めないかも知れず、そうなったら麻之助は一人で走り回る事になる。もし手が足りなくなったら、丸三にも助力を願うと麻之助は言った。

「丸三さんは質屋をやってるからね。盗人は盗んだ品を、質屋へ売りに来るかも知れない。実は是非、力を借りたいんだ」

お和歌は少し首を傾げ、亭主の顔を覗《のぞ》き込んできた。世話になっている相馬家からの頼みごとなら、宗右衛門《そうえもん》に話せば、快く屋敷から出してくれるのではと言ったのだ。

麻之助は、眉尻を下げた。

「うん、おとっつぁんは、許してくれるかも知れないよ。でもさ、町名主の跡取り息子が町の用をせず、友の為に走り回ってるのは、外聞の良い話じゃないんだ」

町名主が貰う金を出してるのは、支配町の者達だから、本当はその人達の為に働かねばならないのだ。ここで麻之助は言いきった。

「だから私は、こっそり屋敷を離れる事に決めた。お和歌、私の事を問われても、お前さんは何も知らないと言っておくれ」

武家達が、どんな物を盗まれたかも、今回は言えないと麻之助は続ける。

お和歌は頷いたが、一つの品だけ、大層気にしてきた。それだけは聞いても良いかと言い、麻之助へ寄ってきたのだ。

「吉五郎さんが買われた品って、何ですの？　高い品など興味は無さそうですのに、どうして急に、購ったのでしょうか」

「ごめん。吉五郎の話も、これ以上は話せないんだ」

そろそろ行くと、麻之助は立ち上がった。

「あの、朝餉はどうなさるんですか？」

「食べてるときに、おとっつぁんから、用を言いつけられそうだ。このまま行くよ」

そして麻之助は毎日の務めと、鋭いお和歌の問いから、急ぎ逃げ出した。

四

相馬家に集っていたおなご達は、一葉の部屋から、まずは屋敷の一番表にある、玄関へと向かった。

一葉が毎日、武家達からの挨拶を受ける場は、畳と板間に分かれており、並の部屋ほどもある。そこから右に折れて進むと、五人は畳の間と土間に分かれた、広めの台所に入った。

慣れているのか、お雪が土間へ降りて引き戸を開ける。向かいに長屋が見え、間には井戸があった。

井戸は屋敷の奥庭に、もう一つあると、一葉が話している。お和歌は台所の左端にある竈へ目を向けてから、長屋を見た。

「確か向かいの長屋は、お屋敷正面の門の、左側にありましたよね」

屋敷の門に、門番はいない。だから門の横にある木戸から入れば、人目に付かず台所へ向かえそうだと言うと、お雪が頷いている。

皆で台所の中を見ていると、その時お安が、平打《ひらう》ちの簪を髪から抜いた。そして、それを、真珠と珊瑚で出来た簪に見立てて、どう扱われたのか考えてみたいと話した。

「まずは、簪を竈の側に置きます」

そして置いた誰かは、台所から去った。

「一葉さんはその後、どうされましたか」

「ええと、私が台所へ来た刻限は、父上が屋敷を出た後だったと思います。お雪さんがおいでになるので、お茶の用意をしておこうと思いました」

安東が訪ねてくる、少し前の話だ。一葉は台所で、簪を見つけたと言い、お安が置いた平打ちを、竈近くで手に取った。

「戸惑いました。真珠と珊瑚が、台所にあるとは思いませんでしたから」

頷くと、お和歌はつぶやく。

「あら、こうして見ると、竈近くに簪が置かれているのって、かなり妙ですね」

高い品でなくとも、竈脇に簪があったら、びっくりしてしまうだろうと、お和歌は言ったのだ。食べ物を扱う場だし、竈では薪をくべる。何か危なっかしかった。

「あの一葉さん、簪はむき出しのまま、台所に置いてあったんですか？」

「それは……ああ、違います。確か薄い色の、袱紗《ふくさ》に包んであったと思います」

ただ簪は、半ば袱紗から出ていたので、真珠や珊瑚が直ぐ目に入ったのだ。ここで一葉は、戸惑うように言った。

「あら、つまり簪は、袱紗に包んで持ってきたんだわ。女の人が髪から抜いて、台所に置いたんじゃないみたいです」

おそらく台所へ持ち込んだのは、男だろうと、おなご達の声が揃う。一葉は台所で、小十郎か吉五郎が、お役目の関係で預かった品かと考えたらしい。

「でもそれなら、台所には置きませんよね」

その後、安東の声がしたので、一葉は玄関へ向かった。他に人も居なかったので、簪はそのままにして、一旦台所から出たのだ。

「玄関での話は、結構長くなりました」

安東が、用向きを話すだけでなく、今日も甘い言葉を一葉へ向けてきたからだ。失礼にならないよう何とかかわし、安東が帰ると、一葉は台所へ戻った。すると。

「簪は、台所から消えていましたの」

畳の間にいたおなご達も、ここで土間へ降り、竈や台所を検《あらた》めた。そして、隅に何も落ちて居ない事を確かめると、揃って首を横に振る。

「簪を台所へ置いた人が、戻ってきて、持って行ったのでしょう。台所は、たまたま誰かが通りかかる場所ではないですから」

お和歌が言うと、一葉はそうですよねと言ってから、戸惑った。

「私は玄関へ行って、安東様と話をしていた時、門の方を向いていました。誰かが台所から簪を持ちだし、もし玄関へ向かったら、私の目に入ったと思うのです」

しかし、怪しい誰かを見た覚えはなかった。お雪は他の門へ行き、そこから出たのかもと話した。

「このお屋敷の門は、三カ所ですよね。玄関からよく見えている大門と、裏門、裏木戸です」

そして裏門、裏木戸の近くには、小女のいた行灯部屋と、茂吉が働いていた畑がある。三つの門には、今日たまたま、人が近くにいたのだ。

「茂吉と小女に、誰か見かけなかったか、聞いてみたいですね」

ならば皆で、二人へ会いに行った方が早いと、揃って屋敷奥へ向かう。

すると、やはりと言おうか、茂吉と小女は、奥で誰も目にしていなかった。ならば、一体誰がどうやって、相馬家の台所へ来たのだろうか。

「分からなくなってしまいました」

一葉が力なく言った所、傍らから小女が、そろそろ一休みして、お茶でもいかがですかと、優しく言ってくる。

「お嬢様、今日は、餅菓子もいただいております。お客様にお出ししましょうか」

相馬家の男達は、甘い物を余り食べない。しかし甘味の頂き物は多く、一葉は好きに食べて良いと言われていた。

「そうね、一休みしましょう」

小女は菓子の用意に行き、おなご五人は、一葉の部屋へ戻ると、一息ついた。張り切って台所へ行ったのに話を見通せず、正直に言えば少々へこんでいると、お虎が言った。

「簪の件、不思議さが増していきますね」

お安も珍しく、がっかりした様子を見せている。するとお虎が、ある考えを口にした。

「まさかとは思いますが、簪を持って行った誰かは、実は今も、相馬家の内にいるとか」

相馬家は広く、そして人が少ない。つまりどこかへ、潜《ひそ》めそうであった。

「夜になるのを待って、屋敷から逃れる気だったりしませんか」

「あり得る話ですね」

お雪は、面白い考えだと口にした。しかし、吉五郎と会った事のあるお和歌とお安は、頷かない。

「考えられるお話ですが、相馬家に限ると、ちょっと無理な気がしてます」

小十郎も吉五郎も刀の使い手として、結構知られているのだ。二人とも、以前は定町廻《じょうまちまわ》りの同心や、その見習いであり、町人達から人気があった。江戸市中の者達は二人の事を、良く承知しているのだ。

「小十郎様が、お屋敷の内で知らぬ者の、勝手を許すとは思えません。簪を置いた〝誰か〟は、腕の立つお二人が帰ってくる前に、相馬家の屋敷から逃げ出すだろうと思います」

「あら、この思いつきも無理そうだねえ」

お虎は立ち上がると、困っちゃったと言いつつ、一葉の部屋を囲む外廊下へ出た。綺麗な池があると言い、裏門近くの庭へ、ゆっくりと目を向ける。

そして突然、頓狂《とんきよう》な声を上げた。

「えっ、嘘っ」

急に、裏返った声を上げたものだから、お虎へ皆の目が集まる。

すると、外廊下の先にある庭に、頭に手ぬぐいを巻き付けた男が、いつの間にか現れていた。

五

ちょいと困った様子になって、男は頭を下げ、手ぬぐいを解いた。

「こりゃ、皆さんを驚かせちまったようで、済みません。私ですよ。高橋家の麻之助です」

「あ、あら、麻之助さん。いつ、このお屋敷へ来られたんですか」

一葉が目を見開いているので、麻之助は先程、正面の門脇にある潜り戸から入り、ちゃんと玄関の辺りで声を掛けたと言った。

ただ、返事はなかったのだ。どうやら麻之助が屋敷へ来た頃、一葉達は屋敷の奥へ行き、裏門辺りに人が来なかったか、茂吉や小女へ問うていたらしい。

「はは、お屋敷の内で、すれ違ってしまったんですね」

麻之助は笑ってしまった。

そこへ小女が、急須や茶碗、菓子箱と一緒に現れ、麻之助の姿がある事に驚いていた。茶と茶菓子が配られていくと、まずはお虎が、大きな声を上げて悪かったと、麻之助へわびを入れてくる。

「急に人が、湧いて出たように思えたんで、びっくりしたんです」

ここで横からお和歌が、麻之助を見てきた。

「お前さん、今日は吉五郎さんへのご助力で、忙しかったんじゃなかったんですか。どうして相馬家へ、おいでになったんです？」

麻之助は、五人のおなごに謝った。

「いきなり来て、おなご方の会を、邪魔して済みません。暇を見て八木家へ寄ったら、清十郎はやはり今日、仕事を抜けられないと分かったんです」

代わりに屋敷に、お安がいなかった。お雪から文がきて、相談したい事があるゆえ、相馬家へ来て欲しいと言われたのだ。

「その時、お和歌やお虎さんも、相馬家に集ってると知ったんです」

するとお安は大いに慌てて、珍しくも口を尖らせている。どうやら清十郎は、八木家の仕事をお安へ頼み、吉五郎の仕事を手伝うつもりだと、言ってなかったらしい。

「まあっ、清十郎さんたら。そういうご用があるなら、はっきり話してくれれば良いのに。もちろん私が屋敷に残って、うちの人に、出かけていただきましたとも」

「あ、こりゃいけない」

このままだと帰ってから、八木家で一揉め起きそうだと、麻之助は焦《あせ》った。だがその時、お和歌が笑い出し、お安へ笑みを見せたのだ。

「お安さん、うちの麻之助さんも、朝餉も食べずに、勝手に他出しようとしてましたよ。吉五郎さんの頼みごとは、他へ話せない事のようで」

だが妻に、外出の許しを貰うなら、事情を話さねばならない。しかし自分の事ならばともかく、吉五郎の調べごとを、軽々しく口に出来なかったのだ。それで。

「まだ跡取り息子である麻之助さんは、勝手に屋敷から出てしまい、町名主の清十郎さんは、残ったんでしょう」

ここで麻之助が拝むように手を合わせ、悪友を、怒らないでやってくれと頼むと、お安は何とか頷いた。ほっとしたところで、貰った餅菓子を手にすると、麻之助はようよう、相馬家へ急に来た訳を語り出した。

「実はですね、吉五郎の手伝いが、思っていたよりずっと、忙しくなってきたんです」

麻之助はここでにっと笑うと、内緒だが、今、武家屋敷内の盗みについて調べていると、話してしまった。そして、いよいよ手が足りなくなった為、麻之助は、丸三にも手を貸してもらおうと、質屋へ行ったのだ。

「あら、うちの人が、吉五郎様の手伝いをするんですか。高利貸しなのに、面白いわぁ」

お虎が笑っている。

「すると、ね、丸三さんのおかげで、事が動いた。丸三さんの知り合いの質屋で、盗品を売った者がいたんだ」

持ち込んだ者の顔つきや、着物の柄なども分かったので、今、一気に調べを進めている。勝負の時であった。

「だから今日は、私も丸三さんも帰りが遅くなりそうだ。うん、働き者だからねえ。それでお和歌へ、その事を伝えに来たんだよ」

何より、八丁堀の相馬家へ来れば、妻とお虎の二人へ、同時に事を伝えられる。いや、お安も話を聞くだろうから、清十郎にも話が伝わる筈であった。大いに助かる。

「それで、こちらへ顔を出した次第です」

用が一度で済んだ上、美味しい菓子まで貰えたのだから、素晴らしい思いつきだったと、麻之助は自画自賛している。お和歌は、笑うような顔を亭主へ向けてきた。

「あらま、良かったです。なら麻之助さん、早く盗人を捕まえて、早々に、町名主の仕事に戻って下さいね」

お和歌が言うと、自称働き者の亭主は何故か、それは難しいと、堂々と返してきた。

「実は、どうやって武家屋敷から品物を盗み出せたのか、そこが分かってないんだ。だから下手をすれば後手に回って、盗人は他国へ逃げ、それで終わりになるかも知れない」

それでも麻之助達は、今日は遅くまで働かねばならないのだ。つまり家の用は、ほったらかしであった。

「迷惑をおかけします。それでですね、お詫びに、これを持ってきました」

部屋の内から見つめてきているおなご達に、持ってきた風呂敷包みを見せた。

「寿司の差し入れです。丸三さんが気前よく銭を出してくれたんで、卵巻きとか、美味しそうなものが入ってます」

皆さんのお昼にして下さいと言い、麻之助は外廊下近くに座っていたお虎へ、風呂敷包みを差し出した。

「丸三さんは万吉さんを、乳母さんへちゃんと託しているんで、大丈夫です。住み込みの番頭さんや手代さんも、心配は無いと言ってくれました」

お虎は、重箱の中身を確かめると、重々しく頷いている。

「美味しそうなお昼をもらって嬉しかったと、うちの丸三に伝えて下さいな」

今日の寿司は見目も綺麗で、簪の時より、数段気配りが出来ているという。

「及第だわ」

「簪って、何です?」

「まずはお寿司を届けて下さって、私どもからも、お礼申し上げます」

おなご達が声を揃えると、麻之助は柔らかく笑って頷いた。それから、自分は早々に戻らねばならないが、お和歌達は楽しんでくれと明るく言い、立ち上がったのだ。

だが直ぐに足を止め、振り向いた。

「いけない、まだ簪の事を、聞いてなかった。それに皆さんは今日、何をやってるんです? 多分、おしゃべりをする為の集いでは、ありませんよね」

相馬家は吟味方与力だ。この場にはお雪がいるから、遊びの集いなら夏月屋へ行った筈だ。

麻之助が首を傾げて庭から部屋内を見つめると、お和歌達は困った顔で黙ってしまう。その時、事情を語るかどうか決めたのは、一葉であった。

「あの、簪の件、お話しするのは構わないんです。ただ忙しい今、父の邪魔はしたくないのです。これからする話、他で話さないでいただけますか？」

「おや、我らの調べと同様、大事なんですね。言うなと言われたなら、黙ってましょう。はいはい、大丈夫」

麻之助が、余りにあっさり請け合ったので、お虎など、本当に大丈夫なんですかと、はっきり問い返している。

だが麻之助は、疑われても怒る事はなく、もちろんですよと、一層軽く言ってきた。するとお和歌は亭主を見つめ、そう言えばと口にしたのだ。

「麻之助さんは、言わないと決めた事は、てこでも言ってくれませんよね。今朝方、あたしが聞いた事もそうでした」

「ありゃ、そうだったかな」

「そして、明るく喋《しゃべ》っている内に、気がつくと、話が逸れてるんです。そうは見えないですけど、結構手強いですわ」

妻からそんな事を言われた麻之助は、あははと笑っている。お雪が、眉尻を下げた。

「とても軽くて柔らかい応対ですね。大事な事は分からないまま、さらりと話が流れていきそうだわ」

すると横で、お安とお虎が、麻之助と亭主を比べ始めた。

「うちの清十郎も、言いたくない事は喋りませんね。さすが麻之助さんと、長年友をやっているというか、似てます」

ただ清十郎のやり方は、麻之助とは少し違うという。問うて欲しくない事をお安が聞くと、清十郎は一段と優しくなるのだ。そして、話しあいをしなければならない時以外なら、是非聞きたい言葉を並べてくるので、話はあっという間に、別の事に変わるらしい。

「まあ、それは危険なお人ね」

顔が良いから尚更《なおさら》危険だと、お虎が片眉を引き上げる。

「年寄りの丸三には、出来ない技だわ」

ただ丸三には、己なりのやり方があり、そちらもなかなか強いとお虎は続けた。

「あの人、家では甘えてくるのよ」

聞かれて欲しくない事があると、聞いちゃ嫌だと、子供のように駄々をこねてくるという。正直に言えば、名高い高利貸しが言うような事ではなかった。

「あら、まあ」

おなご四人と麻之助が、その言葉に聞き入る。お虎は頷いた。

「世間様から悪し様《あしざま》に言われる高利貸しに、甘えられるというのも、余りない経験だもの。そのね、私にだけ甘えてる気がして、つい、あの人の言うとおりにしてしまうのよ」

「おおっ、お虎さん。素敵な夫婦だわ」

おなご達が声を揃え、まだ亭主のいない一葉は、何度も頷いている。麻之助は、おなご方は亭主を良く見ているると言い、苦笑してから、一葉の方を向いた。

「その、今話した通りですので、余分な事は言いません。私を信用して下さいな。そうだ、どうしても話したくなったら、清十郎とだけ話し合います」

要するに、忙しい相馬家の男二人に、一葉の言葉が伝わらなければよかろうと言ったのだ。一葉は頷くと、今日、おなごが五人、相馬家に集った事情を、事の始めから語った。皆で台所に現れた簪の謎を、片付けたかったのだ。

「ただ相馬家で、盗みがあった訳ではありません。簪はうちのものではなく、無くなっても、害は受けません。奉行所へ訴える事ではないので、忙しい父に伝えたくないんです」

すると、話を耳にした麻之助の顔つきが、一寸、大真面目なものに変わった。

「見たことのない高直《こうじき》な簪が、急に現れた。そして、突然消えたんですか」

妙な事が起きましたねと、麻之助は眉間《みけん》に皺《しわ》を寄せる。それから、またすとんと、屋敷の外廊下へ腰を下ろした。

そして少し考えた後、まず一葉の方を向く。今、語られた事の内、安東と一葉の縁談について、まず話した。

「そのご縁、小十郎様は、考えられないと言われたんですよね。ならば安東様の事は、心配しなくても大丈夫ですよ」

そう伝えたものの、事情が飲み込めないのか、お雪が首を傾げている。

「あの、よく分からないのですが。お武家同士の縁談なのに、まとまらない事情が、どこにあるんでしょうか」

麻之助はゆっくり頷いた。

「はいはい、我ら町人には、ちょいと分かりにくいですよね」

麻之助は、事情を聞きますかと、皆に聞いてみた。おなご達が揃って頷くと、町名主の跡取り息子は、奉行所勤めの友がいるからこそ承知している話を、伝える事になった。

六

「あのですね、お武家様が、江戸で縁談をまとめる時は、事前に考えておくべき事が結構あるんです」

ややこしい決まりがあったりするからと、麻之助が話し始める。

「そして身分が上がれば上がるほど、決まり事は多くなります。武家だとその煩《わずら》わしさが、町人より大きかったりするんですよ」

家格が似た者同士の縁組みは、武家でも歓迎される。そして表向き、武家と町人の縁組みは、駄目であった。

「ええ、そう聞きます」

お和歌達が、外廊下に座っている麻之助の方へ寄ってきて、おなご達の囲みが小さくなる。

「でも、持参金をたっぷり持ってきてくれる、裕福な商家の娘さんが、お武家へ嫁《とつ》いだという話は、まま耳にしますよ」

お虎の言葉に、麻之助は頷いた。表向きの決まり事はあっても、強引に縁をまとめるやり方は、なくはないのだ。

「町人の娘さんに、武家へ嫁いでもらう時は、あらかじめ、身分の釣り合う武家の養女にします。それから、婚礼をあげるんですね」

何事にも、抜け道はある。

「ただお武家の婚礼には、上役の許しが必要なんです。大名でも、禄《ろく》の少ない者でも、無断で結婚などしたら大事《おおごと》になってしまう。商家生まれの養女を妻に迎えるとなると、婚礼前の根回しが大変でしょう」

しかし、上の者の許しさえ出てしまえば、縁談の約束はそれで調《ととの》うのだ。

ただ武家の場合、そういう仕組みが時に、厄介なものにも化けた。ある日突然、上士などから縁組みを言いつけられ、婚礼相手が決まる事すらあり得た。

「まあ、大変」

おなご達が、顔を見合わせている。麻之助はここで、一葉を見た。

「でね、そういう縁談の決まり事の一つに、確か、直参《じきさん》と陪臣《ばいしん》の婚礼は不可である、というものが、あったと思います」

「あら」

一葉は目を丸くし、お和歌が、ちょいと上を見てから言った。

「直参と陪臣、ですか。ええ、与力は上様の臣下ですから、直参ですよね。お大名は上様にお仕えしていますから、その家臣である留守居役方は……陪臣になります」

それで小十郎は一葉へ、安東との婚礼は無いと言っていたのだ。世に抜け道は多いものの、直参と陪臣の縁は、避けるべきものとなっている。

「断りやすいでしょう。心配は要りませんよ」

麻之助は明るく続けた。するとお雪がここで小さく、あっと声を出した。

「安東様は、世知《せち》に長《た》けていると聞く留守居役ですもの。ご自分が八丁堀の方へ縁組みを申し込んでも、歓迎されない事は、ご承知でしょう」

もしかしたらそれ故、縁組みを申し込むより先に、一葉と仲良くなりたかったのだろう。本気で縁談を、何とかしたかったのだ。

「それで一葉さんと会うたびに、甘い言葉を向けてたんだわ。今日はいよいよ頑張って、簪を持って来られたのでしょう」

真珠と珊瑚の取り合わせは、高いだけでなく、若い娘に似合いそうな色合いだ。お雪がそう言うと、麻之助が頷く。

「そうかも知れませんね。ただ安東様が、簪を持ってきた者なのか、まだはっきりしていませんよ」

しかしお虎は、簪の持ち主は安東だろうと、言い切ってきた。

「今日、相馬家に来られたお武家は、三人だけで、その内お二人は若くないんです。おじいちゃん。おなごへの贈り物は、唯一若い、安東様が持ってきた筈です」

もっともそうなると、分からない事が残ると、横から一葉が言った。

「簪を見つけた後、台所で、安東様が訪れた声を聞きました。それで私は簪を置いたまま、玄関へ向かいました。でも玄関は台所から、そう離れていません」

あの時、安東は玄関にいた。一葉の目をかすめ、台所から簪を取る間があったとは、思えないという。

「用件が終わった後、私はお帰りになる安東様を、玄関からお見送りしました。安東様は、台所へは行かなかったです」

その後一葉が台所へ行くと、簪は消えていたのだ。麻之助は、腕を組んでしまった。

「はて、台所と玄関の場所が、思い出せないな。ちょいと今から確かめてきます」

外廊下から立ち上がって庭へ出ると、麻之助は建物の外を回り、玄関へと足を向けた。するとおなご達も屋敷の内から、玄関へと向かう。一葉の部屋は屋敷の中程にあるから、玄関までは出やすいのだ。

以前の引っ越しの時、荷物を運び込んだ小十郎の部屋脇を過ぎ、麻之助は玄関前に向かった。するとその手前で、茂吉に声を掛けられた。

「麻之助さん、皆さんと台所の話をされていたんで、土間の引き戸が開いているか、確かめてきました。屋敷の表から台所へ入れますよ」

「おや茂吉さん、先に台所へ行ってくれたんだ。ありがとうね」

麻之助は思わず、目を見開いた。つい先ほど、庭から一葉の部屋へ、茂吉に案内してもらったのだ。ただその後、茂吉が何をしているのか、さっぱり摑《つか》めていなかった。その事を、麻之助は今、知った。

茂吉が、軽く頭を下げてくる。

「他にご用があったら、声を掛けて下さい」

茂吉は麻之助から離れると、大きめの器を手に、門の方へ向かってゆく。

「おや、門になんぞ用なのかな」

麻之助が戸惑っていると、その声が聞こえたのか、茂吉は門の脇にある潜り戸を、指さしている。その時戸が開き、どこぞで見たような姿が、茂吉と話し始めた。

「あ、振り売りだ。あの門の所に、売りに来るのか」

麻之助は直ぐ、事情を得心《とくしん》した。

「そうか、相馬家には未だに人が少ない。奥の木戸や、裏門から声を掛けても、屋敷の者に、気づいて貰えないんだろう」

しかし吟味方与力の屋敷故、武家の来客が多いから、相馬家では表の門の動きに、気を配っている。だから振り売りも、表の潜り戸を目指して来るのだ。

茂吉は豆腐を買い、早々に戻って来た。台所へ豆腐を運んでいく茂吉と、庭ですれ違った時、麻之助の顔は、おなご達がいる玄関の方へ向けられた。

「あっ……」

思い浮かんだ事があって、何度か頭を振り、一度、天を仰《あお》いだ。それからゆっくりと、お和歌達の方へ目を向ける。

お和歌達は、五人で玄関の奥に集い、何やら話していた。茂吉が台所へ行き、その後、表門脇の潜り戸から、一旦表へ出たというのに、皆の目は門の方へ向いていなかった。

「もし、だよ。茂吉が朝方、台所にあった簪に、先に気がついたとする。高い物だと分かって、持ち出そうと思ったら、やれただろうね」

ただ麻之助は、茂吉を疑っているのではない。茂吉は今朝、早くから奥の畑で働いていた。玄関に目を配っていた一葉の目に止まらず、台所へ向かうのは難しいのだ。

いや、一葉が見たという、真珠と珊瑚の簪の価値を一瞬で見抜く事は、高い品を見慣れていなければ無理だろう。

「つまり、簪を持って行ったのは、そういう立派な品を見慣れた者か。それとも、安東様が相馬家へ来る前に、持参する簪が高い事を知って、盗みたいと思った者がいたのかな」

麻之助はまた空を見上げてから、玄関へ顔を向ける。一葉達に、思いついた考えを告げてみようかと迷ったが、しかし証《あかし》のあるものではない。

「さて、どうしたものか」

その時、何とまた、潜り戸が開いた。そして表から、麻之助も見慣れている顔が、飛び込んできたのだ。

するとその姿に、一葉が直ぐに気がつき、玄関の板間まで降りて、声を向けてくる。

「まあ直助《なおすけ》。どうしたの？　一人で戻ってきたのですか？　吉五郎さんも、帰ってくるの？」

一葉はお和歌達へ、直助は、新しく相馬家に来た中間だと話している。ここで麻之助も直助と、玄関へ向かった。そしておなご達へ問いを向けたのだ。

「あの一葉さん、お和歌、今、茂吉さんがいたんだけど、何をしていたか見ましたか？」

「えっ？　直助ではなく、下男の茂吉ですか？　あの、さあ」

戸惑う声が、玄関で重なる。麻之助は、表の門へと目を向けた。

「ここからなら、庭が、はっきり見えますね」

しかし五人のおなご達は、茂吉の動きを分かっていなかった。おそらく、目には映っていても、下男や毎日来る振り売りを、特に気にしていなかったのだ。誰も、答えられなかった。

「ならば、私の考えは、当たっているだろうな。さてここで今、話したものか」

つぶやく麻之助の傍らで、一葉が直助に、戻ってきた用件を問うている。すると八丁堀近くの質屋から、盗まれた武家の品が見つかったので、近隣の質屋を調べる。それで吉五郎の帰りは、かなり遅くなるというのだ。

「心配されないよう、一葉お嬢様への伝言をお伝えしに来ました」

一葉達が頷いている。麻之助は、己も質屋へ向かう前に、思いつきを語っておこうと腹を決めた。

七

いったい誰が、相馬家の台所へ簪を置き、それをまた持って行ったのか。

麻之助は今、その答えだと思う話を、何故だか木刀を片手に吉五郎へ語っていた。神田にある、質屋の店奥での話だ。

賊なら、高く品を買うこの店へ来るかもと話し、店主と会わせてくれたのは、丸三だ。店表と、藍染めの暖簾《のれん》で仕切られた奥に、二人は身を隠していた。

先日別の店にも、相馬家の小者が行っていた。そして盗んだ品を、換金に来た者と鉢合わせた。斬りかかられた小者は、その男を捕まえ損ねた。かなり刀を使えたというので、次こそ盗人を逃さないよう、今日は戦える二人が一組になり、辛抱強く待っているのだ。

「賊は一度、小者に見つかってる。今度は用心して、三人か四人で盗品を売りに来るかも知れない。二人で待つのは正しいと思うよ」

麻之助が語ると、吉五郎も頷いている。ただ、この店に賊が来る当てはなく、恐ろしく暇であった。今日来るか、明日か、全く来ないか、それすらはっきりしないのだ。

ずっと待つ内に、店にある棚の数は数え終わり、置いてある壺の形も覚えてしまった。要するに、そろそろ暇を持て余していた。だから話の一つもしないと、待ちくたびれてしまいそうであった。

ただ、店で一葉の話を切り出したのは、珍しくも吉五郎の方だ。一葉が困っている事を聞いたと、ぼそぼそと語り出したのだ。

「麻之助だから正直に言おう。今、八丁堀の与力宅で、来客を迎えているおなご方は、皆、与力の妻なんだ」

一葉のように、これから嫁ぐ歳の娘はいない。よって使者の軽い言葉に一葉が困っても、それは相馬家のみの困りごとだった。八丁堀の皆で解決しようという話には、ならないのだ。

「それでなかなか客に、軽い言葉を慎んでもらえなかった」

吉五郎が、一葉には申し訳ない事をしていると、首を垂れている。

「麻之助も知ってたと聞いたが、直参と陪臣の婚礼は不可とされている。縁談の決まり事の一つだ。だから最初、一葉さんへ玄関での対応を頼んだ時、縁談がらみの話は来ないだろうと、義父《ちち》上《うえ》は考えておいでだった」

使者達は、ほぼ陪臣だ。そして彼らは藩の使いとして、町奉行所与力へ、いざというときの力添えを頼みに来ている。一葉を困らせたら、頼る相手の小十郎を、うんざりさせる事になるから、まさか色恋の話が玄関で語られるとは、考えなかったのだ。

だが、しかし。

「男とおなごが出会うと、とんでもない力が生まれるのだな。義父上が驚いておられたわ」

おなごが好むような、花や菓子が玄関に届けられ、小十郎が、娘の困惑に気がつく事になった。ただ、今の所、縁組みの申し出が、相馬家へ来た事はない。申し込んでも断られて終わるだけと、相手方も分かっているのだろう。

麻之助が、吉五郎の顔を見た。

「でもそれだと、事がすっきり終わらず、いつまでも、一葉さんが大変だな」

「うん。分かってる。だから私も色々、考えている」

「はて、色々、とは？」

「麻之助、真面目に考えているんだ」

ここで質屋に客が来て、二人は黙った。だがその客は、馴染《なじ》み客だったようで、いつもの根付けを預けて、いつもと同じ金を受け取っていった。盗人ではなく、麻之助と吉五郎はまた、話を始めた。

「それで麻之助、相馬家に突然簪が現れ、そして消えた事を、茂吉から聞いた。そしてその件の答えを、お前さんは一葉さん達へ語ったそうだな」

「ありゃ、そっちから話が伝わったのか」

問われたので、話したと麻之助は答えた。

「茂吉の話には、抜けている事がありそうだ。もう一度話してくれ」

それで、一葉から聞いた簪の話を、質屋の奥で、麻之助は繰り返した。要するに話の要は、安東が、相馬家へ簪を持ち込んだと思われるが、台所から持ち出したのは、安東だとは思えないという事だった。

「実は安東様へ、簪の事を問うてみた。どうして簪が、相馬家で消えたかまで、私の考えを話したら、驚いておいでだったよ」

つまり、麻之助が考えた通り、あの簪は本当に、安東のものであった。そして、お虎が推察したように、一葉へ贈る為の品だったのだ。

吉五郎が、眉間に皺を寄せる。

「一葉さんへの贈り物だったなら、何で台所になど置いたんだ？」

今回は、たまたま一葉が簪を見つけたが、竈の横に置かれていたのだ。それでは誰も、贈り物だとは思わないだろう。

「しかも、簪は直ぐに台所から、消えたんだよな。その後、安東殿は一葉さんへ、簪を贈ってはいないようだ」

麻之助が、質草の蚊帳《かや》の横で笑った。

「そうだな。安東様は何も一葉さんへ渡してない。つまりね、吉五郎、大事な簪を、安東様は盗まれたんだ」

「は？」

「真珠と珊瑚で出来た簪だ。うん、そりゃあ高い品だろうね。あちこちで顔の利く、留守居役だからこそ手に入った品かもな」

その簪が盗まれたのは、相馬家へ入った後だ。そう話すと、吉五郎の目が見開かれる。

「誰が、どうやって盗ったと言うんだ？」

いやそもそも、どうして相馬家の内で、盗らねばならなかったのか。

吉五郎が問うと、麻之助は頷いた。吟味方与力の屋敷を選んで盗むなど、どうかしていると思われるだろう。しかし、おそらく他では駄目だったのだ。

「吉五郎、お前さんは毎日、一人で務めに出ているよな。もちろん時々、小十郎様と同道するだろうが」

「ああ、そうだ。それで？」

「でも、奉行所へ向かう途中、吉五郎に会ったら、一人ではいないだろう。中間や小者などを連れている筈だ」

「それは……当たり前ではないか」

武家なら、従者を連れている事が並だ。身分のある武家が一人でいると、却《かえ》って目立つだろうと、麻之助が語ってゆく。

「つまりさ、留守居役の安東様も同じだ。吟味方与力の屋敷へゆくのだ。きちんと従者を、連れておいでだったろう」

ただ、武家に従者がいる事は、余りにも並の事だ。だから、その従者へ目を向ける者は少なかろう。

「相馬家にいた、一葉さん達おなご方とて、同じだった。表の門に来た振り売りも、そこへ豆腐を買いに行った茂吉も、わざわざ見たりしていなかった」

その場にいたのに、皆は目を向けたり声を掛けたりしなかった。そんなものなのだ。

「武家屋敷の内で、従者が目立って動き回る事はなかろう。安東様に従い、他家の屋敷を訪ねた時、従者は玄関へは行かず、少し離れた所に控えていた筈だ」

それが当然だから、姿が見えなくなっても、主《あるじ》も屋敷の者も気にしなかろう。

麻之助がそこまで話を進めると、先の事は、吉五郎にも見えてきたらしい。

「安東殿が用意した簪を、従者がくすねたのか。しかし何故だ？　従者は、長年添ってくれている者だぞ」

「他のお武家方が、八丁堀のように、従者を長年抱えているとは限らないよ」

今は、口入屋に頼んで来てもらう、短い縁の従者もいるのだ。

高い品がなくなった時、そういう従者は荷を検められるだろう。だから玄関へ行く為安東が離れた隙に、近くて入りやすい場所、台所へ入って、とにかく急いで簪を置き、その場から離れたのだ。

「だから高価な簪が、妙な場所に置かれていたわけか」

「安東様は、一葉さんを好ましいと思っていたから、機会があれば相馬家へ来ているだろう。従者も屋敷へ入っているから、井戸の辺りにどんな部屋があるか、分かっていたのかもな」

吉五郎が腕を組み、唸《うな》っている。

そして一葉が、台所で簪を見つけ、驚いた。その後、安東が玄関で名乗り、一葉が台所から離れるまでに、幾らか間があったと、麻之助は聞いている。簪を無くした事に気がつき、従者の持つ箱や着物を、安東が検めていたからかも知れない。

吉五郎は、麻之助の考えが当たっているだろうと言った。

「しかし、簪は台所に置かれていて、従者は持ってない。疑いが晴れた男は、安東殿と一葉さんが話している間に、簪を台所から取り戻したわけか」

となると、従者が盗ったという証は無いなと、吉五郎は続けた。ならばこの件の始末、どう付けるのかと、友は言葉を継いでくる。

「安東殿が、ここで全てを終りにすると言うなら、相馬家は構わないが」

吉五郎が言う。麻之助は、にやっと笑った。

八

「私は安東様と会って、簪を盗んだのは誰か、考えを話しちゃったよ」

ただ安東と会うとき、仕える藩や住まいなどを、一葉に問うのは憚《はばか》られた。一葉には相馬家の娘としての、立場があるからだ。それで。

「留守居役は、行きつけの御留守居茶屋で、集いを開くそうだ。それで、高橋家の支配町にある料理屋で、安東様が、どこの藩士か聞いたら、知っているおかみがいたんだ」

お屋敷へ伺って、町名主の跡取り息子だと、名乗ってから、麻之助は簪の件を話した。安東はちゃんと聞いてくれたが、その話を信じたかは分からなかった。

「それにさ、もし自分が、簪を盗んだ従者だったら、直ぐに安東様の元を離れ、どこかへ逃げているだろうと思うんだ。話した事で、何か変わるかは分からないままだった」

だが麻之助が思った以上に、事は大きく動いた。

「安東様は、私と話をした後、簪の件、ちゃんと始末をつけたみたいだ」

従者を見つけて、簪を取り戻したのか、売った金を取り上げたのか、子細は分からない。ただ安東は、麻之助に感謝をしたようで、昨日、高橋家の屋敷を訪ねてきたのだ。

良き話を教えてもらったので、こちらが知っている話で返す。安東は高橋家の玄関で、そう言ってきた。

「麻之助、話で返すとは、どういう事だ？」

「ここのところ、武家屋敷で盗みが続いている事を、安東様は承知だった。何と、ある留守居役組合の内では、どこの武家の家で、どんな品が盗まれたのかまで、話が交わされていたらしい」

吉五郎が、顔を顰《しか》めた。

「留守居役達は、幕府や他藩との連絡や、折衝《せっしょう》をする者だ。様々な話の収集をし、他との付き合いを、受け持ってると聞いている」

そこそこの石高《こくだか》を頂いている者が多いが、余所との付き合いに藩の金を使うからか、行いは派手だ。留守居役の組合は幾つもあり、組合に入っている者達は重複している。

更に、武家で何か起きた時、奉行所の与力、同心が泣きつかれる事も、留守居役は分かっていた。驚く話だが、安東は、吉五郎と麻之助や清十郎が親しい事まで心得ていたのだ。

「おやおや。安東殿が、そんなに出来る方だとは、思った事がなかった」

「吉五郎、安東様一人の力が怖いと言うより、留守居役組合が、手強い気がしてるよ」

こうなると、直参と陪臣の婚礼が不可とされているのも、分かる気がすると麻之助は続けた。幕府の役方に就いた者が、陪臣である江戸留守居役と縁を結んだら、仕事の内容が全て、留守居役組合に流れかねない。

「それじゃ、怖いもんねえ」

だが、その留守居役達の力があったから、今回は安東から、ありがたい返礼を貰ったと、麻之助は語った。

何と安東達留守居役は、武家を狙う盗人達の事を、前から話題にしていたというのだ。

「要するに料理屋で、盗人が何者か、当てっこしておいでだったんだ。勝った御仁《ごじん》は、留守居役達が一晩騒ぐ料理屋の代金を、出さなくとも良い事になっていたとか」

安東の入っていた留守居役組合の藩は、盗みで被害を受けていなかった。よってその結果を、麻之助は教えてもらう事が出来た。

「きっと相馬家で、自分の簪を盗った者を思い出したんだな。盗んだのは、武家が従者にしている武家奉公人だろうと、安東様は料理屋で言ったそうだ」

そして安東は、組合での賭けに負けたのだ。吉五郎が目を見張った。

「おや、従者が怪しいという答えは、間違っていたのか。武家の従者であれば、盗人が入った藩邸へも、入りやすい。私もそう思ってたんだが」

その時、店表から声が聞こえて、また客が来た事が分かる。二人は声を落とし、麻之助はじき、質屋の店表へ目を向けた。

今度の客と店は、先程質屋へ来た者と違って、直ぐに話がまとまらなかったからだ。一見《いちげん》の客なのかも知れないと、その客を吉五郎が見つめる。

値が決まらず、その内、店の手代と客が揉め始め、友は、ちらりと麻之助を見てくる。麻之助は隣で、いつでも駆け出られるよう構えつつ、話す事になった。

「組合にいた、留守居役のお一人は、従者が盗人ではなかろうと考えた。盗みに入られた武家屋敷が、多かった為だそうだ」

同時に、多くの主に仕えている従者は、いない。よって従者が盗人という考えは、外されたのだ。

「なるほど。だがそうなると、盗人は誰なんだ？」

吉五郎が首を傾げる。麻之助がそっと笑った。

「勝った留守居役は、考えたんだ。誰ならば目立たず、幾つもの武家屋敷へ入れたか」

従者という答えは外れだったが、他の留守居役が答えた、振り売りの姿で藩内に入ったという考えも、間違っていた。振り売りでは、屋敷の庭までしか入れない。盗みたい品は、藩邸の中や、蔵内にあるのだ。

「ううむ、難しいな。その藩の武家でもないのに、藩邸の奥まで入る事が出来る者が、いるのか？客か？　麻之助、そういう者が来ていたら、とうに疑われているよな」

悩む吉五郎の目つきが、険しくなってきた。麻之助は早めに語っておこうと、留守居役が出した答えを、友に教える。

「それだが、誰もが知っている者だったんだ。つまり……医者だよ」

「医者？　何で医者が、盗人に化けるんだ？　藩に出入りの医者なら、盗みをせずとも、名も財もあるだろうに」

もし見つかれば、御典医《ごてんい》としての収入や立場が、消えかねないのだ。そう言うと麻之助は、物知りな留守居役から聞いた、御目見得《おめみえ》医師という医者の事を話した。

「腕の良い医者だと、余所から藩へ通う者も、いるんだそうだ」

藩邸出入りとなる医者なら、当然、弟子の一人や二人がいる。そう語ると、吉五郎は、どういう話の流れなのかを摑んだ。

「ああ、医者の弟子が、盗人に化けたのか、それとも医者なら、盗みがしやすいからと、盗人が弟子を仲間に引き入れたのか」

どちらにしても、弟子が盗みを行ったのは、間違いない。留守居役達は、盗みに入られた武家屋敷と、出入りの医者が誰かを確かめ、盗人が誰だったのかを納得した。

そして勝者が決まり、一葉へ簪を贈れなかった安東は、今度は料理屋の代金を、払う側に回ったのだ。

「安東様は、やれやれと嘆いてたよ」

吉五郎は眉尻を下げた後、身を乗り出し、そろそろ店表へ出て行く構えを取っている。客が持ってきた品は、小さなギヤマンの器で、綺麗な品だが、地味な身なりの町人が持つには、かなり不思議な物だった。

「盗まれたものの一つに、確かギヤマンの杯ってのが、あったよね」

吉五郎が横で頷き、麻之助はいよいよ、客を物騒な眼差しで見つめる事になった。

ただ店の奥から出て、賊かも知れない男と対峙《たいじ》する前に、麻之助は吉五郎に一つ、何としても聞いておきたい事があった。

「あのさ、盗まれた吉五郎の品物だけど、蒔絵《まきえ》の手箱だと言ってたよね」

「ああ」

「藤の花の絵だと言ってた」

「うん、その通りだ」

吉五郎が、今にも店表へ飛び出そうになる。麻之助は一瞬だけ、友の肩を押さえた。

「おなごへ贈る品に思えるぞ。吉五郎、誰に渡す気なんだ？」

問うても良いか分からず、今まで聞けなかった。だが、この時を逃すと聞けないかも知れず、勢いに任せて聞いてみた。

答えてくれるとは、余り考えていなかった。

ところが。

「一葉さんへ渡す」

直ぐに返答があった。魂消《たまげ》て寸の間、こちらの動きが止まってしまった。吉五郎の方は黙らず、更に語ってきた。

「玄関へ来る使者から、甘ったるい話をされていると聞き、このままでは駄目だと思った」

縁談相手にはならない陪臣が、挨拶の金子と共に、変わり朝顔の鉢を置いていった事もあった。その時は、一葉を何だと思っているのかと、腹が立ったという。

「だからもう一度、聞いてみようと思う」

「あの、何を」

「私の嫁にならないかと、聞く気だ」

「えっ」

男とおなごの話なのに、友はいつの間に、こうもきっぱり語るようになったのだろうか。そして麻之助の方は、情けなくも、次の言葉が出てきてくれなかった。

吉五郎は一葉と、お互いの気持ちについて、話しているのか。

一葉は、嫁に来る気が、あるのだろうか。

小十郎は吉五郎の考えを、承知なのか。

「えっと」

いきなり祝いの言葉を言うには、心配事が重なっていた。一葉と吉五郎の縁は一回、白紙となっている。あの時の事は乗り越え、昔話にしたのか。

一葉も、同じ思いなのか。

その時だ。店表の客がもういいと言って、品物を引き取り、店から出て行こうとした。

「拙《まず》いっ、行くぞ」

「わあっ、吉五郎、まだ手箱の話が終わってないよう」

麻之助が声を上げた時、吉五郎は客と向き合っていた。すると相手は物も言わずに、どすを懐《ふところ》から出したので、麻之助も迷わず木刀を構えた。

するると、早く事を終わらせたいのに、表からもう一人現れ、どすで手代へ襲いかかる。麻之助は得物《えもの》をたたき落とし、顔を顰めた。

「それであの、一葉さんの事は」

言いかけた時、どすが振り回されたので、木刀で受け、相手の足を払う。二人の相手は結構強く、戦っている時に、話をするどころではない。何だか賊が、一段と恨めしい相手に思えてきた。

「あのぉ、一葉さんは吉五郎の考えを」

聞きかけたが、この言葉を、賊のどすが薙《な》ぎ払う。このままだと吉五郎と話すのは無理だと知り、麻之助は二人目の男と真剣に対峙した。

「もう、手加減は無しだ。吉五郎と早く語りたいんでね」

手加減と言われたのが気に障《さわ》ったのか、相手の構え方に気合いが加わる。

(あ、この賊、きちんと道場で、剣を学んだ事があるな。もしや元、武家か)

まずは大声で指示し、座り込んでいた手代を店表から逃がす。そして麻之助は質屋の店表で、何時《いつ》にない程、腹をくくって戦う事になった。

だいじなこと
久松るす

一

大事な事を、きれいに忘れている。

麻之助《あさのすけ》は、その事だけは覚えていたが、では何を思い出せずにいるのか、さっぱり浮かんで来なかった。どうも先程から、喉が痛い上に、頭がぼんやりとしているのだ。

今日、麻之助と悪友の清十郎《せいじゅうろう》は、八丁堀《はっちょうぼり》の吟味《ぎんみ》方与力《かたよりき》、相馬《そうま》小十郎《こじゅうろう》の屋敷へきていた。何と、長きにわたって話がもつれ、一旦は立ち消えになっていた、相馬吉五郎《きちごろう》と一葉《いちは》の縁談が、急にまとまったからだ。

話はあっという間に進み、婚礼の日取りまで定まっている。麻之助達の幼馴染《おさななじ》み兼悪友はようよう、妻を得る事になった。

ただ今回の婚礼は、吉五郎の里方や相馬家の親戚達、仲人達が席に連なる、武家の縁組みだ。相馬家は今、旗本並みの禄《ろく》を得ているから、友達だからと、麻之助達が気軽に、祝いの席に顔を出す事はない。

よって麻之助と清十郎は、目出度い日が来る前に、祝いを届けた上、屋敷の用をあれこれ手伝う事にした。二人は今日台所へ、祝いの席で使う什器《じゆうき》などを運び入れていたのだ。

「いよいよ婚礼間近だ。先日、道場の師範にその話をしたら、やっと三人目も落ち着くのかと、しみじみと話しておいでだった」

清十郎が、板間で明るく笑っている。

「ただ、落ち着くところに落ち着いた気がするな。吉五郎が妻にと思っていたのは、ずっと、一葉さんだと思ってた」

男と女の話に強い清十郎は、一葉との縁談が改めてまとまった事を、不思議には思わなかったらしい。麻之助も、安心したと思ったものの、何故だかそれを口にする事が出来ず、ただ頷《うなず》いた。

何やら先程から、足下がふわふわとするばかりで、言葉が出てきてくれないのだ。それで質屋をやっている友、丸三《まるさん》が貸してくれた道具類を、黙って棚に置いていた。すると清十郎が横で眉根を寄せ、麻之助を見てきた。

「麻之助、さっきから何だか大人しいな。どうした？　小十郎様はまだ、相馬家へお戻りじゃない。無駄話をしても、叱られはしないぞ」

見目良く、そして厳しい性分の相馬小十郎は、吟味方与力の務めが忙しい。一人娘の婚礼前でも、なかなか時を作れないでいるのだ。今日も帰宅が遅く、気楽な筈《はず》だったが、麻之助は首を捻《ひね》るしかなかった。

「済まん、実は……喉が少し痛い。頭もぼうっとしてな。言葉が出てくれないんだ」

「おや」

清十郎はさっと傍《かたわ》らに寄ると、麻之助の額に手を当てる。途端、怖い顔になった。

「おい、拙《まず》いぞ。かなり熱が出てる」

「えっ……どうしたんだろう。そういやぁ今、風邪が流行ってるな。私も拾ったかな」

首を傾《かし》げた途端、体が大きく傾き尻餅をついて、麻之助は焦《あせ》った。清十郎が声を上げたので、大丈夫だと言おうとしたが、やはり言葉が出てくれない。

(私は、どうしちまったんだろう。ああ、相馬家に来てるっていうのに、これじゃ役立たずだ)

迷惑を掛けるのは拙いと思ったが、何故だか足に力が入らない。立ち上がる事が出来ないでいると、屋敷の表の方から、相馬家の小者《こもの》が走ってきた。

清十郎が麻之助の病を告げ、駕籠《かご》を頼むと話している。小者が表へ飛び出していき、麻之助は頭を下げるしかなかった。

そして奇妙な事に、駕籠を待っている時、帰るなら、考えておくべき事があった筈と、また妙な思いに駆られた。ただ頭がぼうっとして、それが何だか思い出せないのだ。

(私は、何かを忘れてるみたいだ。はて、なんだったっけ?)

駕籠が来て、清十郎に支えられつつ奥の木戸から出ると、今朝方と変わらない、明るい空の青が見えている。

駕籠の中でも頑張って考えてみたが、ふらつくばかりで、何も思いつかなかった。


「麻之助、丈夫が取り柄のお前が、どうしたんだい」

麻之助がよろけつつ駕籠から降り、高橋《たかはし》家へ戻ると、父親の宗右衛門《そうえもん》が目を丸くしていた。ただ、付き添ってくれた清十郎が、道で出会った、若い医者を伴ってくれたので、直《す》ぐに診て貰《もら》う事が出来た。やはりというか、麻之助は悪い風邪を拾ったのだろうと告げられた。

「ここの所、高い熱が続く風邪が、江戸で流行ってるんですよ。ああ、ご存じでしたか」

若い医者によると、今回の風邪は剣呑《けんのん》で、命を落とした者がいるらしい。熱が引くまで、おそらく何日も必要だという。

「じれて起きだし無理をすると、また寝込みます。渡した薬を飲み終わる頃まで、大人しく寝ていて下さいね」

「げほげほ……はい」

「麻之助さんには、お子さんがおいでですか? ああ、では暫《しばら》く離れていて下さい」

風邪がうつった長屋住いの子供を知っているが、親より高熱を出しており、危ないと医者が言う。

「けほっ」

寝てばかりいては寂しいから、麻之助は宗吾《そうご》と遊びたかったが、無理だと分かった。幼い宗吾はいつも母親と一緒だから、お和歌《わか》と過ごす時も限られそうで、麻之助は益々《ますます》がっくりときた。おまけに、だ。

「がっくりで思い出した。そうだ……良白《りようはく》先生、私は何かを、思い出せずにいるんです」

そして麻之助は先程まで、その事実を忘れていたのだ。

「これも病のせいなんですかね」

「熱が下がったら、頭もはっきりしますよ。無理しないでください」

柔らかいものを食べ、寝ていろと言われて、麻之助は妻へ愚痴を向けた。初めて診てもらっている医者へ、我が儘《わまま》など言えなかったからだ。

「この後の食事は、梅干しを載せたおかゆとか、卵を入れたおかゆなんかが続くんだよね」

地味に辛《つら》かった。

「けほっ、お和歌。おかゆより、いつものご飯の方が、きっと沢山食べられるよ。ごふっ、もしかしたら、熱が下がるかも知れない」

横で聞いていた良白が、顰《しか》め面《つら》になった。

「麻之助さん、忘れてる事があるんでしょ？　ちゃんと養生しないと、思い出せなくなりますよ」

するとお和歌が、息子の宗吾へ向けるような眼差しで、麻之助を見てくる。

「麻之助さん、大丈夫ですよ。おかゆ、美味しく作りますから」

父親の金吾《きんご》もそうだが、男は怪我や病に弱いと言ってお和歌が笑う。良白も頷いた。

「確かに病になると、大騒ぎをする男の人は多いですね」

「お前さんには、そういう所は無いのかと思ってました。新しい麻之助さんを、また一つ、見つけたみたいです」

妻はにこにこしている。

麻之助とお和歌は、縁談が突然持ち上がり、早々に一緒になっている。だから何か起きると、今でもこうして、お互いの事で驚く事があった。

「お和歌、私は昔っから、病で長く伏せるのは、退屈で嫌いなんだ。喉、痛いし」

「あらあら」

「ごふっ、早く元に戻りたいよ。忘れている事も、気になって仕方がない」

「なら、いつものお仕事がどうなっているか、お食事の時にお伝えしますね」

麻之助が引き受けている仕事は、宗右衛門がこなすか、麻之助が務めに戻るまで、待ってもらう事になる筈だった。忙しいですねと、良白が布団の横から優しく言ってくる。

その時、だ。玄関の方から麻之助の寝間へ、思いがけない声が聞こえてきた。

「けほっ、あれはいつもの、竹庵《ちくあん》先生の声だね。今日は良白先生に診てもらったのに、誰が竹庵先生も呼んだのかしら」

「おや高橋家には、馴染みのお医者がおられましたか」

何故だか良白の顔が、強《こわ》ばったように思えた。

二

江戸の古町名主《ふるまちなぬし》高橋家の支配町は、十二町ある。ただその内の四町を高橋家が預かってから、まだ長くは経っていなかった。

それでか、祭りなど町で出し物を見せる時には、新しい四町と前からある八町との間で、考えが食い違ったりする。要するに新旧の支配町の間で、日頃から多々揉めごとが起きているのだ。

数日前にも十二町の皆は、次の祭りの為に、何色の生地を使うかという事で揉め、町名主高橋家の玄関で言い合いをした。四町と八町の者達は、揉めるのを楽しむようになっていると、話を聞いている麻之助が困っていた。

そして、今日も高橋家へ行こうとしていた十二町の松蔵《まつぞう》達は、自身番《じしんばん》近くで、相馬家の小者から声を掛けられた。小者は時々、吉五郎の供として高橋家へ伴なわれており、玄関によくいる支配町の面々と、顔馴染みになっていたのだ。

「おや松蔵さんじゃないか。今日もこれから、高橋家へ行くのかい？」

松蔵が頷くと、小者は眉尻を下げる。

「そうか、でも今日は止した方がいいよ。麻之助さん、相馬家で婚礼前の手伝いをしてたとき、具合を悪くしたんだ」

風邪だろうか、熱を出して立てなくなり、駕籠で屋敷へ帰ったのだ。

「へっ？　麻之助さんが病に罹《かか》ったって？」

「かなり辛そうだったよ。医者を呼んだりして、町名主の宗右衛門さんは忙しかろう」

八木《やぎ》町名主が付き添って、相馬家から出たが、慌てていたせいか忘れ物をした。それゆえ相馬家の小者が今、高橋家へ、その箱を届けに行く所だという。

十二町の男達は、道ばたで顔を見合わせる事になった。

「あの丈夫な麻之助さんが、立てなくなったとは驚いた。こりゃ暫《しばら》くの間、宗右衛門さんが、仕事を全部引き受ける事になりそうだな」

町名主の仕事は多岐《たき》にわたるが、高橋家では跡取り息子が、その役目をかなり引き継いでいた。つまり息子を頼れなくなった宗右衛門は、溜息を漏らしているに違いない。

「今日、玄関で俺達が喧嘩したら、病の息子が眠れなくなるって、町名主が怒りそうだ。うん、きっと怒る」

四町の方に住む松蔵が言うと、八町に店を持つ武次《たけじ》が頷き、その後首を傾げた。

「麻之助さんは子供の頃から、滅多に寝込んだりしなかったのに。急に高い熱を出すなんて、どうしちまったんだろう」

自身番の前の皆が顔を顰める。

「あのさ、まさか俺達のせいじゃないよな。ここのところ、麻之助さんが音《ね》を上げる程、玄関に居座ってたから」

時間を取られた麻之助は、他の仕事が後回しになって、大変だったに違いない。残った仕事の始末に追われ、疲れて、風邪にとっ捕まったのだろうか。

「ま、まさか。麻之助さんは要領の良い人だ。そんな間抜けはしないさ」

松蔵達が狼狽《うろた》えた途端、傍らで話を聞いていた小者が、にやりと笑った。

「ありゃお前さん達、町名主の玄関で馬鹿をしてたのか。麻之助さんが元気になったら、謝っときな」

小者は笑うと、では高橋家へ向かうからと、道へ歩み出そうとした。するとその襟首《えりくび》を、六人の内の一人、梅助《うめすけ》が急いで捕まえる。

「なあ、その届け物、俺達が高橋家へ持って行ってやろうか。うん、それがいいや」

「あん？」

「麻之助さんが手伝いに行くほど、相馬家は今、忙しいんだろ？　お前さんは早く帰って、お屋敷の用をこなすべきだな」

そして梅助達は、代わりに高橋家へ荷を届け、ついでに麻之助へ見舞いを言うつもりだと告げた。その時、宗右衛門が厳しい顔を向けてこなければ、麻之助が寝込んだ事と、十二町の者は関係ないという話になる。

「俺達はそう、麻之助さんを案じてるんだ。だから是非、麻之助さんの箱を届けたいんだよ」

「やれやれ、今頃、馬鹿な揉めごとは止めときゃ良かったと、思ってるわけか」

小者は、ならば頼もうかと承知した。そして松蔵達へ箱を差し出した時、ついでという様子で一言付け加えた。

「実は箱の中に、小十郎様からの見舞いの品が入っている。宗右衛門さんに、それを伝えておいてくれ」

大層良く効く熱冷ましが、入れてあるというのだ。

「何でも、小十郎様が出世なすって吟味方与力になった時、挨拶の品として、お大名が下さった薬なんだそうだ」

その薬は実際、驚くほど良く効くという。分けてくださったのは、相馬家で具合を悪くした麻之助への、特別な心遣いなのだ。

「麻之助さんはその薬を飲めば、直ぐに治るさ」

「そうか、そりゃありがたい事だ。届けたら俺達まで、感謝されそうだな」

小者は相馬家へ戻り、松蔵達はいそいそと、高橋家へ向かおうとした。するとその時自身番から、大家の徳兵衛《とくべえ》が顔を出してきて、自分も同道すると言ってきた。

「お前さん達の話は、聞こえてた。今日は私も高橋家へ行くから」

麻之助と同じ風邪を引いたのか、大家が面倒を見ている長屋で、親子揃って寝込んでしまった家があるのだ。

「父親は振り売りだが、仕事に行けないから、家賃どころか、毎日の飯代すら稼げやしない。長屋の者達が食い物を差し入れるにしても、限りがあるからね」

振り売りの親子をどう支えたらいいか、町名主の宗右衛門と、話しておかねばならなかった。まさか長屋から、飢え死にを出す訳にはいかないのだ。

「ありゃ、風邪が流行ると、そういう話も出てくるんですね」

梅助が戸惑うと、徳兵衛が頷く。

「まぁ、高橋家には町名主さんと、大人の跡取り息子がいるから、ありがたいよ。どっちかが寝付いても、話が出来る」

先日大怪我をした西森《にしもり》金吾のように、息子がまだ年若いと、周りの者達が慌てる事になる。高橋家が四町を引き継いだ時は、元の町名主と跡取り息子が同時に亡くなったので、後の事が本当に大変であった。

「だから十二町の皆も、余り玄関で勝手を言って、町名主さんを困らせるんじゃないよ。麻之助さんはまだ若いから、意地の張り合いにも付き合ってくれるけど、病に取っ付かれる事もあるんだから」

さっそく釘を刺され、六人は、情けない顔になって身を小さくする。ただ大家と共に、高橋家の玄関へ顔を出すと、今度はその大家が困った顔になった。

高橋家へいつも往診に来ているのは、近所の松蔵達も良く知っている、医者の竹庵だ。だが高橋家の手代《てだい》によると、今日は、まだ若い医者が先に麻之助を診たものだから、後から来た竹庵と角突《つのつ》き合わせているらしい。

松蔵達は麻之助の忘れ物を抱えたまま、不機嫌な声が聞こえてくる屋敷の奥へ、首を伸ばす事になった。

「竹庵先生、どうしたんだろ。口喧嘩をしてるみたいだぞ。低い声が聞こえてくる」

優しい人柄の筈だが、風邪の患者が増えたので、あちこちから呼ばれて疲れているのかと、松蔵達は小声で語った。

竹庵には娘しかおらず、まだ助けてくれる婿も弟子もいないのだ。

「あのね、高橋家の皆さんはこの竹庵が、ずっと診てきてるんだよ。なのにあんた、どうして当たり前の顔をして、麻之助さんへ薬を出してるんだい」

「あんたと、呼ばないでください。私は医者で、良白と言います。神田《かんだ》で医師をやっている清白《せいはく》の、次男です」

良白は溜息の後、事情を語っていく。

「薬種《やくしゅ》を買った帰りに、道で八木家の町名主さんから、声を掛けられたんですよ。総髪《そうはつ》に羽織姿ですから、医者だと分かったんでしょう」

駕籠に乗っている友が熱を出したのだが、かなり具合が悪そうだ。一緒に屋敷へ来て、直ぐに診て貰えるとありがたいと言われ、良白は高橋家へ同道したと告げた。

「今、高い熱が続く風邪が江戸で流行っていて、親の清白が何人も診ています。麻之助さんは、同じ風邪を拾ったように思えたので、薬を出したまでです」

いつも医者の親がこしらえている、間違いの無い薬なのだ。

「まさか患者を診た事に、文句を言われるとは思いませんでしたよ。不満があるなら、私をこちらへ連れてきた、顔の良い町名主さんに、文句を言ってください」

良白がそう突っぱねると、竹庵が一寸《ちょつと》黙り込む。だが、直ぐにまた言い合いになるので、玄関で大家といた松蔵達が、首を振った。

「先生達の話、いつ終わるんだろ。このままじゃ、町名主さんと会えるのか分からないや。参ったな」

松蔵達が溜息を漏らすと、麻之助の忘れ物なら、家の者に託せば良かろうと、大家が言ってきた。

「玄関で支配町の者の話を聞くのも、町名主の務めだ。仕方なかろう」

「もしそれでいいなら、俺達も助かります。これからは十二町でちゃんと、仲良く、祭りの支度をしますよ」

松蔵達は早々に、玄関近くへ来たお和歌へ、箱を託す事が出来た。ほっとして帰りかけたが、その時梅助が、薬の事を伝え損ねたと言い出した。

「しまった。小者さんから頼まれてたのに」

帰るに帰れなくなっていると、その内大家が、奥の間へ向かった。

すると大家が奥へ消えて直ぐに、宗右衛門が謝っている声が聞こえてきた。

「ああ、大家さんは長屋の事で、相談にみえてたんですね。待たせて済みません」

なるだけ急いで玄関へ行くと言うと、大家は待っていると言い、承知した。そして戻る前にちゃんと、松蔵達が頼まれていた伝言を伝えてくれたのだ。

「そうだ、先程お渡しした、麻之助さんが忘れた箱ですが。中には、さるお大名が相馬家へくださった、特別な熱冷ましが入ってるんだとか。吟味方与力の相馬様が麻之助さんに、分けて下さったんだそうですよ」

「箱ですか?　さて知らないが。ああ、お和歌に渡したんですね。忘れ物を届けてくださって、ありがとうございます」

「へっ?　このお屋敷には、お大名家の妙薬があるんですか?」

宗右衛門の声に、医者二人の声が重なって聞こえてくる。気がつくと、二人の医者の言い合いは、ぴたりと静まっていた。

三

客人が重なっていたので、お和歌は玄関のお客や、医者二人へ茶を運んだ。そのあと、頼まれものの箱を奥の部屋へ持って行き、次に麻之助の所へ飴湯《あめゆ》を運んだ。

そして亭主に、竹庵がやってきて、良白と揉めている事と、玄関には松蔵達と大家もいた事を知らせたのだ。

「げほっ、松蔵さん達、また来たのか。元気だねえ。えっ?　でも、もう帰るって?」

直ぐ帰るのなら、何故、町名主屋敷へ来たのだろうと、麻之助が首を傾げている。お和歌は笑った。

「しびれを切らして、後日にしたのかも知れませんね。今日お義父《と》様《う》は忙しくて、なかなか玄関へ行けないでいるので」

麻之助は寝込むし、医者が二人来て、角突き合わせていたのだ。宗右衛門には、余裕がなかった。

「ただ、お医者様がお二人おいでだと、揉めるとは思いませんでした」

「医者も商売だから、競争相手は気になるのかな」

麻之助は眉尻を下げている。

「でもお前さん、今日はお医者様が屋敷にいらしたので、助かったんです。先程お義母様《かあ》が、足を捻ってしまって」

「えっ、おっかさんが？　そりゃ大変だ。高橋家にとっちゃ、私が寝込むより大事だよ」

「それと、先刻松蔵さんから、忘れ物だという箱を預かりました。一旦、奥の間へ置いてあります」

「げほっ、そうだった。頭が熱でぼうっとして、箱を、相馬家から持ち帰るのを忘れてた」

お和歌は、宗吾がいつの間にかそれを見つけ、箱で遊んでいたと続けた。おさんが慌てて宗吾を止めにいった時、足をくじいてしまったらしい。

「でもお義母様は、大した事ないとおっしゃっていたんです。急いで、お医者様に診てもらうよう言ったのは、お義父様でした」

医者達は、おさんは少し足を捻ったようだが、大事ないと告げた。麻之助はほっとした顔になったが、布団の中で首を傾げる。

「私が箱を忘れたんで、災難が起きちまったな。でも私の箱を、何で松蔵さんが持ってたんだろ」

おまけに箱と聞いて、何か忘れている事がある筈だと、麻之助はまたつぶやいている。だが熱は相変わらず高く、首を振った。

「大家さんは玄関でお待ちの筈ですから、事情をお聞きしておきますね」

お和歌は、屋敷の奥へ向かった。


「お義母様、具合はいかがですか」

お和歌が奥の間を覗くと、宗右衛門やおさんと共に、二人の医者もまだいた。

おさんはお和歌へ笑みを向け、まずはほっとしたと言ってきた。麻之助の熱は高いが、あの様子なら、何日か休んでいれば治ると、医者から聞いたらしい。

「今回流行っている風邪、きついみたいなのよ。同業の人が、一家で風邪に取っ付かれて、重くなってるって、勝手口へ来た青物売りが話してたわ。宗吾が罹らないか心配だわね」

しかし高橋家の赤ん坊は、麻之助の箱を玩具にして、元気に遊んでいた。

「あら麻之助が、わたしの怪我の方を心配してるの？　大した事はないわ。宗右衛門さんが、騒ぎすぎたんですよ」

おさんは、自分までお医者様に診てもらうとは思わなかったと、苦笑している。

しかしお和歌は、奥の事は自分がするから、しばらく休んでいてくれと、おさんへ話してみた。直ぐに頷いたのは宗右衛門で、よろしく頼むと言ってくる。

「おさんの足だが、竹庵先生の見立ても、良白先生の見立ても同じだ。少し腫《は》れているが、骨は折れていないとか。良かったよ」

「まあ、ほっとしました」

ただ足が悪いと、奥の家事や、動き回る宗吾の子守は辛い。その上、麻之助は風邪を引いているから、今は子守をさせる事も無理であった。

「だから、手伝いに来てくれる女の人を、もう一人探すよ。大人が二人、急に働けなくなると、どうしても手が足りなくなるからね」

「あの、小女《こおんな》も通いで来てくれてますし、何とかなりますが」

お和歌が小さく首を傾げたが、宗右衛門は機嫌良く話を続けていく。

「今、二人の先生からお話を聞いたんだが、くじいた足を治すには、やはり動かずにいるのが良いそうだ。後は、西森家の金吾さんのように、湯治《とうじ》へ行って治すとかだろうね」

竹庵と良白が、さっと顔を見合わせた。

「宗右衛門さん、あの、おさんさんの足は、酷《ひど》い事にはなってません。大丈夫ですよ」

「この良白も今回は、湯治が必要だとは思いませんが」

医者二人が考えを揃えたが、何故だか宗右衛門の考えは、湯治から離れなかった。

「そりゃ今は、丁度麻之助が寝付いてるし、おさんは、湯治へ行く気にはならないかも知れん。だけどさ、麻之助は丈夫だ。少ししたら床を払うだろう」

そうなったら、箱根《はこね》への湯治を考えても良いなと、宗右衛門は言い出した。今度はおさんが、二人の医者と目を見合わせる。

「お前さん、麻之助が治る頃には、湯治に行く必要は無くなりますよ」

しかしおさんが止めても、宗右衛門は、箱根の話を止めないでいた。

「そうだ、麻之助さえ治ってくれたら、おさんと一緒に、私も箱根へ行こうか。そうすれば金吾さんとも、箱根で会えるだろう」

「まあ、お前さんたら」

お和歌が、目を見開いた。何と宗右衛門は、おさんの怪我をきっかけとして、湯治に行きたくなっていたのだ。

麻之助が、暫く養生が必要な今、町名主の仕事を全て引き受けた宗右衛門は、気持ちが早々に草臥《くたび》れたのだろう。

お和歌の父、金吾が行っている箱根の湯治が、羨《うらや》ましくてならないのだ。おさんが足をくじいた今こそ、湯治に行ける好機だと考えたに違いない。

(あらら大変です。この話どうなるのかしら)

医者二人は黙り込み、おさんは苦笑を浮かべている。お和歌は嫁ゆえ、舅《しゅうと》に意見する事など出来はしなかった。

(麻之助さんがここにいたら、話をどう持って行くんでしょうか)

麻之助だと、真っ当で立派な考えを、親へ押し付けたりはしないと思う。だからと言って、宗右衛門を止めないでいたら、困るのは麻之助だ。頭を抱えるのは嫌だろう。

では夫は、どう出るのか。

（あら、うちの人がどうするのか、思いつかないわ。あたし、麻之助さんの事を、今もまだ、良く摑《つか》めてないのかしら）

お和歌が寸の間、戸惑っていると、おさんが宗右衛門を見ながら、明るく話し始めた。お和歌はその様子を見て、ふと、麻之助を思い起こした。

何となく麻之助の中身は、生真面目な父親より、おさんの方に似ているようだと、改めて感じたのだ。おさんが、笑うように語ってゆく。

「宗右衛門さん、お前さんが箱根へ行ったら、大事が起きてしまいますよ」

「大事？　そりゃ何かな」

おさんの言葉に、義父は戸惑っている。

「お前さんが箱根へ行くと決めたら、麻之助も付いて来ちまうと思うんです」

何しろ麻之助は、風邪を引いている。おまけに湯治とかが大好きに違いないからと、おさんは言い出した。

「えっ？　麻之助も旅に同道するって？」

息子の無謀は考えていなかったようで、宗右衛門が目を丸くする。

「あのさ、そんな事をしたら、高橋家で仕事をする者が、居なくなるよ。十二町を預かってる高橋家の町名主が、江戸から消えちまうじゃないか」

「そうですねえ。支配町の人達は、きっと困りますよね」

しかしだ。おさんはここで悪戯《いたずら》っぽく笑った。

麻之助は未だ、跡取り息子なのだ。そして江戸では当主と、跡取りや隠居の立場は、はっきりと違った。当主こそ家で一番偉く、また、責任が重い立場なのだ。

「湯治へ行きたいと無茶を言い出したのは、麻之助じゃなくて、お前さんですし。支配町で困りごとが起きて、他の町名主さん達や、町年寄《まちどしより》様から叱られるのは、町名主である、お前さんだと思いますよ」

「へっ？　いやそれは……その通りだよ。でも、おさん、それはあんまりだろう」

「あら、忘れてたわ。町の大家さんや、大店《おおだな》の店主さん達も、きっと怒るわねえ」

町名主が受け取る金は、町人達が払う町入用から出ているのだ。働かない町名主には、きつい小言が待っているに違いない。

「という事はつまり……私とおさんは、湯治に行けないという話なのかな」

「お前さん、私達にはもう孫がいるんです。麻之助はそう遠くない頃、町名主になって、お前さんは隠居しますって。そうなったら、私達は懐具合が許す場所へ、湯治に行かせてもらいましょう」

町名主になれば麻之助とて、湯治へ付いてくる事は出来ない。夫婦でゆっくり旅が出来ると、おさんは言ったのだ。

目を見張るお和歌の向かい側で、宗右衛門は溜息をついている。

おさんは次に、優しい声を出した。

「今わたしは足を痛めてます。湯治に出るのは無理ですよ。江戸にいましょう」

「そうだねえ。それに大家さんや、町年寄様から叱られるのは、勘弁だ」

おさんの勝利が分かったのか、二人の医者は、町名主夫婦から目を逸らし、ほっとした様子で笑っている。宗右衛門はじき、矛先《ほこさき》を麻之助へ向けた。

「麻之助は早めに、跡を取ってくれないかねえ。うん、私はいつでも隠居する覚悟だよ」

おさんの声が、明るくなっていく。

「わたし達の息子は今、寝付いてますよ。高い熱を出してるあの子に、仕事を継がせる話をするのは、無茶ですよ」

「だって、さ。でも、だよ……麻之助ときたら、突然寝込むんだもの」

息子よ、早く治ってくれと、宗右衛門は勝手を言っている。ただ、もう湯治に行きたいとは、言わなかった。

（あら、お義父様のお話、決着が着いたんですね）

気がつけば宗右衛門は、おさんと話している間に、麻之助がやるような無茶から、静かに離れていたのだ。

（お義母様ったら、お義父様を上手に動かしたんだ。お義母様は日頃、お義父様を、手のひらで転がしているんだわ）

お和歌は、一つ学んだ心地になった。

支配町で高橋家の者が噂になるとしたら、一番は、よく無茶をするので、皆が気にしている麻之助だ。二番はおそらく赤子の宗吾だ。

ただ支配町の皆は、麻之助が寝込むのを気にするよりも、おさんが病になる事を案じるだろうと、お和歌は思った。麻之助が無謀をしたり、宗右衛門が狼狽《うろた》えるのを止める役目を、おさんがになっているからだ。

(あら、という事は、ですよ)

先々、麻之助の無謀を止めるその役目は、お和歌が受け継ぐ事になるのだろうか。義父母が旅に出たら、お和歌は、時に突っ走る亭主を、上手く止めねばならないらしい。ちょいと心配ではあったが、面白そうだとも思えた。

(このお話を聞いたら、うちの人は何と言うかしら。言っても平気よね?)

麻之助は咳《せ》き込みながら、楽しげに笑い出すに違いないと思う。お和歌が微笑んでいると、足に薬を貼りたいとおさんが言ってきたので、義母に手を貸す為に立ち上がった。

「それじゃお前さん、お医者さんへの払いは、お前さんがしておいてくださいね。宗吾は子守に頼んでいますが、お和歌さんは忙しくなります。だからお前さんも、宗吾を時々、見ていてくださいね」

この後は、やらねばならない用のみ行うと、おさんが言い、宗右衛門が頷いている。

おさんの部屋から離れると、お和歌はほっと息をついたが、その後、ふと眉を顰《ひそ》めた。

(今日、お義母様がやらねばならない用って、何なのかしら)

疑問が浮かんだが、お和歌は宗吾や麻之助の用で呼ばれると、いつの間にかその疑問を忘れていた。

四

医者の良白は江戸の生まれだが、縁があって大坂の医者の元で学び、帰ってきた所であった。来年の正月には二十歳を迎える。

若い割には腕が立つと、己《おのれ》では思っている。同じく医者をしている、父と兄の仕事を手伝い、日々経験を積んでもいる。しかし良白はまだ、己の患者を抱えていなかった。

（うちには、跡を取る予定の兄さんもいるしなぁ。三番手の私は、薬をこしらえてばかり。患者を診る事には、ならないんだよね）

次男坊の医者に、良くある悩みだと分かっていても、事は深刻だ。大坂まで行って医術を学んだと言うのに、今の良白には、先々医者で食べていけるか確信がなかった。

だから薬種を買った帰り道、町中の道で声を掛けられた時は、己でも驚くほど嬉しかった。患者は、町名主の跡取り息子だったのだ。

（この診察を機に、私も患家《かんか》を持てるかも知れないぞ）

そう思ったから、麻之助の事は気を引き締めて診た。見立ては今流行の風邪だったから、何度も作っている薬が効く。今回は出来るだけ濃くしておいたので、麻之助は早々に治る筈であった。

良白は腕の良い医者だと、噂が流れるかも知れない。気持ちが弾んでいた。

ただ嬉しい話ばかりが、続く事はなかった。高橋家の奥の間へ、突然、見知らぬ医者が現れてきたのだ。

(ありゃあ、町名主の高橋家には、馴染みの医者がちゃんといたのか。そりゃそうか。竹庵先生と言うんだね。四十を幾つか過ぎてるかな)

そうと分かった時、高橋家から帰っても良かったのだ。だが、竹庵が険《けん》のある目を向けてきたものだから、良白はつい、居座ってしまった。ちゃんと医者として暮らしている様子なのに、竹庵が、新米の良白を邪魔者扱いしてきたと感じ、癇《かん》に障《さわ》ったのだ。

そうしている間に、町名主の妻が足をくじき、二人の医者で診る事になった。大した怪我ではなかったが、良白もおさんの足を診た。

ただ今も高橋家にいるのは、竹庵と張り合う為ではなく、漏れ聞いた話が、良白の頭に居座っていたからだ。

(何と、患者の麻之助さんは、思わぬ立場のお人みたいだ。吟味方与力の昇進祝いに贈られた、お大名の薬を貰ったとか)

そんな凄い薬包が、この高橋家にあるとは、思ってもみなかった。その薬を見て、匂いなど嗅いでみたくてたまらない。良白が大坂で弟子入りした医者は、結構高名な人だったが、それでも患者に大名はいなかった。

(贈り物にした薬だ。それはそれは、素晴らしい効き目の一服に違いない)

薬に、効能を書いた紙が添えられていたら、嬉しいと思う。いや匂いから、どんな薬草が主に使われているか、分かるかも知れない。

胸が躍った。

（熱冷ましの薬だよな。元になった薬種が分かったら、似た薬を作れるかも知れないぞ）

薬が入っているという箱は、長火鉢の傍らに置かれていた。そして竹庵も良白と同じように、時々その箱を見つめている。

（竹庵さんも医者だもの。大名家から贈られた一服が、気になってる筈だ）

ただ麻之助が伏せっているというのに、宗右衛門は、妻おさんの怪我ばかり気にして、なかなか妙薬を取り出さない。そこで良白は思い切って、宗右衛門へ話を向けてみた。

「あの、そろそろ自分は帰ろうと思います」

おさんには、竹庵が貼り薬を出している。他に治療は必要ないからと言うと、宗右衛門が頷いた。

「では少しお待ちください。今、麻之助を診てくださった、謝礼を用意しますので」

宗右衛門が財布を取り出し、金子を包もうとしたので、良白は急ぎ言葉を続けた。

「あの、先程麻之助さんが、素晴らしい薬を頂いたと聞きました」

もちろん早々に飲むだろう。ただ。

「その薬と、先に私が出した薬が、続けて飲んでも構わないものか、確かめておきたいのですが」

宗右衛門はあっさり頷いてくれた。

「おお、それはそうですね。先生、薬を確かめてください」

息子が早く良くなってくれれば、自分も助かると言って、宗右衛門は箱を引き寄せ笑っている。

竹庵と良白が見つめる中、赤子が遊んでいた小ぶりな箱が開けられ、中の物が目に入った。

「おや、麻之助ときたら、相馬家へ色々持って行ってたみたいだ」

箱の中には、何枚かの書き付けや矢立《やたて》、紙、巾着《きんちゃく》、手ぬぐい、そして何故だか読本《よみほん》まで入っていた。

「何でこんな物を、持って行ったのやら」

宗右衛門は眉を引き上げたあと、品物を確かめていく。多いとはいえ、箱の内にあるものは限られている。畳の上へ綺麗に品物を並べた後、宗右衛門は首を傾げた。

「おや、薬など入ってないみたいだ。どうした事かね」

「えっ、ないのですか」

良白は、目を見開いた。

ただ良白が確認しても、箱の荷に薬はなかった。そもそも、大名家から頂いた薬を他へ贈るなら、袱紗《ふくさ》か風呂敷にでも包み、相手へ渡すだろう。だから見落とす筈もないのだ。

「驚いた、薬はどこで消えたのか」

吟味方与力が間違え、箱に入れなかったのなら、仕方がない。だが諸事、きちんとしている小十郎が、贈り物の薬を入れ忘れたとは思えないと、宗右衛門は唸《うな》った。

「うーむ、薬を下さったという話自体が、間違っていたのかね」

良白も、横にいた竹庵も、答える事は出来なかった。

五

良白と竹庵は、消えた薬の不思議について話しつつ、高橋家から帰って行った。

その後、宗右衛門がようよう玄関へ行くと、大家が両の眉尻を下げて、宗右衛門を待っていた。

「徳兵衛さん、遅くなって済まなかった。用は手代から聞いたよ」

長屋の親子が、寝込んでいるという話であった。一家全員が病になった時は、周りが助けないと、どうにもならない。

「流行の風邪に、とっ捕まっちまったのか。大家さんはもう、家主《やぬし》さんと話をしたかな？」

今回のような時には、家主、すなわち長屋の持ち主との話し合いが必要だった。店賃《たなちん》をまけたり、待ってあげる必要があるからだ。大家は家主から、長屋の諸事を頼まれている立場であった。

そして今回は、店子《たなこ》が長く寝込みそうで、店賃を減らすだけでは済みそうもない。それで、大家は町名主の玄関へ、色々相談しにきたのだ。

ところが大家は、店子の心配よりも先に、薬の事を口にしてきた。

「あの、実は、麻之助さんへの薬が入った箱は、先ほどあたしの目の前で、お和歌さんへ渡されたんです。宗右衛門さんはお忙しそうで、まだ玄関へは来られないと思ったんで」

箱の内に、相馬家からの薬が入っていた。ところが大家は、思わぬ話を聞いた。

「お医者方が話してました。薬、無くなってたんですって？」

大名から頂いた薬は、箱に入っていなかったのだ。

「ああ、どうしましょう。あたしは盗ってませんよ」

大家が狼狽えているものだから、宗右衛門は急ぎ宥《なだ》めた。

「大家さん、そんなに心配しなくても、大丈夫ですよ。うちの息子は丈夫だし、何日か寝ていれば、ちゃんと治るそうですから」

医者の良白から薬も出ている。つまりだ。

「託された薬が行方知れずになっても、吟味方与力へ伝える必要などありませんから」

もちろん高橋家は後日、薬の礼はする。だが薬の紛失など、余分な事まで言わないのが、大人というものであった。

宗右衛門がそう伝えると、大家は目に見えて、ほっとした様子になった。

「それは……そうですよね。ああ、焦ってしまいました」

大家が落ち着いたので、長屋の親子の件をどうするか、宗右衛門達はやっと話を始めた。幸いにというか、家主は、他にも長屋を持っていて羽振りがいい。

「暫く稼ぎに行けない店子の為に、店賃をかなりまけてもらおう。今回はそれしかないな。今まで真面目に、家賃を払ってきてるんだ。私からも家主へ頼んでみるよ」

大家は深く頷いた。それで、家賃の方は何とかなりそうだったが、それ以外にも悩みごとはある。寝付いている親子の飯代を、何とかひねり出さねばならないのだ。

「子供は二人か。上の子は今、十二歳なんだね」

病が癒《い》えてからの話になるが、そろそろ奉公先を探したい歳だと言ってから、宗右衛門は案を出した。

「高橋家と大家さんで、銭を幾らかと、米を出しましょう。そして同じ長屋の皆に、一緒に飯を炊いて貰って、銭で漬物を買おう。近所が、おかずを少し分けてくれるだろう」

振り売りが売っているのは、青物だと大家が言うと、いつも仕入れている店から、残り物の野菜などを貰えそうだと、宗右衛門は算段する。大家が頼みに行く事になった。

「まあ一軒だけだ、これで何とかなるだろう。店子さん、早く治ってくれればいいが」

「ほっとしました」

大家は、店子への米をもらう為、台所へ向かった。すると入れ替わりに、いったん玄関から帰った筈の、支配町の面々六人が顔を見せてくる。宗右衛門が驚いていた。

「おや、帰ったんじゃなかったのかい。どうしたんだ、麻之助なら大丈夫だよ」

「町名主さん、竹庵先生達が、薬が消えたと話してたんだって。噂が回ってます」

松蔵達は顔つきを、険しくしていた。

噂によると竹庵は帰宅せず、道ばたの茶屋で良白と、消えた薬包について語っていたらしい。そこへ竹庵の娘御が、患者が集まっているのに何故戻らないのかと、父親を呼びに来たという。それで良白が娘御に急ぎ、麻之助が貰った妙薬が、失せた件を告げ、その騒ぎ故に、帰宅が遅くなったと、言い訳をした。

するとお真知《まち》という娘は、松蔵達、町の者らが見つめる中、医者二人を叱りつけたらしい。まだ若いお真知が、大の男二人を叱ったので、町の者達の目が集まった。父親は、医者なら無くなった薬を気にするより、患者を診るのが先だと言われたのだ。

竹庵らは謝って、急ぎ茶屋から出たらしい。

「竹庵先生の娘さんは、確か十五だったよね。はっきりとものを言う娘御らしい」

「町名主さん、良白先生が失せたと言った薬ですが、俺達が運んだ妙薬ですよね？　お、俺達、薬を盗っちゃいませんぜ」

忘れ物の箱を開けてすらいないと、松蔵や武次が言い立てる。要するに六人は、薬盗人にされるかと不安になって、町名主の玄関へ戻ってきたのだ。

「俺達に箱を託した小者さんも、違うと思いますよ。薬が欲しいなら、箱に入ってるなんて、人に言わないで盗ったろうし」

宗右衛門は、やんわりと首を振った。

「箱に入ってたのは、お大名が相馬家へ、祝いとして下さった薬だ。うん、私や麻之助は小十郎様を存じ上げてるし、そういう頂き物もあるだろうと分かってるよ。だけどだ」

大名家が下々《しもじも》へ妙薬を下さる、などという話は、相馬家を知らない者には、大層胡散《うさん》臭い作り話に思える筈なのだ。

「適当な薬を高く売りつける為の、作り話と思われるのが、おちだよ。つまり箱に入っていた薬を盗んで売ろうとしても、大した値にはならないだろうね」

松蔵達自身が、薬を飲みたがったとも思えない。十二町で元気に揉め続けており、薬は要らないようだと宗右衛門が苦笑した。

「大丈夫だ。松蔵さん、心配は要らないよ」

「良かった。町名主さん、これで安心出来やす」

六人が帰って行くと、残された宗右衛門は、深く息を吐いた。小十郎が薬を贈ってくれた事は、本心ありがたい。ただ、何故だかその薬は、風邪を治す代わりに、揉めごとを引き起こしていた。

「二人のお医者様が、薬が消えた件を広めてしまった為だろうか」

あの二人は、自分は薬を盗ってはいないから、あっさり表で話してしまったのだろう。しかし小者でも松蔵達でも、医者二人でもないのなら、誰がいつ、大名がくれた妙薬を手にしたのだろうか。

「分からないねえ。どこで消えたんだろ」

麻之助が少し良くなったら、一度この件について話したいと思った。

「ああ息子が伏せってると、不便だねえ」

すると、まだ日のある夕刻頃、宗右衛門は玄関へまた行った。支配町の顔馴染み達が何人も、現れてきたからだ。

「おや驚いた。こんなに多くの皆さんが、何の話をしにみえたんですか?」

皆は、思いもしなかった事を語ってきた。道ばたの茶屋で語られた話は、今も、支配町内で広まり続けていたのだ。

「宗右衛門さん、町名主さんはお偉い方から、特別な薬を頂いたんだって?」

「流行の病が治る、妙薬だと聞いたよ。そんな薬があるんなら、俺達にも分けておくれな」

身内に病人がいると、何人かが声を上げる。医者を呼ぶ金などないと、訴えてくる者もいた。

町の皆は、一応丁寧に頼んで来たし、無法な事を言ってきた訳でもない。ただ問題の薬は、今、高橋家にはなかった。

宗右衛門は玄関の畳に座り直し、土間に入ってきた皆を眺め、唇を引き結ぶ事になった。件《くだん》の薬は消えたと本当の事を言っても、集まってきた者達が納得するとも思えなかった。

（参ったね、さて何としよう）

宗右衛門は寸の間悩んだ。その後腹を決め、本当の事を告げる事に決めた。

「うちの麻之助は、皆が話している流行の風邪をひいてね、今も寝込んでるんだが」

土間から返事が聞こえてくるまでに、一拍間があった。

「へっ？　ご立派な薬を飲んで、一発で元気になったんじゃないのかい？」

支配町に住む者達は顔を見合わせ、しばし黙り込んだ。

するとこの時、お和歌が呼びに来たので、宗右衛門はいっとき、屋敷奥へと姿を消した。

六

「げほっ、ごほっ、ふに、猫でも風邪がうつるかも知れない。だから、私に近寄っては駄目だよ」

「ふにぃ」

病人である麻之助は、生真面目にも大事な猫へ、ちゃんと注意をした。だがぶち猫は首を傾げ、構わず布団の上に乗ってくる。

麻之助が重いよぉと思わずこぼした時、お和歌が寝間へきて、布団の横へ煎《せん》じた薬湯《やくとう》と箱を置くと、またまた重大事を語りだした。

「お前さん、先にお話しした、立派な薬の事なんですけど。見つからないままなんです」

「ごほっ、はて？」

大名から貰ったという薬は、いつまで経っても、現れてこない。薬に、足が生え逃げたかなと言ったら、妻が笑っている。

「だからお前さんは、良白先生が下さった、この煎じ薬で、治ってくださいね」

麻之助としては、喉が楽になる飴でも嘗《な》め、このまま寝ていても良かった。ただ、妻はもう薬を煎じていたので、飲まないわけにはいかなかろうと思う。

「お和歌、良白先生の薬、本当に凄い匂いだね。初めて診る患者だから、良白先生、気合いが入り過ぎたんだよ」

薄めてみないかと言ってみたが、お和歌は笑って、麻之助が身を起こすのを手伝ってくれた。ふにが布団から降り、麻之助を見ている。いい大人が、薬を飲みたくないとは猫に言えないし、今も熱が高いから、飲んだ方が良いと分かっていた。

「仕方ない、うん、薬から逃げちゃいけないわな」

ただ飲んだ途端、麻之助は思い切り咳き込み、顔を引きつらせた。

「げほっ、やっぱり凄い味だ。うちのお医者が、竹庵先生で良かった」

げほげほと言いつつ、麻之助はふと目を見開いた。薬が入っていた筈の箱が、布団の傍らにあったからだ。

「そうか、相馬家へ忘れた箱の方は、ちゃんと戻ってたんだよな。けほっ、お和歌、おとっつぁんは妙薬の事、何て言ってるの？」

「首を傾げておいでした。薬が入っていた筈の箱の中身を、奥の間に全部並べて、考えておいでしたよ」

「箱の中身を、見てたの？」

そう言われた途端、麻之助は短く、あっと声を上げた。また咳き込みつつ、急いで箱の蓋を開けると、中へ目を向ける。

見覚えのある巾着が、箱の中にあった。麻之助が使うにしては、余りにもかわいい品だ。いつ、どこでそんな品を箱に入れたのか。まだ惚《ぼ》けている頭で、精一杯考えてみた。

そして。

「分かった。全部思い出した」

直ぐに巾着を手に取る。引っかかっていた大事な事が何か、得心《とくしん》した。

「何でこれの事を忘れてたんだ？」

途端、細かい事情も思い出す。巾着を両の手で持ち、頭の上に掲げて唸った。

「ああそうだ、私ったら情けない」

もちろん熱が出てぼうっとし、買った品の事を、忘れていたのは確かだ。だがその前に、この巾着を見た清十郎から笑われ、気落ちしていたので、思い出したくなかったのだと悟った。

その時お和歌が、かわいい巾着ですねと言ったので、麻之助はそっと妻の顔を見る。

「あの、これ、かわいいと思うかい？」

「あの、はい」

「実は、その。これ、相馬家へ行く途中、町の袋物屋で見かけてね。お和歌に買ったんだ」

ところが、相馬家で清十郎に見せた途端、悪友はこめかみに手を当てた。そして麻之助は、好みは悪くないが、どこか抜けていると、大真面目な顔で言われたのだ。

「清十郎は、贈る相手の歳や立場を、考えろって言ったんだ。こんなかわいらしい巾着は、嫁入り前の娘っこに渡すものなんだって」

お和歌は嫁《とつ》いでいるし、既に子供とている。今、妻へ巾着を買うなら、もっと落ち着いた色柄の、少々値の張る品を選ぶべきらしい。

「それで、その」

しくじったと思った。喜んで貰えるかと、楽しく買い物をしたのに、巾着を渡すべきか迷う事になって落ち込んだ。そこに熱が出てきて、情けなくも麻之助は、己のしくじりを、頭から消していたのだ。

「だから、その」

お和歌が巾着を手に取ると、にこりと笑った。

「嬉しいです。大事に使いますね」

「あの……良かった」

ほっとした途端、麻之助はまた、何度も咳き込んでしまう。

「あらら、早く寝てくださいな。今回の風邪は無理すると、治りが遅くなるみたいですから。話に聞いた振り売りのご一家は、お子さんが風邪をこじらせてるようですよ」

麻之助が大人しく横になると、ふにがまた布団に乗ってくる。もう一度巾着の礼を言ってから、お和歌は薬湯の碗を片付ける為、部屋から出てしまった。

「やれ、ほっとした。私はずっと、あの巾着の事で悩んでたわけだ」

麻之助が狼狽えたのは、麻之助が未だ、妻が関わる事で、しくじりをするからかも知れない。

「でもお和歌とは、喧嘩などしていないし、上手くやっているよね？」

ただお和歌との縁は、とにかく急だったのだ。あっという間に婚礼が決まり、早々に赤子が出来て、跡取り息子が生まれた。

祝いと、やるべき事が押し寄せてきた。妻は母となり、せわしなさの中で、喧嘩の余地など無かったとも言える。だから麻之助には、気になっている事があったのだ。

妙ではあるが、まだ、これという喧嘩をしていない事が、引っかかっていた。

「お和歌が一人で、色々な事を飲み込んで、我慢しているとか、ないかな」

どうしよう、あったら拙い。そんな思いがかすめる中、妻へ巾着を買った所、後で渡しづらい品だと分かってしまったのだ。麻之助は、やっと巾着を渡せたというのに、今もまだ、すっきりとしていなかった。

「うーん、もう子供までいるっていうのに、私は何をしてるんだか」

「ふにぃ」

猫にあくびをされ、苦笑いが浮かんできた。いい加減、うじうじと考えるのを止め、考えを切り替えた。良白の一服が効いてきたのか、少しすっきりしてきたので、失せた薬の事を考えてみる事にしたのだ。

「まずは小十郎様が、薬を下さった。あの強面《こわもて》の方が下さると言った薬だ。確かに贈って下さった筈だ。横からかっ攫《さら》うような度胸の良い小者だって、八丁堀にはいないよね」

つまり小者は相馬家から、薬がちゃんと入った箱を、持って出ているのだ。箱はその後小者から、松蔵達の手へ渡ったらしい。側に居たのは、大家だ。

「松蔵さん達が、薬を得たのかな？」

麻之助は布団の中でつぶやき、否と、首を横に振る。本心薬が欲しければ、松蔵達は宗右衛門に頭を下げ、くれと頼んだと思う。後から高橋家へ来た、町の者達と同じだ。

「町名主と、本気で喧嘩する町の人は、滅多にいないものね」

町名主は、祭りの時や諸事の伝達、旅に出る時、土地を購う時など、様々な場で支配町の者と関わっていく。揉めたら、後で困ってしまう相手なのだ。

「薬はちゃんと高橋家へ運ばれてきたんだ。屋敷の奥に置かれていた。そしておとっつぁんが箱を開いた時、中に入っていなかったわけだ」

では、屋敷に居た誰かが盗ったのか。

家には下働きの者もいるが、日頃勝手に、麻之助の持ち物を開ける事はない。玄関に、相談事を抱えた支配町の者が来たとしても、妙薬の事も、それが箱に入っている事も、知らなかった筈だ。

麻之助は寝床で首を振り、再び呟き込んだ。

「げふっ、となると、その時高橋家にいて、薬の事を知っていた者は、医者二人と私、それにおっかさんとお和歌だけか？　ああ、おとっつぁんと手代もいたかな」

まず麻之助ではない。その事は、己で分かっている。

「おとっつぁんが薬を欲しいと思ったら、ただ、他で使うと私に伝えるだけだよね」

手代は元気で、薬を欲しがった事はない。ならば医者はどうか。

「お医者は、薬が箱の内にあると信じてたようだよね」

つまり、二人とも違うと思う。そして、妻でも母でもない気がする。いや、誰が薬を持っていったのかと考えるから、分からないのだろうか。

「誰なら、箱から取り出せたか。そっちを考えてみようか」

しかし答えは浮かんでくれない。町名主の家は、一応屋敷と言われてはいるが、武家屋敷のように広くはない。いつ誰が部屋に現れるか分からず、箱からこっそり大事な薬を取り出すのは、難しいと思える。

「誰なら薬を取り出しても、怪しまれなかったのか」

また酷く咳き込んだ所、お和歌が直ぐに来てくれて、水を飲ませてくれた。ほっとした時、麻之助はまた大きく咳き込み、目の前に星が幾つも浮かんだ気がした。情けなくも涙がこぼれる中、お和歌が背をさすってくれる。

頭の中に、浮かんできた事があった。横になった後、妻へ問うてみた。

「妙薬を手にしたのは、お和歌じゃないよね？　違うと思うんだけど」

「はい、違いますよ。あたしは立派なお薬、見た事はないです」

「お和歌、高橋家で箱を手にしていて、誰も不思議に思わないのは、誰だと思う？」

即答があった。

「宗吾ですわね。そういえば、今日は長い間、箱を玩具にしてました」

「へっ？　宗吾？」

聞いた途端、頭の中で話が繋がっていく。ああそうかと得心して頷くと、麻之助はまたまた咳き込み、お和歌が眉を顰めた。

「まあ、お前さん、咳が続きますね。お薬、次はもっと、濃く煮出しておきましょう」

「げふ、堪忍《かんにん》だ」

しかしお和歌は、良白が置いていった薬の袋を手にすると、煎じてくると言って出ていこうとする。麻之助は咳き込みつつも妻を止め、宗右衛門に、急ぎ伝えて欲しい事があると口にした。

「やっと、誰が薬を持って行ったか分かった。後の事は、おとっつぁんに任せるよ。ちょいと話があるから、来て欲しいって、伝えておくれな」

お和歌が目を見張ると、他にも頼みたい事があると、麻之助は寝床で、にやりと笑った。すると、人が悪そうに見えるから、その笑い方は止めましょうねと、お和歌から言われた。

七

高橋家に集まった支配町の者達は、玄関の上がり端に腰掛けたり、土間に立ったりして、しばし落ち着かない様子で麻之助の所へ行った宗右衛門を待っていた。

皆は、医者の良白と竹庵の名を出し、高橋家が特別な薬を手に入れたという噂を、繰り返していたのだ。

「宗右衛門さん、薬を分けてくれるかね。うちの知り合いも、風邪で寝込んでるんだ」

「でも、麻之助さんは今も、寝込んだままだって言ってたよな」

そんな妙薬なんて本当にあるのかと、戸惑う声が聞こえる。しかし、ある筈だと言い張る者もいた。

「近所の長屋で寝込んだ奴の子が、熱が高くて、危ないって話だった。そうしたら町名主さんが、薬をくれたって聞いたぞ」

子供はまだ寝込んだままだが、一時ほどで、大分良くなったという。

その話は眉唾《まゆつば》だという者がいた。麻之助が既に薬を飲んだが、効いていないという話があった。いや、日本橋《にほんばし》の青物屋が関わっているという話をした者もいた。

「でもさ、誰が薬をもらったにせよ、支配町の一人だけ、贔屓《ひいき》されるのは良くない。公平にしてもらおうよ。薬、欲しいよ」

良く効く薬は、藪医者よりもありがたいものなのだ。実際寝込んでいる身内がいると、誰もが必死になる。皆は、自分もその薬を手に入れるまで帰らないと、屋敷の玄関で怖い顔になっているのだ。

すると、その様子を見守りつつ、困った顔になっていた手代の後ろから、宗右衛門が待たせたと言って戻って来た。

「確かに、風邪が流行ってるけどね。今日まで、伏せっている者の身内が、こんなにいるとは思ってなかったよ」

宗右衛門が、誰が伏せっているのか、名を聞こうと言うと、明後日《あさって》の方を向いた者が何人かいた。しかし、それでも帰る者がいないのを知ると、宗右衛門は一つ息を吐いてから玄関に座り、支配町の皆の顔を見る。

玄関に居る皆が、静かになった。

「うちが良き薬を手にしたと、噂がかなり広まってるようだ。その事で、沢山の人が集まっている。だから今から、ちゃんと話をさせてもらうよ」

大勢が気にしている薬だが。

「実は、うちの麻之助が風邪で寝込んだんで、薬を頂いた。これは本当なんだ」

麻之助の知り合いの武家が、分けてくれたのだ。

「うん、それは良く効く薬だったようでね。私はこの後、お礼をしにいくつもりだ」

「薬だったと、言うんですか？　だったとはどういう事なんです？」

話し出して直ぐに、宗右衛門が昔語りでもするように語ったので、皆の顔が厳しくなる。

「うん、実は、ね。その薬、既に煎じて、病人が飲んじまってるんだよ」

そしてだ。飲んだのは薬を貰った、麻之助ではなかった。だから宗右衛門は、もう終わった事のように話したのだ。

「えっ……町名主さん、そりゃ本当の事なんで？」

いささか低い声と、疑うような眼差しが混じったものだから、宗右衛門が苦笑を浮かべる。事を収める為、薬はもうない事にしていると思った者も、いるに違いなかった。

「実はね、薬を頂いたと聞いたんで、私はさっそく麻之助へ、飲ませようと思ってたんだ」

麻之助は寝付いて、仕事が出来なくなっていた。親としては早々に治ってもらい、町名主の仕事をこなして欲しかったのだ。

ところが、だ。

「薬が入っていた筈の箱を開けたら、中に薬が入ってなかった。高橋家に居るとき、その騒ぎを知ったんで、良白先生と竹庵先生が道端の茶屋で、薬の話をしてたんだろう」

二人とも頂き物の薬がどんな物なのか、見たいと思っていた様子だった。ところが、薬は消えてしまった。

「消えたんですか？」

戸惑うような言葉を聞き、宗右衛門が笑う。

「その顚末《てんまつ》はこれから話すから、まあ聞きなさい。薬は確かに、箱に入れられて、高橋家へ来たんだ」

そしてその箱を、幼い宗吾が玩具の代わりにしていた。宗右衛門は知らなかったが、宗吾は箱を開け、中身をひっくり返していたらしい。

子供のやった事を気にする者は、いなかった。ただ粗相《そそう》の始末をしたおさんは、箱の中に、煎じ方が書かれた薬が入っている事を、知ったのだ。

「おやま、おかみさんの、おさんさんが見つけたんですか」

その日、支配町内の大家が、風邪をこじらせた一家の話を、高橋家へ伝えてきていた。長屋に住んでいる振り売りの一家で、子供の熱が高く危なかった。

「病んだ長屋の親子の為に米を集め、余り物の菜を貰おうって話してる所だった。店賃は何とかまけてもらおうと、家主さんと話しているよ」

正直に言うと、子供が危うくなっても、長屋の振り売りには、医者を呼ぶ銭がなかったのだ。だから。

「うちのおさんは、息子の麻之助が丈夫だって事を、よく承知してる。今回も風邪で寝込んでるし、咳をして熱も高いけど、町医者の薬で治ると踏んでいたんだ」

麻之助はもう、粥を食べていたのだ。

宗右衛門はここで一寸、天井を見上げてから、皆を見た。玄関にいた者達の、眉尻が下がる。

「それじゃ、もしかして」

「おさんはね、薬を煎じて近くの長屋へゆくと、子供にさっさと、なけなしの薬を飲ませたらしい」

「お武家がくださった妙薬を……何とも簡単に」

「いやその、あの、さすがは麻之助さんの母御の、おさんさんだというか」

玄関にいた者達が、寸の間、呆然とした様子になる。目を皿のように大きくしている者も、何人かいた。

宗右衛門は、おさんが薬を手にしたと見抜いたのは、麻之助だと告げた。足を痛めていたので、皆はおさんの動きに、全く目を向けてなかったのだ。

「いや、そもそも薬を箱から取りだしたのは、箱で遊んでいた宗吾だな。つまり赤子のやったことに、これ以上文句は言えんという事だ」

宗右衛門がそう言い切ると、集っていた面々の肩から、力が抜けていく。

「盗ったのは、赤ん坊ですかい」

とにかく、何をどう言おうと、肝心の薬が残っていない事は確かであったのだ。そして麻之助は未だに、寝付いたままだ。

「町名主さん、こりゃ、諦めるしかないって事ですよね。薬は一包しかなかったわけか」

「分かってくれて、嬉しいよ」

はっきり言われ、じき多くの者の顔に、苦笑いが浮かんだ。続いて、諦めも出てきた。無い物を追いかけたりすれば、情けない奴と、周りから言われかねない。

　薬を貰った当人、麻之助が薬を飲めなかったのに、町内の面々が長く文句を言う事も、出来なかった。

「ああ、ここまでか。宗右衛門さん、お手間をおかけしました」

　ところがだ、ここで宗右衛門が、何故だか玄関の皆へ笑いかけた。その笑みを見て、やはり麻之助さんに似ていると、ぼそっと言った者がいた。

「あのね、皆は高橋家の支配町に住んでいる人達だ。高橋家としては、悪い風邪が流行っている中、何も出来ない事が悲しいんだよ。麻之助も同じだ」

「麻之助さんが、高橋家の玄関へ押しかけた俺達を、案じてるって？　寝床の内から、我らを心配してるんですね。ううむ」

　宗右衛門が頷くと、そりゃ、ちょいと怖いなという言葉が、玄関で聞こえた。麻之助はお気楽者だが、喧嘩は強いし場数も踏んでいる。盛り場などで、おなごや子供を選んで凄む輩《やから》には、戦いを挑みかねなかった。

「うーん、麻之助さんが寝付いてるのに、高橋家の玄関へ押しかけて、宗右衛門さんを困らせちゃいけなかったのかな？」

　麻之助の名が出てくると、何故だか皆の腰が引けたのだ。高橋家の跡取り息子麻之助は、時として思いもかけない事をやらかす。そしてそれは、ありがたい事ばかりではなかった。

「何だか、早く帰りたくなってきたぞ」

支配町の皆の顔が、微かに強ばった。すると宗右衛門は機嫌の良い顔になり、跡取り息子は先々、皆の町名主になる。だから分かってやってくれと、明るく言った。

「麻之助は良い息子さ。うん、そうだよね」

「ははは、ええ、ああ、その通りですよ」

「今回あの子は、支配町に、己の他にも具合の悪い者がいるなら、助けたいと言ったんだよ」

「へっ？」

言葉をくくると、宗右衛門は後ろをみて、お和歌の名を呼んだ。お和歌は直ぐに、手伝いの小女と一緒に、盆に載せた湯飲みを沢山、玄関へ運びこんだ。そして盆ごと皆の方へ押し出す。

「湯飲みに入ってるのは、麻之助が医者の良白先生に作っていただいた、風邪の薬だ」

麻之助によると、それはそれは気合いの入った、力強い一服だという。麻之助はこれを初めて飲んだとき、暫く咳が止まらなかったのだ。

「妙薬だけが、薬じゃないからね。かくも濃い薬を飲めば、流行の風邪でも治るに違いない。麻之助は自分で飲んでみて、そう確信したって言うんだよ」

是非皆も試しに飲んでみて、効きそうだと思ったら身内の病人に勧めて欲しいと、宗右衛門は語った。

「なんだい、自分は今、風邪など引いていないって？　いやいや、皆、風邪を治す薬が欲しかったから、この玄関へ来たんじゃないか」

妙薬が欲しいと何度も言い、宗右衛門に迫ってきた。そこまで熱心に効き目の凄い薬を求めたのだから、もちろん一度、眼前の薬が効くか、試してみるべきなのだ。

「さあ、飲みなさい。遠慮は要らないよ」

「う、うわぁ。これはもう、逃げられねえ」

ここに至って支配町の皆は、妙な事を口にし始めた。そういえば宗右衛門は、あの麻之助の父親だと、今更ながらな事を話し出したのだ。

お和歌は高橋家の一幕を、興味深げに見つめている。後でこの場の様子は、麻之助に伝えねばならなかった。

ここで、大勢が腹を決めた。余り情け無い態度を続けていると、後で麻之助から、からかわれかねなかった。

「南無三っ」

幾つもの手が盆へ延び、皆は気合いと共に、良薬を飲み下したのだ。

「おっ、おわぉっ」

「うえええっ」

「………」

〝良薬は口に苦し〟

多くの者が、あの言葉の意味を、改めて玄関で知る事になった。苦いどころじゃなかったと、次の日、支配町の者達が、町のあちこちで話しまくった。

そして後日、元気になった麻之助は、皆からまとめて文句を言われ、笑い出す事になった。

［初出一覧］

オール讀物

ふじのはな　二〇二三年五月号
おとうと　二〇二三年十二月号
ああうれしい　二〇二四年三・四月合併号
縁談色々　二〇二四年六月号
むねのうち　二〇二四年九・十月合併号
だいじなこと　二〇二五年一・二月合併号

畠中　恵（はたけなか・めぐみ）

高知県生まれ、名古屋育ち。名古屋造形芸術短期大学卒。漫画家を経て、二〇〇一年『しゃばけ』で第十三回日本ファンタジーノベル大賞優秀賞を受賞してデビュー。「しゃばけ」シリーズは大ベストセラーになり、一六年には第一回吉川英治文庫賞を受賞した。他に、「若様組」シリーズ、「明治・妖モダン」シリーズ、「つくもがみ」シリーズ、「まことの華姫」シリーズ、『うずら大名』『わが殿』『猫君』『御坊日々』『忍びの副業』など著書多数。本作は、『まんまこと』『こいしり』『こいわすれ』『ときぐすり』『まったなし』『ひとめぼれ』『かわたれどき』『いわいごと』『おやごころ』（文春文庫）と続く「まんまこと」シリーズの第十弾。

ああうれしい

二〇二五年四月十日　第一刷発行

著者　畠中《はたけなか》　恵《めぐみ》
発行者　花田朋子
発行所　株式会社　文藝春秋
〒一〇二―八〇〇八
東京都千代田区紀尾井町三―二三
電話　〇三―三二六五―一二一一

印刷所　TOPPANクロレ
製本所　加藤製本
DTP　LUSH

ISBN978-4-16-391965-2
Printed in Japan

大好評「まんまこと」シリーズ既刊　文春文庫

第一巻　まんまこと

町名主の息子・麻之助。支配町から上がってくる難問に幼馴染の色男・清十郎、堅物・吉五郎と取り組むが……。

第二巻　こいしり

神田町名主の放蕩息子・麻之助がお寿ずと結婚した。その波紋が意外なかたちで広がって。

第三巻　こいわすれ

「置いてけ堀」に落ちた清十郎はその理由を頑として話さない。一方、妻から吉報を聞いた麻之助は有頂天になるが……。

第四巻　ときぐすり

恋女房のお寿ずを亡くし、放心と傷心の日々に沈む麻之助。親友たちの助けで、少しずつ心身を回復させてゆく。

第五巻　まったなし

町名主を継いだ清十郎。嫁取りが難航するにつけ、親友の麻之助、吉五郎は世話を焼くが、そこから新たな事件が……。

第六巻　ひとめぼれ

吉五郎の様子がおかしいことを悟った、麻之助と町名主の清十郎。吉五郎には一葉という許嫁がいるのだが……。

第七巻　かわたれどき

かつて恋女房を亡くした江戸町名主の跡取り息子・高橋麻之助。そんな彼に、後妻とりの話がやってきたが……。

第八巻　いわいごと

縁談がまとまらず、周囲をやきもきさせる麻之助。そんな彼の元に新たな縁談が三つも！　果たしてその行方は……!?

第九巻　おやごころ

町名主の跡取り息子・麻之助。生まれてくる子の名を考えつつ、今日も町の揉め事に立ち向かう！